L’agonia de Bakunin

L'agonia de Bakunin

Àngel Casas

Univers

Primera edició: febrer del 2022

Disseny de la col·lecció: Enric Jardí
Imatge de la coberta: Nicolás Aznárez
Maquetació: Mireia Barreras

Direcció editorial: Ester Pujol

Univers és un segell del Grup Enciclopèdia
Josep Pla, 95
08019 Barcelona

L'edició catalana d'aquest llibre s'ha negociat
a través de DOSPASSOS Agència Literària

Imprès a Romanyà Valls

Dipòsit legal: B-18.596-2021
Imprès a la UE
ISBN: 978-84-18887-02-4

Índex

L'agonia de Bakunin

1. L'accident

Tot va passar en un tres i no res.

Ella va cridar:

—No, Bakunin! No!

Sort que ell duia la finestra del cotxe una mica abaixada, si no ni l'hauria sentit. Immediatament va notar un gran impacte en la part esquerra del davant i una sacsejada del vehicle. El Daniel va frenar de cop, va sortir esperitat i va veure el gos, immòbil a terra, al costat de l'auto. Era un petaner més aviat lleig, brut, d'un color marronós indefinit, color de gos com fuig, va pensar, i la noia que havia cridat quan la bèstia s'escapolia entremig dels cotxes aparcats a la vora i va anar a creuar el carrer, deslligat de la mestressa i al seu aire, es va llançar damunt del gos abraçant-lo.

—Bakunin, Bakunin... —gemegava plorosa.

—Ho sento noia —li va dir, afectat, el Daniel—, però els gossos s'han de portar lligats... Si no, passa el que passa.

—Capitalistes de merda. —Abraçada al gos, la noia li va llançar una mirada d'odi infinit—. Lligats és com ens voldríeu a tots.

Una dona de mitjana edat que arrossegava el carret de la

compra i que no havia vist res va sentenciar, davant de la perplexitat del conductor:

—Es que van com bojos, per aquest carrer van com bojos.

De manera immediata es va anar formant una rotllana de curiosos que opinaven sense que ningú hagués vist el que havia passat, perquè va ocórrer tot en una dècima de segon. En un carrer de direcció única amb un sol carril, atès que el de l'esquerra estava destinat a aparcament de zona verda, en pocs minuts es va formar una llarga i embussada cua de vehicles que, com que el carrer serpentejava, no tenien visió del que estava passant i tocaven insistentment el clàxon.

La noia, d'aspecte fràgil, amb un cabell llarg, negre i mal tallat, amb metxes de colors llampants i el serrell destralejat al clàssic estil batasunaire i que devia superar de molt poc els vint anys, continuava a terra sanglotant abraçada a l'animal que sagnava per l'orella. La gent, al seu entorn, s'anava radicalitzant amb les discussions, i els clàxons ja formaven un guirigall ensordidor. Un paio amb la mateixa pinta antisistèmica que la mestressa del gos i el cabell recollit en una cua de cavall es va obrir pas entre el cercle de curiosos i es va ajupir al costat de la noia.

—Què ha passat, Svetlana? —va preguntar en un català d'accent foraster.

—Que..., que... —somiquejava—, que aquest tio ha matat el Bakunin.

—Malparit! —es va girar aïrat el nouvingut i es va encarar amb el conductor.

—Tu no et passis, nano, que jo no he matat ningú. El gos, que anava solt, ha sortit de sobte entre els cotxes aparcats i jo no he tingut temps de frenar.

—És que aquesta colla —va dir un home gran amb aspecte de passar-se hores observant com avançava la feina a les obres públiques— van sempre amb aquests gossos sarnosos sense lligar, com si fossin els amos del carrer. Encara n'atropellen pocs.

—Pocs? —va intervenir algú—. Però si abans-d'ahir se'n van carregar un altre: un cadell que, com tots els d'aquesta gent, anava deslligat.

—Massa de pressa —va tornar-hi la dona gran del carret de la compra—, jo sempre dic que per aquest carrer tots els cotxes van massa de pressa.

El Bakunin va fer un lleu gemec i es va estremir.

—Svetlana, està viu, s'ha mogut! —va dir el col·lega de la noia.

—Bakunin! Bakunin! —va cridar-li suaument la mestressa del gos malferit.

D'entre els curiosos, majoritàriament ancians, un home jove va voler-se fer càrrec de la situació:

—Carreguem-lo al cotxe i portem-lo a una clínica veterinària.

—Jo no el tocaria i esperaria que vingués la policia i una ambulància, que no se sap mai, a vegades el mous i pot anar a pitjor —va informar una senyora que es veu que es deia Eugènia i era molt coneguda al barri.

—Però, escolti, escolti, que és un animal, no una persona —va protestar el conductor, que ja veia empastifada la tapisseria de pell color marfil del seu BMW.

—Aquests ja els conec. Són una colla de *perroflautes* que viuen a La Xiroia, la casa ocupada d'aquí al davant. Ells es pixen a les parets de les cases veïnes i els seus gossos fastigosos van empastifant de cagarades tots aquests carrers, que ningú no les recull. I ells, per suposat, encara menys. Els haurien d'esclafar a tots. —I adreçant-se al conductor—: Jove, vostè és un heroi!

—No, mirin —va intentar explicar el presumpte heroi—, jo tinc molta feina i me n'haig d'anar. Mirin quin embús de cotxes tenim format aquí al darrere.

Just en aquell moment, un motorista que havia anat fent cabrioles per la vorera estreta i ficant-se entre els cotxes aparcats va avançar el grup de l'incident i donant gas a fons va cridar mentre fugia:

—*Capullo, muévete*!

—Ho veuen? Jo me'n vaig —va dir el Daniel, i va pujar al cotxe.

—Tu no te'n vas d'aquí, fatxa de merda —el va amenaçar el col·lega de la mestressa del gos—. Tu ens portes amb el Bakunin a curar-lo.

—Jo? Tu ets boig i un poca-solta —li va respondre per la finestra—. Jo me'n vaig.

—Doncs ens hauràs d'atropellar també a nosaltres com has fet amb el gos.

I tant ell com la Svetlana es van plantar davant del BMW, desafiants, per barrar-li el pas. De seguida s'hi van afegir cinc voluntaris més d'edats i pintes diverses i, finalment, va sumar-se al parapet humà la senyora del carret de la compra que opinava que els cotxes corrien massa.

Va anar d'un pèl que el conductor, enfurismat, no prem l'accelerador i s'endú per davant la barricada humana. Devia comptar fins a deu per dins mentre la brigada animalista es mantenia fatxenda i desafiadora. Per contra, va baixar parsimoniosament del vehicle i va repassar amb cura, una inspecció ocular, que es diu, els desperfectes de la part davantera esquerra del cotxe, que presentava un bony monumental, la matrícula mig despenjada i un dels fars trencat.

—I tot això, qui ho pagarà? —va preguntar l'home del

BMW abonyegat, sense cap esperança, més que res per sensibilitzar la munió de curiosos dels danys col·laterals de l'accident.

—I a nosaltres, qui ens tornarà la vida del Bakunin, eh?

—No perdem més temps —va dir el jove que ja ho havia intentat abans—, agafem el gos i portem-lo en cotxe fins a una clínica veterinària que hi ha a prop. Jo us hi acompanyo, però no perdem més temps. L'important és salvar la vida de la bestiola.

—Svetlana, tu puja per l'altre costat, jo l'agafo en braços i el portem a la falda —ordenava el col·lega de la noia—, i tu, des del seient del copilot li vas dient per on ha d'anar. *¡Venga, boludo, no te entretengás!*

El Daniel s'ho mirava atònit. Li acabava de dir *boludo* un xitxarel·lo que no s'havia dutxat en dies i que sense cap mirament s'havia escarxofat als seients del darrere amb la noia i el gos fastigós que agonitzava a la seva falda i, al davant, per si no n'hi havia prou, el paio que recomanava anar per feina ben de pressa.

—Au, vinga, no t'encantis —li recriminava el copilot—, posa't al volant i no perdem més temps!

No s'ho podia creure. Tots quatre a dins, el gos moribund inclòs, i ell a fora, atònit, indecís, emprenyat com una mona.

—Però, què us heu cregut? Feu el favor de sortir del meu cotxe ara mateix!

Ningú no es va moure del seu seient. Ningú no li va fer cas. Ningú no li va dir res. El gos udolava, queixós i agonitzant. Els curiosos, que cada cop eren més, van anar tancant el cercle entorn seu. El rum-rum dels comentaris cada cop anava pujant de to.

—Què s'ha pensat aquest *pijo*?

—Aquest paio no té sentiments.

—Però, com pot deixar morir un pobre animaló?

—A sobre que l'ha atropellat...!

—Quins collons que té!

—Pocavergonya!

—Malparit!

—Cabronàs!

—A ell, l'hauríem d'esclafar, com ha fet al pobre gos!

—Tots aquests potentats són una colla de desgraciats.

—Fill de mala mare! —va cridar la senyora del carret de la compra.

—Fill de puta! —es va animar a dir algú.

No s'ho va pensar dues vegades. Allò anava de pet al linxament. Es veu que els que tenia a favor, al principi, havien desaparegut, i cada cop hi havia més personal d'estètica semblant a la parella que li ocupava el seient del darrere. No, no li van oferir l'oportunitat de pensar-s'ho dues vegades, va pujar al cotxe i va arrancar a tota llet carrer avall.

—Au fuig, desgraciat, que encara t'enduràs un nen per endavant!

No ho va sentir. La seva obsessió era només escapolir-se del motí que li estava a punt d'esclatar en contra. Ja li eren igual el far trencat, la matrícula caiguda, el cotxe abonyegat i la tapisseria ensangonada. Era una qüestió de supervivència. Fugir, fugir, fugir. De cop i volta es va adonar que duia el cotxe ple de gent.

—On voleu que us deixi?

—Que ens deixis? Tu no ens deixes enlloc —va dir el tio del seient del darrere, el de la cua de cavall llardosa que portava el gos a la falda, el de l'accent argentí, va deduir després que li digués *boludo*—. Tu vens amb nosaltres a la clínica i assumeixes la teva responsabilitat. Només faltaria.

—Tomba per la Ronda del Mig i anem cap al Putxet, jo et

vaig indicant. L'hospital caní no para gaire lluny —va dir gentilment però de forma imperiosa el copilot.

—Hospital caní? Que us heu begut l'enteniment? Un hospital de gossos!

—Clínica Veterinària Sant Francesc d'Assís. Els conec molt bé i si aquests no li salven la vida és que no hi ha res a fer —va continuar explicant l'espontani del seient del costat.

En sentir això la Svetlana va esclatar en plors.

—Només faltava això! Au noia, deixa de plorar —va recomanar el conductor—, en trobaràs mil, de gossos petaners com aquest. I a la gossera els tenen molt més nets.

—No saps el que dius. El Bakunin és tot un símbol —explicava el de la cua de cavall—. No tens ni idea de qui has atropellat. Un gos petaner, diu el tio... *la concha de tu*...! El Bakunin és la mascota de tot el moviment okupa de Vallcarca i Gràcia. Ni t'imagines la que et caurà al damunt si el Bakunin mor.

En sentir la paraula «mor», la Svetlana va tornar a plorar amb tot el sentiment de què fou capaç.

—No es pot morir, Lautaro —sanglotava la noia—. El Bakunin no es pot morir. Digues que no es morirà. Sisplau, sisplau...

Una torre modernista del Putxet, reformada amb luxe i gust, lluïa a la façana el rètol «Clínica Veterinària Sant Francesc d'Assís». A la dreta una porta per a vehicles estava senyalitzada amb la indicació d'urgències. Van aturar-se davant de l'accés lateral i tant el copilot desconegut com la Svetlana i el Lautaro, amb el Bakunin als braços, van entrar esperitats. Una noia amb una bata blau cel els va acompanyar a l'interior mentre el conductor es va quedar al volant sense saber què fer.

—Vostè també va amb ells, doctor Casals? —va dir la noia de blau mentre tots corrien portes endins.

Per indicació d'un guàrdia de seguretat uniformat de beix, va aparcar al costat d'una furgoneta ambulància i va accedir a la recepció. Tot i que el disseny i les plantes endolcien l'atmosfera, tot plegat no deixava de desprendre una deliberada sensació d'establiment d'atenció clínica perquè no hi haguessin dubtes. Va seure en un dels sofàs d'espera i va observar el moviment de la gent uniformada de blau, els amos de mascotes diverses entrant i sortint i, com que li van donar temps per pensar per primera vegada des de l'incident, es va preguntar qui cony era el doctor Casals, a qui havien saludat i que havia estat fent de copilot, qui els havia portat fins allà. Va passar un estona intentant d'ordenar en el cervell tot l'enrenou que havia viscut i, com que ningú li deia ni ase ni bèstia, va decidir que era el moment de marxar. Que ell ja havia fet tot el que li tocava i més, que d'aquella parella d'okupes no en trauria ni un compromís de responsabilitat i que per avui ja n'havia tingut prou. Per molt Bakunin que l'anomenessin, no era més que un gos pollós que per negligència de la seva mestressa se li havia llançat a sota les rodes del cotxe, deixant-li un bon record en forma de desperfectes. Era una bèstia grossa que almenys devia pesar vint-i-cinc quilos.

I quan es va alçar per anar a buscar el cotxe, una de les noies del taulell el va cridar.

—Senyor, perdoni... Pot acostar-se un moment?

—Jo? —i va mirar als costats per estar segur que s'adreçaven a ell i no pas a algú altre.

—Sí, vostè —i amb la mà li va fer un gest perquè s'acostés—, em pot deixar una targeta de crèdit?

—Una targeta de crèdit..., de qui?

—Seva, és clar.

—Però de què va vostè? Per què li haig de donar una Visa meva?

—Són normes de la direcció, senyor. No podem començar la nostra feina fins que algú no se'n faci càrrec. Econòmicament, vull dir. I és per això que li ho demano. No voldrà pas deixar morir la seva mascota, oi, senyor?

—La meva mascota? —El Daniel va esclatar—. Aquest gos fastigós no és la meva mascota, ni la colla que ha entrat té res a veure amb mi, sap, senyoreta? Jo ja he fet prou duent-los fins aquí, si veiés com porto el cotxe...!

—No s'exalti, senyor, però el doctor Casals ens ha dit que vostè havia atropellat el gos i que es faria càrrec de tot...

—El doctor Casals? —El seu to de veu anava in crescendo—. I qui collons és el doctor Casals?

Una dona robusta de mitjana edat, també amb bata blava i amb aires de governanta es va posar al costat del Daniel.

—Hi ha algun problema, Jenny?

—No, senyora Alarcón, és que...

—I tant que hi ha un problema —es va girar l'emprenyat Daniel—, un problema de galtes, oi que m'entén? Pretenen que jo em faci càrrec de la cura d'un gos suïcida que ni conec, ni m'interessa, ni hi tinc res a veure. Jo no soc ni de la protectora d'animals ni del Partit Animalista. Soc un ciutadà que circulava correctament per Vallcarca i un gos sense lligar s'ha ficat sota les rodes del meu cotxe. Me l'ha abonyegat, he sentit insults per part de la gent que passava pel carrer, no he fugit, he portat el gos i els seus amos fins aquí amb un paio que ara començo a pensar que hi té comissió. I vostès pretenen que em faci càrrec de tot el *parsifal*! Au vinga, senyora. Que pel dia dels Innocents falten molts mesos. Jo me'n vaig i ja s'ho faran!

I el Daniel, amb una indignació a punt de descontrolar-se, va donar un quart de volta i va caminar en direcció a la porta de sortida.

—Miri, jove —va dir la que anomenaven senyora Alarcón—, o parlem com persones o em veuré obligada a avisar a seguretat.

—Avisi a qui vulgui. Al Papa de Roma si li ve de gust.

—Senyor, faci el favor —va ordenar la dona gruixuda vestida de blau.

—Sap què li dic? —va concloure alçant ostentosament la veu—. Que els bombin!

Tothom se'l va quedar mirant. El Daniel era un home jove, ben plantat, vestit i encorbatat amb elegància, de posat amable i maneres refinades, però les estava perdent. El guàrdia de seguretat uniformat de beix se li va posar al costat.

—Vol que ho aclarim al despatx? —va comminar-lo la mestressa Alarcón.

Tothom estava pendent de la situació. Realment tothom el mirava.

—Molt bé, acabem-ho d'una vegada. Anem al despatx i que vingui el doctor..., com li han dit?

—Doctor Casals —va dir la suposada governanta de la recepció.

—Això, que vingui el Casals aquest.

Evidentment, el Daniel va acabar cedint i va donar les dades de la targeta de crèdit. Encara que tenia tota la sensació que li havien parat una ensarronada, de seguida va pensar, primer, que al cap i a la fi l'assegurança del cotxe acabaria fent-se càrrec de les despeses i, segon, que el seu advocat, un cop apaivagat el foc, prendria les mesures que convinguessin per actuar contra els okupes que l'havien embolicat en aquest desori.

—I tu me l'has fet de l'alçada d'un campanar. M'has enredat ben bé —li va deixar anar al Casals quan va aparèixer.

—Jo? —li va respondre—. Jo he complert amb la meva

obligació. El més urgent era portar aquella pobra bèstia al veterinari. O és que no tens sentiments?

—Deixem-ho córrer... Per cert, tu ets doctor? De què?

—Soc psicòleg caní.

I el Daniel va esclafir a riure.

—Psicòleg de gossos! —I es petava de riure—. Psicòleg de gossos! Petaners o de marca? —I continuava rient, gairebé histèric—. I els fas seure al divan? Ets més de l'escola conductista o de la psicoanàlisi, tu?

Quan es va calmar i va aconseguir parar de riure, el que devia ser probablement el director de l'hospital, en el despatx del qual s'havien reunit, li va tornar la Visa Or.

—Tingui, senyor Cabestany. I no es preocupi, que deixa la mascota en mans dels millors veterinaris de Barcelona. D'això... perdoni la pregunta, però, vostè no deu ser família dels Cabestany, els dels ferros?

2. Cabestany, el dels ferros

Daniel Cabestany i Llop de Vidalella, l'home que havia atropellat el gos dels okupes de La Xiroia, que li deien Bakunin, al carrer Mare de Déu del Coll de Barcelona, quan tornava d'una visita d'obra del carrer de la Farigola, a prop del lloc de l'accident, tenia trenta-sis anys, era arquitecte, i el segon de tres germans. Pertanyia a la darrera generació de la nissaga Cabestany, coneguts, sobretot, com Cabestany els dels ferros, com a amos que eren de la Fundición Cabestany, un nom ben familiar per a tothom que hagués trepitjat qualsevol carrer de Catalunya. Bé, no exactament la darrera generació, que aquesta condició li correspondria a la seva filla Bruna, de cinc anys, però la Bruna Cabestany no ocupava cap forat a l'organigrama empresarial del grup familiar integrat per una colla d'empreses amb negocis molt diversos. Grans empreses, que els Cabestany eren molt influents en la societat civil catalana i molt poderosos en l'àmbit industrial, del comerç i dels negocis. En el rànquing de famílies de pes, serien dins del top ten, com aquell qui diu.

—Ariadna —va dir-li per telèfon a la seva dona—, que la Cleo em posi un plat a taula que vinc a dinar. No et podràs ni creure el que m'ha passat.

—Però... què t'ha passat? Estàs bé? —va preguntar l'Ariadna.

—Sí, sí, ara estic bé, però he atropellat un gos.

—Pobra bèstia! No el deus haver matat...

—Crec que no, però vinc de seguida i t'ho explico. És el més surrealista que m'ha passat mai.

—Però, a veure, Daniel, que t'ha passat?

—Arribo i t'ho explico, no t'ho creuràs, perquè ni jo m'ho crec encara.

—Bé, però no triguis que aquesta tarda tinc visita amb el ginecòleg.

—No, no. Trigaré uns deu minuts o un quart.

—Però... tu estàs bé, oi, Daniel?

—Sí, sí, no t'amoïnis.

De fet, el Daniel era el Cabestany responsable de la divisió d'obres del grup empresarial familiar format per Domumsa, una promotora immobiliària que ha aixecat un incalculable nombre de blocs i urbanitzacions repartits per tot el país, i la constructora COCSA (Construcciones y Obras Cabestany Sociedad Anónima), que edifica totes les promocions de Domumsa i, en el decurs dels anys, ha anat pessigant un grapat de concessions d'obra pública. Però, enamorat del seu ofici d'arquitecte, ha deixat sempre en mans dels altres la gestió del negoci, una munió de professionals a sou, al capdavant dels quals hi ha la seva germana gran, la Raquel, consellera delegada de tot el grup, una dona de geni, preparada i decidida, ensinistrada per als negocis i nineta dels ulls de l'actual patriarca i president plenipotenciari del consell d'administració, Tote Cabestany, que, amb setanta anys i en plena forma, és qui continua prenent les grans decisions i a qui li fa molta gràcia el seu tercer fill, el petit, el Toti —el preferit de la mare—, pel morro que li posa a la vida, de tal manera que ha aconseguit escapolir-se de qualsevol responsabilitat personal o empresarial. Encara gràcies que acudeix als Consells dels quals li toca formar part a causa de la seva pertinença a la nissaga, tot i que no sempre, que és molt viatjat, el Toti, i quan no és en un paradís és en un altre, coses dels rics ociosos, dels fills de papà, en diuen, però val a dir que la seva habilitat més reconeguda és la navegació a bord d'un veler majestuós de més de trenta metres d'eslora, atracat i sempre a punt en el Club Nàutic, afició enderiada que combina amb el resseguiment caparrut de forats dels camps de golf més acreditats del país i de fora, de l'estranger, que en diuen els pobres, segons la seva observació de pijo reconsagrat (per ell l'estranger no existeix, que ell és ciutadà del món i el món sencer és casa seva). També és un consumat surfista de les onades de Bali, Hawaii, la Manu Bay de Nova Zelanda o Florianópolis del Brasil, que es veu que és, dels llocs del món, on hi ha la gent més guapa. Ah, i cardar. Li agrada molt cardar. En això ha sortit al seu pare, un dels més acreditats seductors de la burgesia catalana, el Tote Cabestany, que en realitat es diu Jorge, però que li han dit Tote des de petit per diferenciar-lo del vell Cabestany, que també es deia Jorge des que es va passar al bàndol dels nacionals durant la guerra, que abans sempre li havien dit Jordi.

De fet, l'avi Cabestany, el Jorge que abans es deia Jordi, era de família de serrallers, de Reus, l'ofici generacional dels Cabestany de tota la vida, però gràcies a l'oportuna decisió d'apuntar-se a la facció guanyadora de la guerra civil espanyola i a les bones relacions que després de la victòria va establir amb els patrons del nou ordre, la modesta serralleria va esdevenir la potent Fundición Cabestany, el nom de la qual apareix gravat en el mobiliari urbà de ferro colat, bé sigui en els fanals, les tapadores del clavegueram o les fonts públiques, de gairebé tota Catalunya, amb un logotip propi dels anys cinquanta en lletra romana i un mall a manera d'emblema, i que és el buc insígnia de les diverses empreses que integren el Grupo Cabestany e Hijos.

Quan l'avi Cabestany, don Jorge, els explicava als dos nets grans, la Raquel i el Daniel, l'origen del negoci i les irregularitats i suborns que es practicaven per aconseguir matèria primera per fondre, ens aquells anys d'aïllament i d'estraperlo, arrufaven el nas avorrits. Només els agradava la part en què parlava de la ferralla que comprava dels vaixells del fons del mar que els Ventalló del Serrallo, el barri de pescadors de Tarragona, rescataven gràcies a una concessió exclusiva aconseguida a través d'un prohom del règim, mig parent dels Franco, que, naturalment, s'enduia la seva part. No és que entenguessin res del que explicava l'avi, que la Raquel i el Daniel devien tenir nou i set anys, respectivament, però quan contava que, a vegades, els vaixells enfonsats amagaven tresors en perfecte estat, com joies o ampolles de whisky escocès, o xampany o conyac francès, el bessons obrien els ulls com taronges i imaginaven l'avi i els Ventalló del Serrallo com a pirates o aventurers de pel·lícula.

El germà petit, el Toti, dit Jordi a la pila baptismal perquè ja va néixer en els anys del pujolisme i els hàbils Cabestany havien travat ponts de negoci ben sòlids amb la Convergència triomfant i hegemònica, ja de més grandet, quan li tocava escoltar les batalletes de l'avi i l'origen de la fortuna de la qual fruïa impúdicament, sense contenció, vergonya ni mesura, ningú sabia mai com s'ho feia però s'escapolia de la lliçó d'història familiar amb qualsevol excusa que, en boca del marrec, lluny de significar-li una reconvenció, més aviat els provocava un somriure pel desvergonyiment del nano que, d'aquesta manera, es va anar convertint en el rei de la casa amb llicència tàcita per a no fotre brot i anar sempre a la seva. És cert que va estudiar Dret a la Universitat de Barcelona i el van enviar a fer màsters exòtics. Però és que als vint anys alguna cosa havia de fer que el redimís, en certa manera, de l'invariable comportament llibertí que practicava.

La mestressa, malgrat la seva joventut, aspecte que contraposava a un posat seriós i sorrut, de persona amb responsabilitat i comandància, era Raquel Cabestany. Trenta-vuit anys. Estudiant amb nota a dues Business School, IESE de Barcelona i Harvard als Estats Units. Era la persona que tallava el bacallà dins de l'imperi que, a més de la promotora immobiliària, la constructora i la foneria, amb les seves empreses complementàries de mobiliari urbà, il·luminació viària, jocs de parcs infantils, pilones, jardineres, embornals, etcètera, també incloïa el celler de vins i caves de Sant Sadurní, Cabestany & Llop, sorgit de la injecció de capital dels Cabestany al Celler de Can Llop del sogre del Tote i que la seva dona, la Memé Llop de Vidalella, figurava que en presidia honoríficament el consell per ser una Llop de Vidalella autèntica; els Laboratoris Farmacèutics Vilarnau, en origen dels sogres del vell Cabestany, don Jorge, ex-Jordi, i la cadena Rocco de gelats artesanals italians, amb més de cent cinquanta establiments escampats pel país, fàcilment identificables pel seu interiorisme blanc i verd i els tendals exteriors de franges vermelles, blanques i verdes a la manera de la bandera italiana i, ficats també dins l'àmbit de les noves tecnologies i la modernitat, s'havien fet amb el concurs —no preguntin com— de la instal·lació i manteniment de la fibra òptica per a les grans empreses de telefonia i comunicació. Ah, i un paquet d'accions significatiu i influent del Banc Sabadell.

A la mort del gran patriarca, don Jorge, ocorreguda el 2001, quan l'home acabava de complir noranta-quatre anys —malgrat l'edat i la salut minvant, encara manava prou i prenia decisions—, Tote es va reafirmar al capdavant de la cúpula de l'entramat empresarial fins que la Raquel n'agafà les regnes i ell heretà del seu pare la presidència del Consell d'Administració del Grupo Cabestany. És que els dos altres fills del patriarca havien escollit camins propis i prou allunyats dels negocis, malgrat que en rebien els beneficis com a accionistes. L'un, D. Gregorio Cabestany, era bisbe de Segorbe. L'altre germà, casat amb l'afamada pediatra Paula Roca, dels Roca de tota la vida, Salvador Cabestany i Vilarnau, regentava una notaria de les grosses al Passeig de Gràcia. I era el president de la Fundació Cabestany, un centre de cultura i art, un emblema per a una gran corporació com la de la família, que Tote Cabestany confiava posar a les mans del seu fill més espavilat, el Toti, però que quan li anava a proposar com una mena de regal de Nadal, el fill petit ja s'havia escapolit a Gstaad, a esquiar, i després ja empalmava amb la temporada de surf al Brasil; una llàstima perquè, si bé l'oncle Salvador en tenia cura i hi posava molta il·lusió, com a manera d'assolir notorietat intel·lectual entre les institucions del país, la seva visió de l'art i la cultura contrastava per retrògrada amb el que exigia la modernitat barcelonina, i en Tote i la Raquel li ho havien explicat moltes vegades sense èxit. Sens dubte, el Toti era el patró ideal per a la Fundació, si no fos que mai parava per Barcelona i que esforçar-se continuadament en un projecte li sonava a proposta marciana. Però el patriarca dels Cabestany continuava somiant truites i confiant que algun dia, amb l'edat, el seu fill petit s'avorriria de la vida regalada i es comprometria amb la Fundació. Somiava truites, sí.

Carmen Vilarnau, noranta anys, tot un caràcter, vídua del patriarca i filla del metge, ja desaparegut, fundador dels Laboratorios Vilarnau, vivia sola a la mansió familiar de Pedralbes, a dos carrers del monestir, voltada de servei. Era l'àvia, és clar, i exercia de matriarca des de la mort del seu marit i cada dilluns convocava a casa seva un sopar amb fills i nets en què exigia, com feia el patriarca, que acudissin mudats amb vestit i corbata, excepte el bisbe que, quan hi podia assistir, anava vestit de bisbe, que era com anar mudat però amb faldilles, la qual cosa posava molt contenta donya Carmen, que se sentia orgullosa de tenir un fill prelat, ni que fos a Segorbe.

Curiosament, la Raquel hi acudia sempre acompanyada de la Claire, la Claire Morel, la seva parella des de feia cinc anys. I ningú, ni tan sols el bisbe Gregorio, feia escarafalls, perquè donya Carmen li havia donat la benvinguda i la corresponent benedicció des del primer moment. I perquè la Raquel no hauria admès ni una objecció. I perquè don Jorge, que és qui hauria posat, de ben segur, totes les objeccions, estava mort i enterrat des de feia molts anys al panteó familiar que els Cabestany posseïen al cementiri de Sant Gervasi. De no haver-ho estat, el descobriment de l'orientació sexual de la seva neta i la condició d'advocada feminista radical de la Claire li hauria produït el patatús definitiu que li hauria obert el pas franc cap a la vida eterna.

Així que aquest dilluns, 24 d'abril, es reunirien al casalot de Carmen Vilarnau, com era preceptiu, el Tote Cabestany i la seva dona, la Memé Llop de Vidalella, el germà notari

Salvador i la seva dona Paula Roca, l'altre germà bisbe Gregorio, la filla gran del Tote, Raquel, amb la seva parella Claire Morel, el seu germà Daniel i la seva dona Ariadna Masdeu i el germà bala perduda Toti.

Aquestes reunions de família evidenciaven el creuament lingüístic tan propi de la burgesia catalana que havia format part del bàndol guanyador de la guerra civil. El patriarca mort va imposar el castellà com a idioma familiar, però la seva dona, que sempre li deia «a mi no em vinguis amb romanços de la política», va parlar sempre en català amb els seus fills. Així Tote, Salvador i el bisbe Gregorio parlaven entre ells en castellà però s'adreçaven a la seva mare en català. El Tote parlava català amb els seus tres fills, que també es comunicaven entre ells en aquesta llengua; el notari i la seva dona també parlaven en català, que una Roca tenia el pedigrí ben referit; el bisbe es feia una mica d'embolic, perquè a Segorbe parlava sempre en castellà; i la Raquel i la Claire, que era de Lyon, parlaven francès entre elles, però feien servir el català quan s'adreçaven a la resta de família. Per cert que el català de la Claire era prou bo. No endebades feia quinze anys que vivia i treballava a Barcelona.

I tant en català com en castellà com en francès, la conversa del sopar d'aquella setmana estaria capitalitzada, segur, per l'accident automobilístic del Daniel Cabestany.

3. La noia que tenia nom d'astronauta russa

La Svetlana, asseguda al costat del Lautaro a les butaques de la recepció de la Clínica Veterinària Sant Francesc d'Assís, esperava els resultats de l'exploració i les primeres cures d'urgència que li devien estar practicant al Bakunin. Ni tan sols sabien si després de l'accident el gos podria sobreviure. I tot i que restaven en silenci, de tant en tant a la Svetlana li donava per somiquejar repenjada a l'espatlla de l'argentí de la cua de cavall. Val a dir que constituïen la nota exòtica d'entre tots aquells que acudien amb les seves mascotes a la clínica veterinària, probablement la més luxosa de Barcelona i amb una clientela tocada i posada, que per això estava situada al Putxet i no a Nou Barris. La selecta clientela se'ls mirava i feia comentaris en veu baixa. La pinta de la parella d'okupes, asseguda a les butaques entapissades de pell de la sala d'espera d'una clínica canina de luxe, cridava l'atenció.

La Svetlana era la filla petita d'un veterà militant del PSUC que va apartar-se del partit quan en els anys de la transició els comunistes van optar per l'eurocomunisme i ell va romandre fidel al marxisme-leninisme i a la fórmula soviètica de socialització. Professor d'Història a la Universitat Autònoma, encara avui somia que la revolució és possible, i en aquesta línia de pensament hauria publicat articles i uns quants llibres d'assaig polític.

La Svetlana, filla crepuscular del vell professor Renau, que la va tenir als cinquanta anys amb la seva segona muller, va créixer en l'animadversió al sistema i l'esperança en la revolució. I mentre que en els seus dos germans grans, bastant més grans i fills del primer matrimoni del vell comunista, l'obsessió política paterna es va convertir en un efecte dissuasiu que els va portar a una vida convencional dins del sistema, amb professions lliberals i vida familiar estructurada dins de l'establishment, la Svetlana va abraçar l'anarquisme antisistèmic quan es va matricular en Ciències Polítiques a la universitat i, més endavant, quan va conèixer el Lautaro als aldarulls dels carrers de Sants durant les reivindicacions de Can Vies, va decidir abandonar la llar paterna i anar-se'n d'okupa a La Xiroia, a Vallcarca. Tot i que els seus pares van oposar-hi la simbòlica resistència perquè no fos dit, el vell comunista se sentia ben orgullós de la drecera antisistema que la Svetlana havia pres en el viatge cap a la revolució, no endebades havia anomenat Svetlana a la seva darrera descendent, com a homenatge a l'astronauta russa Svetlana Savítskaia (no pas per la filla de Stalin, que també es deia Svetlana i que va refugiar-se als Estats Units el 1967), que l'any 1982 va viatjar a l'espai amb el Soiuz T-7, essent la segona dona a viatjar a l'espai uns dinou anys després de Valentina Tereixkova, la pionera. En un primer moment, en un primer rampell, el vell professor va voler posar-li Tereixkova, però la seva dona el va convèncer que era una exageració i que això faria que els companys i companyes de l'escola l'acabessin anomenant «la russa» i l'estigmatitzessin simplificant-li el nom pel més comú de Teresa, la qual cosa, malgrat el seny posat per la mare, no es va poder evitar. Svetlana era «la russa» per a la resta d'alumnes. I és que la noia estava predestinada a assolir la utopia del pare, ni que fos per viaranys allunyats de l'ortodòxia soviètica.

Des que l'any passat la Svetlana va anar-se'n a viure al casalot okupat de Vallcarca, popularment conegut com La Xiroia, li va agafar molt d'afecte a un gos vell i polsegós que era gairebé un símbol dels antisistema del barri, el Bakunin, que ningú li va saber explicar mai des de quan era a la casa ni, exactament, els anys que tenia, perquè va ser adoptat del carrer per algú que ja no era allí i és probable que l'animal fos l'okupa més veterà de tota la comunitat.

La Svetlana se l'estimava molt, passaven moltes hores junts i sempre que podia s'ocupava de treure'l a passejar, per suposat, sense morrió ni corretja, incapaç de robar-li un bri de llibertat a un ésser viu, quan ella estava per la llibertat dels pobles i l'autogestió assembleària. I el Bakunin corresponia a l'afalagament de la noia. I tot i que el duia sempre solt, el gos anava i venia com a senyor que era dels entorns del Parc Güell, corria i es pixava als arbres, parets i fanals que se sabia de memòria, movia la cua i llepava però mai, mai dels mais, havia creuat la calçada pel seu compte, que ho feia sempre —gos vell— enganxat a les cames de la Svetlana. Fins llavors, en què aquell brètol no va frenar a temps i se'l va endur per endavant.

Recolzada en el seu company, sanglotant encara tot sovint, la demora de notícies sobre l'estat del Bakunin se li feia llarga, molt llarga, en aquella sala d'espera luxosa de la clínica veterinària del Putxet, mentre en el seu cervell bullien, barrejats, els records dels darrers anys de la seva curta vida. Records de les escaramusses amb la policia pels carrers de Barcelona. Resistint desnonaments, donant suport a col·legues desallotjats per la força de cases okupades i vivint una passió intensa amb el Lautaro a La Xiroia. Fins feia pocs mesos, perquè la Liliana, la parella de sempre de l'argentí, amb qui havien vingut feia anys des del seu país, havia retornat i van reprendre la relació, i la Svetlana va quedar relegada al paper de col·laboradora resignada en el trio, una situació que no li agradava, no era el que havia desitjat, però que acceptava pel seu compromís amb el grup i amb la fraternitat universal. Tampoc hi podia fer més i la Liliana, a part dels drets adquirits, era una tia legal. Una camarada, com diria el seu pare, que, malgrat les circumstàncies, li queia bé.

I en aquestes es va obrir la porta que donava als quiròfans i va aparèixer el Casals, el psicòleg de gossos, acompanyat d'una de les noies uniformades de blau cel. La Svetlana i el Lautaro es van aixecar de cop i van abordar-los.

—I què? —va preguntar l'argentí.

—El Bakunin... —va vacil·lar la noia en voler fer la pregunta—. És viu?

—Sí, és viu, però la veritat és que està molt malament. El cop ha sigut molt fort —va informar l'auxiliar de la bata blava—. Cal fer-li moltes proves encara i l'hem de mantenir en observació. És qüestió de temps i veure com evoluciona...

—Creiem que el millor és que marxeu, deixeu un telèfon i us aniran informant a mesura que se sàpiguen més coses —va reblar el Casals.

—No, Lautaro, jo no me'n vaig d'aquí fins que no em diguin el que li passa i el que li faran al Bakunin...

—Però, Svetlana, nosaltres no hi podem fer res, tia. Ells són els veterinaris... —la intentava convèncer el seu col·lega.

—Sisplau, sisplau... —suplicava la noia.

—Crec que el teu company té raó. És millor que marxeu. Aquí no podeu fer res...

—M'és igual, vosaltres feu el que us sembli que jo em quedo. El Bakunin em necessita.

—L'únic que necessita és un bon equip de veterinaris que ja són amb ell —insistia el Casals.

—Sembla mentida que tu siguis psicòleg de gossos... —li va respondre la Svetlana—. Vosaltres foteu el camp que jo em quedo. Em quedo.

A la discussió va intervenir la governanta Alarcón, que ja s'havia cansat de tenir exposats els dos okupes al vestíbul de la clínica, amb aquelles pintes, que contrastaven amb la resta de clients que entraven i sortien.

—Molt bé, si la noia es vol quedar, que es quedi. Jo t'acompanyo a una saleta d'espera.

La Svetlana i el Lautaro es van abraçar, la noia va seguir l'Alarcón fins a un quartet minúscul amb una tauleta plena de revistes on la va ocultar de les mirades de la gent i el Casals i el Lautaro van sortir al carrer.

—Suposo que ja has vist qui era el paio que us ha atropellat el gos, no? —va comentar el Casals.

—No, qui era?

—Daniel Cabestany.

—No tinc ni puta idea de qui és.

—És membre d'una de les famílies més poderoses i influents de Catalunya. Una potència econòmica molt ben connectada des de sempre amb el poder.

—O sigui, oligarquia pura i dura.

—És una manera de veure-ho —va opinar el Casals—. T'ho dic només perquè siguis conscient de amb qui us les haveu.

—Crec que m'estàs posant la mel a la boca, tio.

—Però ves amb compte.

—Com m'has dit que es diu?

—Daniel Cabestany. Com deia el director de la clínica, dels Cabestany, els dels ferros.

A través de l'eficaç Assemblea d'Okupes de Barcelona, aquella tarda tot el col·lectiu estava assabentat de l'atropellament del Bakunin, del nom del seu autor i del seu domicili i a través de la publicació digital *La Directa* s'havia fet difusió d'un informe minuciós sobre qui era la família Cabestany, quines empreses posseïen i les adreces de les oficines i magatzems. El reportatge d'urgència es tancava amb una sintètica biografia del gos moribund en què es glossava la seva participació en gestes èpiques de resistència i okupació dels últims anys a Barcelona en les quals el Bakunin havia participat. La xarxa va treure fum i el hashtag #bakuninviu va ser trending topic aquell capvespre.

Aliena a tot plegat, la Svetlana romania en silenci en la petita habitació de l'hospital veterinari on l'havien amagat. S'havia repassat totes les inútils revistes abandonades sobre la tauleta: alguns *¡Hola!* i *Lecturas* recents, exemplars repetits de l'últim número de la luxosa revista *Mascotas* i una bona col·lecció d'exemplars de *Barcelona Fashion*, una publicació gratuïta per a consumidors milionaris que la Svetlana va repassar per matar l'avorriment mentre la mala llet anticapitalista li traspuava pels porus de la pell. Al cap d'una bona estona, un home jove i ben clenxat, amb una bata blanca, va accedir a la habitació i es va asseure al costat de la noia.

—Ets la mestressa del Bakunin m'han dit, oi?

La Svetlana va fer que sí amb el cap.

—Mira, noia, no et vull enganyar, la pobra bèstia està molt malament. Té molts ossos trencats i un vessament intern i alguns òrgans afectats. En aquests moments s'està fent l'informe...

—Però el salvareu, oi?

—Per estalviar-li una agonia dolorosa i perquè té molt poques possibilitats de sobreviure al quiròfan, nosaltres recomanaríem sacrificar-lo.

La Svetlana va esclatar en plors.

—Pensa que la gairebé impossible recuperació del Bakunin tindria un cost altíssim i quasi dependríem d'un miracle, perquè, segurament, no serviria per a res.

—L'heu de salvar... L'heu de salvar... —remugava la Svetlana entre plors—. Aquell malparit que l'ha atropellat ho pagarà tot. Heu de fer tot el que calgui...

—Se li hauria de consultar a ell perquè, en l'estat en què es troba el gos, tot va per llarg i dubto que la companyia d'assegurances del cotxe se'n faci càrrec.

La Svetlana es va deixar caure a la cadira, va treure un

mòbil de la bossa i va telefonar el Lautaro, que en despenjar va demanar de seguida per l'estat del Bakunin.

—Heu de venir corrents, Lautaro. Aquests tios el volen sacrificar.

—Ho has d'impedir! —va cridar l'argentí des del seu terminal—. I el Cabestany dels collons, què està fent? Sap la que li caurà al damunt si mor el Bakunin?

—És que jo estic sola i no sé què fer... Sisplau.

4. El rebombori

—Senyor Cabestany? —va preguntar una veu d'home a l'altre cantó del telèfon.

—Sí, soc jo —va respondre el Daniel, assegut al seu despatx.

—Soc Godall. Samuel Godall, el director de la clínica Sant Francesc d'Assís.

—Què ha passat? —va esvarar-se de cop i volta—. Algú de la meva família està ingressat? Ha pres mal?

—No, no, tranquil·litzi's. El truco de la Clínica Veterinària Sant Francesc d'Assís, on vostè ha ingressat avui un gos que es veu que ha atropellat.

—Ah, vaja! —va respirar el Daniel Cabestany—. Allò del gos dels okupes. M'havia espantat. Ja vam quedar que la companyia d'assegurances se'n faria càrrec. El gos no és meu, jo no hi tinc res a dir.

—Em temo que no és tan senzill —va intentar explicar-li el Godall—, crec que, donades les circumstàncies, hauria de venir.

—Miri, escolti, jo tinc molta feina —va excusar-se.

—M'ho imagino, senyor Cabestany. Però és que la pobra bèstia està molt malament i els veterinaris són partidaris de sacrificar-lo...

—Doncs, escolti, no s'ho pensin dues vegades. Si em truca per demanar-me autorització, la té tota: sacrifiqui'l. I... «*muerto el perro, s'acabó la rabia*», que diuen, oi?

—Sí, això diuen, però molt em temo que estem davant d'un cas especial. Tinc aquí dins un grup d'aquests nois que exigeixen que fem tot el possible per salvar-lo, ens exigeixen un miracle... I s'estan posant molt nerviosos.

—Doncs avisi els Mossos, què vol que li digui jo. No és el meu problema!

—Em temo que sí que ho és. Venen amb un periodista d'*El Periódico* amic seu i està començant a fer preguntes sobre la responsabilitat de vostè.

—És que jo no en tinc cap de responsabilitat, que no ho entén?

—Que jo ho entengui o no, no té cap mena d'importància, senyor Cabestany —li intentava raonar el director de l'hospital—. Modestament penso que és millor afrontar aquesta situació ara i demostrar bona voluntat que no deixar que les coses s'emboliquin, que el rebombori creixi i que tot plegat es faci una bola de neu difícil d'aturar...

—Què diu, ara! —va cridar un Cabestany nerviós i emprenyat.

—A més a més hi ha una altra cosa. Jo no crec que la companyia es vulgui fer càrrec de totes les despeses, que li asseguro que seran altes, de les operacions que li caldran a l'animal i el llarg període de recuperació. Ho dic per experiència en aquests casos: quan el gos està tan, tan malament, ells demanen tirar pel dret.

—Raó de més, sacrifiqui'l —va decidir el Daniel.

—Senyor Cabestany...

—Mati'l, collons! Mati'l d'una puta vegada i acabem amb aquest malson.

—No ho faré. No vull que tots els antisistema de Barcelona em calin foc a la clínica. I jo li recomano...

—Vostè faci el que li sembli i a mi que em deixin en pau...

—Senyor Cabestany...

—Sap què li dic? Que els bombin! Ja els hi pot dir així mateix: que els bombin!

I el Daniel Cabestany va tallar la comunicació.

Tot i que havia respost amb contundència a les pretensions del director de l'hospital veterinari, començava a adonar-se que l'accident del gos a Vallcarca podia esdevenir un molest gra al cul de proporcions difícils de calcular i, el que és pitjor, de controlar. A l'hora de dinar li havia explicat a la seva dona, l'Ariadna, però traient-li importància per no posar-la nerviosa, però ara era ell qui començava a notar aquell pessigolleig a l'estómac, simptomàtic de la preocupació. Va telefonar a la seva dona per explicar-li la trucada de la clínica i el punt de vista del director Godall, Samuel Godall, i decidir, plegats, el que calia fer, però ella tenia el telèfon desconnectat. Sempre l'apagava quan anava a visitar-se al metge.

El Daniel entenia que desconnectés el mòbil quan es visitava, però en aquell moment hauria volgut parlar amb ella i plantejar-li si era millor fer veure que sentia ploure o entomar el conflicte i plantar-se a l'Hospital Veterinari Sant Francesc d'Assís. Evidentment no era qüestió de diners —els negocis dels Cabestany, diversificats i pròspers, generaven beneficis any rere any i a penes havien notat la crisi generalitzada dels darrers temps—, però al Daniel Cabestany l'enutjava i li feia molta ràbia que una colla de ganduls cremacontenidors el tinguessin agafat pels collons i el forcessin a assumir responsabilitats econòmiques i morals d'un fet accidental del qual de cap manera se sentia responsable, i, molt menys, culpable. A mesura que hi donava voltes, assegut al seu despatx de l'estudi d'arquitectura, s'anava enfurismant i maleïa la seva dissort. Per quins set sous va haver de passar pel carrer Mare de Déu del Coll just en el moment que a aquell gos puçós, deslligat de la seva mestressa, se li va acudir creuar el carrer? Era una ruta que feia tot sovint, un parell de cops per setmana, i havia de passar-hi aquell dia i aquella hora. I quin significat tenia aquell gos per a la colla d'okupes de Vallcarca que davant del seu sofriment preferien forçar la situació, com fos i al preu que fos, abans de sacrificar-lo i estalviar-li patiments? Com li deien?

—Bakunin —se li va escapar en veu alta—- M'he carregat el Bakunin, qui m'ho havia de dir...

A la clínica canina, indiferents a la neurosi que colpia l'arquitecte, la Svetlana i el Lautaro, acompanyats de la Liliana i del Martí Solans, el periodista de qui parlava fa un moment el director de l'hospital, debatien amb ell la situació.

—Però ve o no el Cabestany aquest? —va preguntar, nerviós, el de la cua de cavall.

—M'imagino que vindrà —va dir el Godall, molt professional, molt pulcre—. He parlat amb ell fa poc i li he explicat la situació.

—I què ha dit? Què ha dit? —va implorar la Svetlana.

—Dir, no ha dit res, però crec que ha entès perfectament el missatge. De totes maneres esteu forçant molt la situació. Aquest home no en té cap culpa i prou ha fet de portar-vos fins aquí i fer-se càrrec de les primeres despeses. Jo l'entenc, ni és la seva mascota ni ha estat culpa seva. Tu havies de portar el gos lligat.

—Ningú es mereix que el lliguin —va saltar la Svetlana.

—Doncs és la llei i, si no, ja veus què passa...—li va respondre el director—, ja veus les conseqüències del teu descuit.

—Tots sou iguals —li va escopir la Svetlana amb una mirada fulminant.

—A veure —va intervenir el periodista Solans—, vosaltres us esteu preocupant seriosament de salvar-li la vida al gos?

—Estem fent tot el que està en les nostres mans —va contestar amb seguretat el Godall.

—Tant si el Cabestany es fa càrrec de les despeses com si no? —va insistir el Solans.

—De moment, segons ens ha dit, l'assegurança del cotxe se'n fa càrrec, però des del moment en què els veterinaris aconsellin el sacrifici i se'ns demani continuar amb els tractaments, aleshores algú ha de pagar les despeses clíniques. Us en fareu responsables vosaltres?

—Se'n farà responsable qui el va atropellar, ja t'ho asseguro —va dir el Lautaro—, i vosaltres feu el favor d'estar al cas.

—Mira noi, ja n'hi ha prou. Crec que la clínica ha tingut molta paciència amb vosaltres. El gos està viu i permanentment controlat, no? Doncs deixeu-nos fer i aneu cap a casa. I si hi ha alguna novetat us avisarem.

—No, no, no —es va plantar el Lautaro.

—Jo no em moc d'aquí —es plantà també la Svetlana—, no em refio de vosaltres.

—I tant que et mous. Torneu a casa i ja us informarem. Aquí feu més nosa que servei —reblà el Godall, endurint l'expressió del rostre.

—Però tu què t'has pensat? —el desafià l'argentí de la cua de cavall.

—Més val que us en aneu —despenjà el telèfon del despatx—. Senyora Alarcón? Avisi a seguretat, sisplau.

La resta se'l van mirar estupefactes.

—Crec que he tingut prou paciència —es justificà el gerent.

—No cal que ens posem així —va intervenir el Martí Solans, en un intent de refredar la situació—. El Bakunin està en bones mans i és cert que aquí nosaltres no hi podem fer res. A més jo ja he passat una crònica d'urgència al diari i sortirà en l'edició de paper de demà i d'aquí una estona en el digital.

—Això és el que voleu, oi? Que la premsa ho magnifiqui! —va queixar-se el Godall— Crec que us equivoqueu, esteu jugant amb foc amb els Cabestany.

—I què has posat al diari, Martí? Què has dit? —va preguntar, neguitosa, la Svetlana.

—No he tingut temps de fer gran cosa perquè calia que sortís de seguida. He parlat de qui era el Bakunin, de la seva presència constant en la lluita per la llibertat...

—I no has dit res dels Cabestany, tio? —preguntà el Lautaro— Se'ls hi ha de posar la por al cos.

—Us equivoqueu... —insistia el Godall.

—Sí, sí, i tant! —aclarí el periodista—. Tothom sabrà que qui ha atropellat el Bakunin és un dels Cabestany, els dels ferros, i he fet un repàs grosso modo de la seva importància empresarial i del pes social de la família.

El Godall estava que s'enfilava per les parets davant de la inconsciència dels seus interlocutors que, ara n'estava segur, farien servir l'accident com un altaveu mediàtic caigut del cel. A més a més, amb la propina del cognom Cabestany com a cap de turc. Els ho havien posat en safata: un mite de la lluita antisistema agonitzant per culpa d'un burgès sense escrúpols que detestava els animals i no tenia cap recança que sacrifiquessin el Bakunin.

I mentre la discussió al despatx del gerent anava agafant un to cada cop més crispat, a fora al carrer, davant la porta de la Clínica Veterinària Sant Francesc d'Assís, uns cinquanta nois i noies antisistema, amb pancartes amb la llegenda «Salvem el Bakunin» començaven a entonar «L'estaca». I afinaven prou.

Quan el segurata vestit de beix va entrar al despatx, esverat, i va explicar la concentració del carrer amb pèls i senyals, el gerent Godall va notar com se li fonien els ploms.

—I dius que canten «L'estaca»? És que no la suporto... «L'estaca» dels collons! No he sentit mai una cançó més cursi, més carrinclona... —I va explotar—. Ara sí que se m'han inflat els pebrots. He tingut massa paciència. Vosaltres us heu carregat el Bakunin. S'han acabat els miraments, faré el que pertoca quan ens arriba una mascota en aquest estat. Sacrificarem el gos, vosaltres us ho heu buscat. Foteu el camp!

***

Després de parlar amb l'advocat Mallol, del prestigiós bufet Portavella & Mallol Associats, i d'escoltar les seves reflexions tranquil·litzadores, el Daniel Cabestany va decidir agafar el Cayenne dels caps de setmana i tornar cap a l'hospital de les mascotes i fer-se càrrec de la situació, intentar parar el cop i que la cosa no anés a més, que prou embolicada estava.

No havia pogut parlar amb la seva dona, i després de trucar-li des del cotxe per enèsima vegada va posar d'esma a la ràdio l'informatiu de les 7:

—Segons el que acabem de llegir en l'edició digital d'*El Periódico*, a la Clínica Veterinària Sant Francesc d'Assís, al barri del Putxet, agonitza una de les figures senyeres del moviment okupa de Barcelona. Es tracta de Bakunin, el gos mascota que ha participat en accions tan emblemàtiques com la defensa del banc expropiat a Gràcia o la protesta massiva a Sants, que va acabar amb fortes càrregues policials, com a conseqüència del desnonament i enderroc de Can Vies. Alba Martínez, tu ets amb la mòbil davant mateix de la clínica veterinària, què està passant?

—Sí, Kilian. Com bé dius som en directe davant de la Clínica Veterinària Sant Francesc d'Assís on està ingressat Bakunin amb politraumatisme i ferides molt greus després que fos atropellat per un BMW a Vallcarca. Els crits que sentiu de fons que exigeixen «Salvem el Bakunin» sorgeixen de les boques molt enfadades d'unes cent persones que s'han aplegat amb pancartes que duen escrit aquest eslògan i un altre que diu «Tots som Bakunin». De moment no s'han produït incidents, però els ànims estan molt escalfats, perquè ha corregut la veu que els veterinaris sembla que han pres la decisió de sacrificar-lo. Tinc al meu costat a Lautaro Rossetti, coordinador de La Xiroia, l'emblemàtica casa ocupada de Vallcarca que fa les funcions de centre social del barri i que és el lloc on viu Bakunin. Quina és l'última hora, Lautaro?

—Com tu dius, estem molt preocupats, perquè sembla que els veterinaris han pres la decisió de sacrificar Bakunin.

—Tan malament està?

—A mi em sembla, pel que he parlat amb el director de la clínica, que no es tracta estrictament de l'estat de Bakunin sinó del protocol que ells tenen el costum de seguir, saps? Mantenir en vida un gos amb aquests politraumatismes és molt costós i davant d'això, si ningú se'n fa càrrec, ells tiren pel dret. Però no els deixarem fer-ho, vull fer una crida a totes les persones sensibles de la ciutat, a tots els que simpatitzen amb el nostre moviment anticapitalista i, en general, a tots els amants dels animals, que se sumin a aquesta manifestació per salvar la vida del nostre camarada Bakunin i s'acostin a la Clínica Veterinària Sant Francesc d'Assís. Tots som Bakunin!

—La veritat, Kilian, és que cada cop està arribant més gent davant de la clínica on hi ha Bakunin.

—I des d'aquests micròfons vull aprofitar —manifestà el Lautaro— per avisar la família Cabestany, culpables de l'accident que pot costar-li la vida a Bakunin, que, si no assumeixen les seves responsabilitats, se les hauran d'haver amb tot el moviment okupa de Barcelona. Bakunin és un símbol de llibertat. L'oligarquia no podrà amb Bakunin!

El Daniel Cabestany, al volant del quatre per quatre, treia foc pels queixals. Això s'estava sortint de mare i a ell se li escapava de les mans. I quan va sentir que el locutor donava pas a l'expert Gonzalo Bernardos perquè expliqués qui eren i quins negocis controlava la família Cabestany, els dels ferros, va tancar aïrat la ràdio i va prémer l'accelerador.

—I on collons es deu haver ficat l'Ariadna? —va bramar des de dins del cotxe colpejant amb el puny sobre el volant.

5. Les mans de seda del Dr. Verdulet

—En principi tot està bé, senyora Cabestany —va dir-li el doctor Verdulet—, encara que ens falta el resultat de la citologia, ja sap com va això. La Claudia, com sempre, li trucarà d'aquí uns dies per dir-li que tot ha sortit com esperàvem. No s'amoïni.

—Ja sap que sempre em té amb l'ai al cor, doctor Verdulet.

—Anirà bé, senyora Cabestany, no s'ha de preocupar —va animar-la amb bon ofici la infermera.

—De totes maneres hi ha un tema del qual li voldria parlar, Ariadna.

—No m'espanti, doctor...

—No dona, no és res greu —va dir el Verdulet mentre es treia els guants de làtex amb què acabava d'explorar les profunditats de l'Ariadna—. Ens pot deixar sols, Claudia, un moment?

—És clar, doctor. Fins ara mateix, senyora Cabestany. I tranquil·la que la deixo en bones mans.

Cinquanta-dos anys. Alta, rossa amb el cabell recollit; si no una bellesa, la Claudia oferia un aspecte agradable, i el seu to de veu, de professional veterana, encomanava fiabilitat. La infermera de confiança, la mà dreta del doctor Santiago Verdulet, un dels ginecòlegs de referència a Barcelona, va somriure, va donar mitja volta i va sortir de la consulta, tancant la porta.

El doctor Verdulet i el seu soci, el doctor Sostres, comandaven aquell institut ginecològic, per sobre del passeig de la Bonanova, molt prestigiat a causa dels seus èxits en la fecundació artificial. El Verdulet, cinquanta-cinc anys, d'aspecte pulcre, ben plantat, metre vuitanta, canós, «oh, quin home!», segons les seves pacients, que representaven el més selecte de la burgesia barcelonina, que parlaven i no paraven de les seves mans suaus, ben cuidades, càlides i afectuoses. El Verdulet era la imatge de la societat mèdica que codirigia amb Sostres. Sempre disposat a atendre els mitjans de comunicació, havia fet una tasca intel·ligent de divulgació de la seva feina i de la del seu soci que, per contra, es reservava el paper de contrapunt científic a l'ombra. Santiago Sostres —se'ls coneixia com els dos Santiagos en l'àmbit de l'obstetrícia— mesurava mig pam menys que el seu soci, el passava de cinc anys, oferia aquest aspecte pulcre consubstancial als metges, però la seva imatge era el contrapunt de la del Verdulet: amb evident sobrepès, ulleres de miop i una alopècia rotunda que li arrodonia encara més la fesomia.

Ariadna Masdeu de Cabestany, encara en la postura de ser explorada, asseguda al butacot amb les cames obertes i subjectades per l'apèndix de seguretat, que no fos cas que amb un acte reflex les tanqués en el pitjor moment —ui, perdoni, doctor!—, va fer un sospir relaxat quan la infermera va tancar la porta. Del seu rostre bell i curosament maquillat, va desaparèixer aquella ombra de preocupació que se li havia notat quan el metge li va dir que volia parlar-hi a soles, i es va relaxar mentre el doctor Verdulet s'assegurava el tancament de la porta amb un pas de volta i es treia la bata blanca, com si aquest gest signifiqués que deixava de ser ginecòleg per esdevenir, simplement, un home molt atractiu i ben disposat.

S'hi acostà, es col·locà entre les seves cames obertes i s'abocà sobre l'Ariadna, abraçant-la i besant-la a la boca llargament.

—Oh, Santiago... —va fer l'Ariadna, verament excitada pel xoc de passions desfermades.

S'havia posat molt nerviosa, aquella tarda a la sala d'espera, perquè el seu doctor preferit havia perllongat tant les visites anteriors que va tenir una hora i mitja per empassar-se l'*¡Hola!*, el *Lecturas*, el *Cosmopolitan* i *The New Yorker*, que era la subtilesa cultural i sofisticada d'aquella estança on el bo i millor de les senyores de Barcelona s'esperaven una bona estona.

—Ho sento, Ariadna —va dir-li entre onada i onada de passió—: ha estat una tarda molt complicada i les visites s'han allargat moltíssim, però ara ja he acabat. Soc tot teu.

I malgrat que feia poca estona que el doctor Verdulet l'havia explorada a fons, Santiago, el ciutadà, va fer-li una repassada ben completa amb un final apoteòsic, de traca i mocador, que la deixà totalment satisfeta i encantada de la vida.

El cert és que l'Ariadna Masdeu, la dona del Daniel Cabestany, estava molt contenta amb el doctor Verdulet. Feia molts anys que la tractava com a pacient i una mica més de quatre que eren amants. Va ser a causa de la depressió postpart, després del naixement de la Bruna, que el ginecòleg, entenent-la, li va poder oferir un tractament complet, més enllà de l'estricte servei mèdic. Se sentia privilegiada. Només calia veure els ulls amb què les pacients miraven l'eminència catalana de l'obstetrícia i la ginecologia per enorgullir-se de la seva circumstància. No era pas una il·lusa. Sabia perfectament que moltes eren les que hi aspiraven i poques les escollides. Però no era l'única, també ho sabia, i es conformava totalment de ser posseïdora de la condició de pacient Premium. Una rebregada de tant en tant sense compromís ni propòsit de futur. *Carpe diem*. Ja li estava bé, s'estimava el Daniel i no tenia previst enamorar-se de ningú més.

L'encontre carnal no va ser gaire llarg, perquè la Claudia l'esperava per tancar el dia amb el repàs de l'agenda.

—Saps? T'he enyorat molt, Ariadna —li va dir mentre es cordava la camisa i se la posava dins dels pantalons—. Em tornes boig.

—Mentider —li contestà, somrient, ella, també recuperant les maneres i posant-se la faldilla—. Si fos veritat em donaries visita més sovint...

—Hem de recuperar aquells matins a l'hotel de Sitges altre cop, te'n recordes?

—Apa, no et posis romàntic que no t'escau. Ets tu el que està tan enfeinat, o no? Jo no tinc cap problema, només cal que quedem... —Se'l va mirar amb ulls de luxúria i va dir baixet, com si només s'ho digués a ella mateixa—: la veritat és que van estar molt bé aquells matins de dimecres a Sitges... Molt bé...

Es van abraçar i van allargar el darrer petó. L'Ariadna va prendre la bossa i s'adreçà cap a la porta.

—Cuida't, Ariadna.

Amb la porta oberta i alçant una mica el to de veu, s'acomiadà.

—Gràcies doctor, em deixa molt més tranquil·la.

I en passar pel davant de la taula on seia la Claudia va comentar:

—La veritat és que és un sol el doctor Verdulet. Quin home!

—I tant, senyora Cabestany, i tant! —Què esperava que li digués la infermera? Que era un farsant i que es passava el jurament hipocràtic pel forro dels dallonses?

—Adeu, Claudia, ja em trucaràs per dir-me el què.

—Passi-ho bé, senyora Cabestany, no s'amoïni.

L'Ariadna va sortir molt satisfeta del resultat de la visita al ginecòleg. Va baixar els tres graons de l'entrada de la torre on hi havia el consultori dels doctors Verdulet i Sostres, va creuar el jardí i va caminar pel carrer fins a arribar al Porsche negre que havia aparcat uns quaranta metres més enllà. Hi va pujar, va mirar el rellotge i, com que va veure que no era massa tard, va decidir acostar-se a Jofré, la botiga de luxe al costat del Turó Parc, a veure si podia trobar un vestit pel sopar del Cercle d'Economia de la setmana vinent. Es va mirar en el mirallet de cortesia del cotxe i es va trobar guapa i radiant. Arrencà.

L'Ariadna Masdeu, la senyora Cabestany, que li deien al consultori del doctor, era realment una dona guapa. Una dona atractiva que traspuava sex-appeal. Tenia tres anys més que el seu marit, trenta-nou, i era prou alta, prou rossa i prou proporcionada com per fer-se notar quan entrava a qualsevol lloc. Era filla dels Masdeu d'Igualada, una nissaga del tèxtil ben coneguda a la capital de l'Anoia, encara que ella mai no s'havia integrat en el negoci familiar. Va estudiar arquitectura i, després de treballar uns quants anys a Milà, en tornar a Barcelona va ser contractada pel Tote Cabestany —el qui seria amb el temps el seu sogre— per incorporar-la a l'equip d'arquitectes de l'empresa constructora. Li va impressionar el currículum professional de l'arquitecta Masdeu, però molt especialment el va convèncer l'harmoniosa arquitectura del cos de la noia que optava a la plaça vacant. Un cos de vertigen; i cal dir que, de fer aquest càlcul d'estructures anatòmiques, en sabia molt, el Tote Cabestany.

Ras i curt. L'Ariadna i el Daniel es van conèixer treballant plegats, van començar a sortir, es van embarassar, se'n van anar a viure junts i al poc temps de néixer la Bruna es van casar pel civil, amb un cert disgust de l'oncle bisbe, que deia que no importava si la núvia era divorciada, que ell podia obtenir una dispensa papal i els casaments a l'església sempre tenen més prestància i queden més ben travats. I més tractant-se d'una família com els Cabestany. De la seva estada a Itàlia, l'Ariadna, a més de l'experiència professional, se'n va emportar un matrimoni i un divorci, per això va tornar, però sempre deia que se sentia molt més italiana que qualsevol altra cosa. I és que sembla ser que l'empremta de l'Ettore Benedetti, el seu marit de curta durada, va resultar profunda i inesborrable.

No, l'Ariadna no era precisament un exemple d'esposa virtuosa. Tampoc la virtut formava part de la seva filosofia de vida. Acostumada des de ben jove a comptar amb el suport dels pares, això sí, però marcant ella el seu propi ritme i preservant, sobre tot, la seva independència, havia trobat en el Daniel el marit ideal. Amable, complaent, confiat i ric, i no com aquell gelós de l'Ettore que la tenia turmentada amb tant control i tanta desconfiança. Probablement mai ningú no l'havia satisfet tant com l'Ettore —hi havia nits que gairebé perdia el sentit, en aquell llit immens de l'apartament de Milà— però un dia va dir prou:

—Prou, Ettore. S'ha acabat.

No estava disposada a pagar el preu insuportable de la gelosia a la italiana.

—Prou.

I va tancar l'etapa milanesa de la seva vida, rebent, això sí, un revés a la cara que li va fer trontollar el cervell. Però l'italià no ha pogut oblidar mai el cop de genoll, amb tota la ràbia i tota la força, que li va rebregar els testicles.

—Veus? Amb el Daniel és molt diferent —li va explicar un dia a la Sandra Cabot, després de la sessió de spinning—. El Daniel és delicat, és tendre i té aquella mirada d'orfe desvalgut que et venen ganes d'abraçar-lo i omplir-lo de petons, més que no pas d'endur-te'l al llit, oi que m'entens?

La Sandra se la va mirar i va fer com que sí, mentre que per dins pensava que no calia que justifiqués res.

—D'acord, no és aquell furor, aquella bogeria, però és una altra cosa més assossegada. És que cada cosa té el seu moment, Sandra, i jo ja en faré quaranta, oi que m'entens?

—Oi. Però a vegades no, que no t'entenc. Encara que el més important és que t'entenguis tu.

Aturada a un semàfor de la Ronda del Mig, recordava aquella conversa amb la seva íntima amiga i no hi estava gens d'acord, amb les seves apreciacions. Perquè ella sí que s'entenia a ella mateixa. Tenia molt clar el que volia i com aconseguir-ho. Havia estat així tota la vida. Amants com el doctor Verdulet, un bé de Déu, com diria la seva mare, en pau descansi, n'havia tingut uns quants. De cop i volta es va adonar que tenia el telèfon apagat des que havia entrat a la consulta del ginecòleg i en engegar-lo va comptabilitzar dotze trucades del seu marit.

—Pobre —va pensar—. Segur que m'està buscant pel problema del gos.

Efectivament. En Daniel la buscava desesperadament per demanar-li ajut o consell o, com a mínim, suport moral en el maleït afer del puto gos dels okupes.

—Per l'amor de Déu, Ariadna, on cony t'havies ficat? —li va respondre el seu marit quan, per fi, un cop connectat el seu mòbil, li va telefonar—. Ni t'imagines el merder que s'ha muntat amb això del gos.

—Perdona, perdona, Daniel —li va dir en to compungit, l'Ariadna—, he apagat el telèfon quan he entrat a visitar-me i, després, me n'he oblidat, ho sento.

—I ara on ets?

—Anava a mirar-me roba per al sopar del Cercle d'Economia de la setmana que ve. I tu, on pares?

—Doncs t'ho pots imaginar —va contestar emprenyat—. Mentre tu tries vestits, jo estic donant voltes pels carrers a l'entorn de la clínica on hi ha el gos...

—Vols que...?

—El gos i cinc-cents tios amb pancartes, que criden com bojos «volem el Bakunin viu» i «jo soc Bakunin», t'ho pots creure? És que no goso acostar-me a la clínica. Després del que he sentit a la ràdio, si passo amb el Cayenne em linxaran o em cremaran el cotxe.

—Doncs torna, torna, Daniel —li va demanar, amoïnada—, no te la juguis. Què hi has de fer tu a la clínica? No se t'hi ha perdut res.

—És per això que volia parlar amb tu, per decidir el que haig de fer... però ara ja és massa tard, tal com s'ha anat embolicant la troca en poques hores només queda una sortida.

—Quina, Daniel?

—Rendir-se.

—Què vol dir rendir-se? —va preguntar espantada l'Ariadna.

—Comprometre'm a pagar totes les despeses per la curació del gos i, sobretot, pregar perquè no es mori. I tot i això no estic segur que aquesta colla no calin foc a alguna de les nostres oficines. Mira, Ariadna, tu ves cap a casa, jo ara truco al director de l'hospital, i vinc, que hem d'anar al sopar dels dilluns de ca l'àvia i avui tindrem sarau, ja ho veuràs.

—Però no se t'acudeixi anar a la clínica, no em facis patir, Daniel.

—No, no, de moment no estic tan boig, sents? Au vinga, ens trobem a casa, que jo també m'haig de canviar.

—Sisplau, Daniel, no te la juguis amb aquesta colla d'antisistema...

—Estigues tranquil·la.

Tan bon punt va penjar va fer cas al seu instint, va aturar el cotxe en una cantonada a prop de l'hospital per a mascotes però amagat dels manifestants sorollosos que eren el Bakunin, deien, i va telefonar al Godall.

—Godall? Soc en Cabestany.

—Ah, senyor Cabestany, sort que ha trucat, ve cap aquí?

—Que es pensa que soc boig, jo? Soc a cent metres de la clínica, però ni borratxo se m'acudiria passar per entremig d'aquesta pila d'exaltats que l'encerclen...—li va dir amb rotunditat.

—Aleshores, què hem de fer?

—Vostè sabrà, és el seu negoci —li va etzibar Daniel Cabestany—. Passi'm el paio aquell de la cua de cavall. És aquí, suposo.

—I tant. Ara mateix el vaig a buscar.

Durant l'espera va pensar en el sopar dels dilluns, al cap d'un parell d'hores, i en les explicacions que hauria de donar a la família.

—Cabestany? Què fas que no vens a donar la cara? —va dir l'arrogant del Lautaro.

—Quan t'emportis tota aquesta gent que crida a la porta de la clínica —va contestar el Daniel—. Però tant li fa si vinc o no vinc, et truco per dir-te que d'acord, que encara que no ho cobreixi l'assegurança, nosaltres ens farem càrrec de totes les despeses que comporti salvar la vida del vostre gos, entesos?

—Nano, no sé si arribes tard, perquè aquí continuen amb la idea de sacrificar-lo, i si passa això ja us podeu preparar els Cabestany i la clínica aquesta.

—Jo no sé fer miracles, i aquí, els de la clínica no ho tinc clar, però jo ara mateix li diré al director que no estalviï esforços ni diners per salvar la vida del teu gos.

—Pel bé de tots més val que sigui així...

—I emporta't aquesta penya cridanera que has convocat a la porta de la clínica, que t'he sentit per la ràdio. Tu no emboliquis més la troca... I deixa els veterinaris treballar sense pressió. Passa'm el director de la clínica...

El Lautaro no va dir res més. Passats tres segons se sentia la veu del Godall.

—Digui'm, senyor Cabestany.

—Escolti'm bé, Godall. M'he compromès amb el de la cua de cavall que nosaltres ens farem càrrec de tot on no arribi l'assegurança, o sigui que no es preocupi que cobraran fins l'última bena amb què l'emboliquin, però pel bé de tots obligui la seva gent a fer un miracle i revifi el gos, per l'amor de Déu. O busquin-ne un d'igual a la gossera, l'enguixa i l'embena bé i el fa passar pel Bakunin dels collons.

—Què diu, senyor Cabestany!

—Que faci-s'ho com vulgui però aquest gos pollós l'hem de tornar sa i estalvi, Godall.

—Farem tot el que estigui a les nostres mans, excepte miracles.

—Doncs avui toca aprendre a fer miracles. I si per aquelles coses el gos la palma, abans de dir res a ningú, truqui'm, sisplau.

—No passi *cuidado*, senyor Cabestany, que així ho farem —va dir el Godall—, però de garantia cap ni una, eh?

—Doncs més val que resi... I avisi els Mossos que dissolguin la manifestació que té davant dels nassos.

—Ai que no sé si serà pitjor el remei que la malaltia...

—Vostè mateix, Godall —va dir el Daniel per acomiadar-se—. Faci el que toca. Que tingui una bona nit.

I van penjar. Ara només quedava creuar els dits i confiar en la sort dels Cabestany. Se n'havien sortit amb poca penitència, del cas Palau —nou mesos de presó pel Tote, que no va haver de complir, i una multa de 265.000 euros—, i, malgrat que els van regirar totes les oficines i les comptabilitats, no van poder provar res quan els van investigar pel cas del tres per cent, la veritat és que ni ells s'ho creien.

—Què cony és la UDEF? —diuen que va cridar el Tote Cabestany quan es van presentar els policies amb l'ordre de registre.

La UDEF, li van poder explicar més tard, és la Unidad de Delincuencia Económica y Fiscal de la Comisaría General de Policía Judicial.

Si van sortir indemnes de la revisió dels números que va fer la maleïda UDEF, després de tenir el cul així de premut tota la família, bisbe inclòs, com és que ara els hauria d'esgarrar el negoci una merda de gos petaner? Au, vinga!

6. El sopar de família dels dilluns

L'Ariadna i el Daniel van arribar quan faltaven deu minuts per les nou de la nit a la casa de Pedralbes de l'àvia Cabestany, donya Carmen, la gran matriarca de la nissaga que mai no perdonava la falta de puntualitat. Ella conduïa el seu Porsche Carrera mentre que el Daniel no parava de queixar-se i remugar contra la dissort del dia que acabava de viure.

—Però ara ja està, no? —va concloure la dona amb ganes que el seu marit deixés d'avorrir-la amb una història tan poca-solta—. Tu ja t'has fet càrrec de tot i ara és una cosa entre els okupes i els veterinaris.

—Tant de bo fos així de senzill —es va queixar l'home—. Preguem perquè el gos no la dinyi, que ja et dic jo que com he vist d'exaltats aquella gentada tindríem un problema gros.

—Tu sempre tan pessimista...

—Pessimista? Els havies d'haver sentit! Aquests okupes, emprenyats com estan, no deixen un contenidor sense cremar ni una porta de banc sense esbotzar. I els Cabestany més val que ens amaguem sota les pedres...

—Però nosaltres, què hi tenim a veure?

—Cal que t'ho repeteixi, Ariadna? Jo m'he carregat el seu gos, que es veu que era més que un gos, era tot un símbol.

—Ximpleries! —li va deixar anar, a veure si callava o parlava d'una altra cosa, però ja es va adonar que això era impossible.

El palauet familiar, a dos carrers del Monestir de Pedralbes, era un casalot senyorial amb un gran jardí en un racó del qual, enfront de l'edifici, hi havia habilitat l'espai per acollir tots els cotxes dels visitants. S'hi veien, aparcats, el Maseratti del seu pare, el Mercedes del seu oncle Salvador i el Cayenne negre de la seva germana, o sigui que no arribaven els últims, faltaven encara el tiet bisbe i el Toti, el seu germà petit, que sempre arribava tard. Els va rebre Sebastián, el majordom de tota la vida de l'àvia, que, juntament amb el matrimoni filipí Danilo i Emma, constituïen el servei que dormia a la casa, a part del jardiner i dues noies de la neteja que constituïen el reforç extern.

—Veig que encara no som els últims, Sebastián. Com sempre el Toti...

—No, senyor Daniel —va aclarir-li el majordom—, el senyor Toti és de viatge i el senyor bisbe ha hagut d'anar a Madrid per coses de la Conferència Episcopal.

—O sigui que ja hi som tots —va concloure l'Ariadna.

—Sí, senyora, i els estan esperant, com sempre, a la biblioteca.

Qui els esperava amb més ànsia eren el seu pare i la seva germana, el Tote i la Raquel, neguitosos per les notícies que els havien anat arribant en el decurs de la tarda, sobretot la germana que, enganxada a la xarxa, havia observat amb molta preocupació les piulades del món antisistema que estaven posant els Cabestany de volta i mitja.

—Però, a veure, Daniel, què cony has fet? —va començar el seu pare.

—La veritat? Res —va respondre—. Estan muntant un sacramental perquè som els Cabestany i saben que en poden treure molt de suc, tant els del moviment okupa com la premsa.

—Però, què és el que ha passat? —va demanar la seva germana.

—Doncs mira... Un moment, ens serveixes xampany també a nosaltres, Sebastián? —Un cop plenes les copes i begut el primer trago, el Daniel va començar a explicar les desventures del dia—. Acabava de fer la visita de l'obra que estem aixecant al carrer de la Farigola de Vallcarca, he agafat Mare de Déu del Coll per tornar cap al despatx i un gos que no anava lligat ha creuat el carrer de cop i volta i me l'he endut per davant. La complicació i tot aquest parsifal que s'està muntant ve que el gos dels collons era dels okupes de la casa aquella del barri, com n'hi diuen? Aquella que fan conferències i festes. Bé, tant li fot, es veu que el consideren la mascota, l'emblema, el símbol de l'okupació de Vallcarca i Gràcia, que ja saps tu que són els okupes més tocats i posats de Barcelona...

—Tots fills de bones famílies, ja us ho dic jo —va remarcar l'oncle Salvador.

—I l'has mort? —va preguntar Raquel.

—No, per sort... o per desgràcia, que ja no ho sé. Però des d'aleshores ha començat el calvari...

I el Daniel va explicar, fil per randa, amb tots els pèls i tots els senyals, la concatenació de fets desgraciats que s'havien anat succeint fins a arribar al punt mort o compàs d'espera d'aquella hora. A mitja explicació l'àvia va entrar a la biblioteca, on l'esperaven per passar al menjador, asseguda a la cadira de rodes que empenyia la Gertrudis, la seva cuidadora hondurenya.

—I si ho acabeu de parlar sopant? —va dir la matriarca Cabestany com si digués bona nit.

Van seure al menjador, cadascú al seu lloc de cada dilluns, on, obertes i servides sobre un fons de gel, els esperaven mitja dotzena d'ostres, una dotzena per al Tote, que era un ostrer compulsiu, a excepció de la dona de l'oncle notari, la Paula Roca, la pediatra eminent, que les detestava i que en el seu lloc prenia, a petició pròpia, que ja era el succedani acordat en casos com aquest, un plat saníssim de crudités. Mentre es cruspien l'entrant, el Daniel va acabar de narrar la patètica història del dia i va repassar una per una les reaccions en les cares dels comensals que, fora de l'Ariadna i l'àvia, eren de preocupació.

—Realment és un marro complicat —va obrir el debat la Raquel—, que igual el gos es cura i aquí no ha passat res, o es complica fins a situacions que en aquests moment no soc capaç d'imaginar.

—No sé —va intervenir la Claire, la parella de la Raquel—, però jo, de vosaltres, m'avançaria als esdeveniments i estaria molt previnguda.

—Jo crec que aquesta nit hi haurà tranquil·litat... —va suposar el Tote.

—Tu, papà, no has vist com estaven d'enfurismats, aquella multitud que cridava davant de la clínica... Però tens raó —va admetre el Daniel—: jo penso que aquesta nit estaran tranquils; això sí, pendents que no la dinyi el gos.

—Esperem-ho —I en Tote es va empassar un glop de chardonnay envellit en barrica de roure americà—. Però demà a primera hora convoquem els advocats, Raquel, i després la gent de comunicació. Si és veritat el que expliques que han dit per la ràdio, hem de contrarestar immediatament qualsevol campanya contra nosaltres. Després del que hem passat aquests mesos, el grup sencer està en una posició delicada. No ens convé cap escàndol, encara que vingui dels okupes. Estem passant per la maroma i qualsevol descuit ens pot costar car. Sé que la UDEF continua obsessionada amb nosaltres.

—Jo parlaria també, que mai està de més —va afegir el Daniel—, amb la companyia de seguretat que tenim contractada per tal de reforçar la vigilància a les oficines, a les obres...

—I a les botigues de la cadena de gelats, que aquests són punts febles i avui s'ha dit a la xarxa que ens pertanyien —va avisar la Raquel—, no, Claire?

—*Bien sûr* —li va donar la raó—. Cal avançar-se.

—Escolta, escolta, Tote —va dir el seu germà Salvador—, encara teniu contractat aquell gitano... com es deia?

—Sinaí, el Sinaí Caragol —va informar el Daniel.

—Sí, li paguem un sou cada mes, però compte amb aquests, que com s'hi posin ho poden emmerdar més encara —va avisar el pare Cabestany.

—Doncs aquest home us ha tret d'una pila de situacions complicades, ho heu parlat en aquesta taula molts cops, sobretot pel que té a veure amb conflictes amb els okupes.

—Sí, Salvador, i d'altres de grossos, tens raó, però amb aquesta gent s'ha d'anar amb peus de plom —va avisar-lo el Tote.

—Vosaltres no us hi emboliqueu —va intervenir donya Carmen, que semblava que no hi era o que tant se li en donava—. El gitano, nois, el gitano us ho arreglarà tot, ja ho veureu.

—Mare... —va parar-la el seu fill gran.

Sinaí Caragol era sempre el pla B que mai fallava. Un gitano dur, lleial amb els Cabestany i amb totes les connexions precises, imprescindibles amb el submón urbà. Un paio —perdó, un gitano— resolutiu, tant per la via legal com per la via ràpida. Amb els problemes de l'okupació, quan el Mossos deien que no s'hi podia fer res, tothom sabia, Mossos inclosos, que el Sinaí es trauria un as de la màniga. Però si optaves per la solució Caragol, més valia que donessis mitja volta, t'embenessis els ulls i et posessis taps a les orelles. I t'allunyessis de l'operació com més millor.

—Crec que l'oncle té raó —va corroborar el Daniel—, amb el Sinaí cal parlar-hi de totes totes. Tenir-lo avisat per si de cas. Que el Sinaí és molt Sinaí.

—Bé, i si canviéssiu de tema? —va intervenir la Memé, la dona del Tote i mare de la Raquel i del Daniel que, com era costum en ella, gairebé no obria la boca en tots els sopars—. Què en sabem del Toti? Tenim notícies del Nepal?

En tenien. La Raquel, quan el Toti entrava en zona de cobertura de wifi, era qui hi establia contacte, més que res per mantenir informats els pares i l'àvia, que quin un el Toti per espavilar-se sol i no donar cap mena d'explicació a ningú. Això va servir per iniciar una corrua d'anècdotes personals sobre els respectius viatges dels comensals, que eren gent molt de món.

A l'hora de les postres —amanida de fruita i les clàssiques lioneses que es feia portar l'àvia, cada dilluns, de can Canal— la Raquel va intervenir.

—Sé que no és la millor nit per celebrar-ho, però els nostres cellers de Sant Sadurní treuen al mercat una garnatxa dolça i blanca extraordinària, perfecte per a les postres, i el nostre enòleg, el Roger Domingo, voldria que la tastéssiu abans que no surti a les botigues. L'hem batejada com a Clara, que tant funciona en català com en castellà... Però en realitat li volia dir Claire —i va girar-se cap a la Claire.

Les dues es van posar dretes i es van fer un simbòlic petó als llavis. El Sebastián va portar l'ampolla refredada en una glaçonera, la va obrir i va servir tothom i van brindar per la Claire i tots van estar d'acord a combinar-lo amb les lioneses, que era un vi dolç magnífic servit a la temperatura freda escaient. Per un moment van oblidar el Bakunin i les seves malaurades circumstàncies i es van deixar embriagar pel nou vi del celler Cabestany & Llop.

—Ah, i és una producció ecològica! —va afegir la Raquel, i tots ho van valorar molt positivament.

Tant l'Ariadna com el Daniel van romandre callats la resta del sopar, que va acabar com sempre, puntualment, a dos quarts de dotze, hora en què donya Carmen considerava que s'havia d'anar a dormir, perquè era molt precisa en qüestions de costums, hàbits i horaris, molt meticulosa. El Daniel, amb la preocupació reflectida al rostre, no es treia del cap l'afer del gos pollós i les diverses accions que podia emprendre, si calia, aquella nit mateix. L'Ariadna, amb l'espurna de felicitat als ulls, allunyada de les cabòries que amoïnaven el seu marit, mig somreia en recordar el tacte suau de les mans de seda del doctor Verdulet i la promesa de recobrar els matins llicenciosos dels dimecres al secret hotel de Sitges.

—Saps què, Ariadna? —li va dir el Daniel tan bon punt va pujar al Porsche de la seva dona—. Porta'm a la clínica on hi ha el gos, al Putxet, si et plau.

És que el Daniel Cabestany tenia un pla.

—Ves a saber quina en portes de cap, ara, tu —li va dir la seva dona—. Però si no hi deu haver ningú, ja em diràs què hi has de fer allà a aquesta hora.

—Precisament perquè no hi haurà ningú que emboliqui la troca, vull saber realment què passa.

—I voldràs que t'esperi —va afegir la dona.

—No, no, tu ves a dormir que és molt tard, jo ja demanaré un taxi —li va explicar.

—És igual, si vols t'espero, tampoc tinc res urgent demà a primera hora.

—No, Ariadna, no cal. No tinc ni idea de què em trobaré ni quan acabaré. Potser són deu minuts o un parell d'hores —va reflexionar—, no vull estar patint perquè tu siguis a fora esperant.

—Entro amb tu, si vols.

—Que no, Ariadna, que no.

El Daniel li va indicar el camí fins a la Clínica Veterinària Sant Francesc d'Assís i ella va aturar el cotxe a la porta.

—Quin luxe d'hospital —va fer, sorpresa per l'aparença de l'edifici—. Estàs segur que no vols que t'acompanyi?

—Au, ves cap a casa, que jo procuraré tornar aviat —Li va fer un petó ràpid als llavis, va tancar la porta del cotxe, que va sonar contundent, com passa amb els cotxes cars, res de llauneta, i va donar un cop d'ull a l'entorn abans d'accedir a la clínica de mascotes: no hi havia ningú, en aquella cantonada on hores abans una munió de gent semblava embogir cridant «Jo soc Bakunin» i cantant «...si jo l'estiro, fort, per aquí i tu l'estires fort per allà...».

—No triguis... i no facis ximpleries —li va recomanar l'Ariadna abans d'arrancar altre cop el cotxe i desaparèixer per la cantonada, a mà dreta.

En el vestíbul buit, els llums totalment encesos, i en el mostrador, un home de seguretat uniformat de beix a qui va explicar qui era i que volia parlar amb el veterinari de guàrdia sobre l'estat d'un gos que anomenaven Bakunin.

—És la seva mascota, senyor Cabestany?

—No, no és la meva mascota, però soc jo qui paga la festa —va dir-li de males maneres—. És una història massa llarga i el que vull és parlar amb un veterinari que em pugui explicar alguna cosa. El pot avisar, sisplau?

Va trigar una mica a aparèixer un individu jove amb bata blanca. Dotze minuts, aproximadament, que se li van fer eterns. De fet, després de justificar-se perquè havia tingut un problema amb l'ala trencada d'un papagai, no li va poder donar molta més informació que la que ja sabia. Que el tenim en observació després de guarir-li les ferides produïdes per la topada amb el cotxe, que hem d'esperar a veure com evolucionen els politraumatismes, i que fins que no passin, com a mínim, quaranta-vuit hores, no podrem tornar a emetre un nou diagnòstic. És qüestió de paciència. Qüestió d'esperar sense posar-se nerviós.

—No calia que vingués, ja veu que no tinc notícies noves —li va insistir el veterinari—. A més a més, a la saleta hi ha una noia de vostès que ja està pendent de tot plegat.

—Una noia nostra? —es va quedar parat el Daniel.

—Això m'ha dit el senyor Godall abans de marxar. Svetlana, crec que es diu, em sembla.

—Aquesta Svetlana no té... —es va aturar de cop—. Gràcies, doctor, vaig a parlar amb ella.

Asseguda i encongida en una racó del sofà de la petita i discreta saleta d'espera on el Godall havia fet amagar-la de les mirades de la selecta clientela, la Svetlana dormia abraçada a les seves cames. El Daniel no va gosar despertar-la. Es va asseure al seient de davant i la va mirar de dalt a baix amb curiositat. Va tenir tot el temps del món per fixar-se en el seu cabell, llarg, negre i mal tallat, decorat amb petites metxes de colors llampants (blau elèctric, verd lloro, rosa xiclet mastegat i algun rampell d'una mena de color groc tirant a caca d'oca) com florides a l'atzar en un terreny salvatge i segellat amb un cop de destral maldestre per signar el serrell característic de les dones que okupen. On s'acabava la màniga de la brusa, i sobre el canell, li sobresortia el final d'un tatuatge que ves a saber on començava i per quins viaranys de la pell continuava. Dormia plàcidament, amb el rostre relaxat i un mig somriure als llavis, que no sé pas el que estarà somiant, es va dir el Daniel. Va passar prou temps perquè la contemplés a plaer, potser una hora o una hora i mitja. Ningú va irrompre a la saleta, ningú va trencar aquell inesperat silenci. Lluny de la crispació d'aquell maleït dia, l'aspecte de la Svetlana s'havia endolcit i, de tant mirar-la i remirar-la, el Daniel Cabestany es va convèncer que tenia davant seu una noia molt bonica i quan amb l'observació minuciosa es va adonar que els pensaments esdevenien carnals, molt carnals, massa carnals potser, va decidir marxar. Abans de sortir va pensar que la noia dormiria millor amb el llum apagat i va prémer l'interruptor. La Svetlana es va moure lleugerament i va murmurar fluixet.

—Lautaro...

Amb el llum apagat i la porta de la saleta oberta, que deixava passar la tènue il·luminació del passadís, el Daniel, en sentir la veu de la noia, la va mirar per darrera vegada, i amb un rampell se li va acostar.

—Dorm tranquil·la, Svetlana, el Bakunin està bé...

I li va fer un petó al front, va tancar la porta procurant no fer soroll, va creuar el vestíbul i sortí al carrer d'un Putxet solitari. Va caminar fins a la Ronda del Mig i va parar un taxi que el portés a casa. No es podia treure del cap la imatge del rostre bell i relaxat d'aquella noia de poc més de vint anys que havia deixat, adormida, a la saleta de la Clínica Veterinària Sant Francesc d'Assís.

7. Sinaí Caragol

—Miri, senyor, ja he tingut moltes topades amb aquests *perroflautes* —li va explicar el Sinaí Caragol a l'amo—, ens coneixem de sobres, escolti, i tots ells saben que nosaltros no estem per hòsties, que com aquests *hijos de papá* es passin ni que sigui així —va ajuntar dos dits de la mà dreta per explicar gràficament la insignificança— li ben juro que se'n penediran tota la vida. Ja poden posar un ciri a santa Quitèria que del Sinaí no se'n lliuren. I ells ho saben, senyor. Cremem La Xiroia, cremem Can Vies, cremem la casa de la Muntanya i cremem la casa de la mare que va parir a tota aquesta colla de desgraciats morts de gana que...

—D'acord, Sinaí, ja saps que nosaltres et tenim tota la confiança, tant a tu com a la teva gent —li va confirmar el Tote Cabestany—, però...

—Però això és una mica diferent —va intervenir la seva filla Raquel—: s'ha d'anar amb peus de plom, Sinaí. Això no és una buidada d'okupes normal, com la que ens toca fer d'algun dels nostres blocs abans de lliurar les claus. Tenim els ulls de la premsa posats damunt nostre, ho entens?

—És clar que sí, senyora, és clar que ho entenc, però pensi que amb aquests de la premsa també ens les hem tingut més d'una vegada. Miri, veurà, són una colla de gallines, ja li dic jo, es creuen qui sap què però quan els poses a caldo, cames *para qué os quiero*, senyora.

—Anem a pams, Sinaí —va recobrar el fil inicial l'amo Cabestany—, de moment només necessitem prevenció, estar a l'aguait. Amb els ulls ben oberts, però sense fer gens de soroll. Cal doblar la vigilància a les nostres oficines, als nous blocs de l'Hospitalet, sobretot, i a les botigues més cèntriques de les gelateries. La de la Rambla de Catalunya, les dues de les Rambles, la de Major de Gràcia i la de la República Argentina, prop de Vallcarca. Jo crec que si controlem aquests punts, anirem bé. Ah, i si es necessita contractar tota la gent que calgui, no te n'estiguis, Sinaí.

—No es preocupi, senyor, tant els Carmona com els Batista i els Petrescu, aquells romanesos de Badalona, però gitanos-gitanos, són bona gent i molt fidels. Cap problema. Però jo sempre he sentit dir a mon pare que la millor defensa és un *buen ataque*, escolti. Jo els faria un escarment abans que s'atrevissin a més. Si calem foc a La Xiroia, la casa dels okupes de Vallcarca, veuran com s'ho pensen, oi que m'entenen?

—Per l'amor de Déu, Sinaí, tranquil —va tallar-lo, esverat, el Tote—. Si et plau, qualsevol idea ha de passar per la senyora Raquel, que quedi clar.

—Sí, sí, senyor. Jo només era per ajudar, per adelantar-me a l'enemic, oi que m'entén?

El Sinaí Caragol era un empleat fidel de l'amo Cabestany i de la mestressa Raquel. Era un gitano alt i fort, el físic del qual imposava temença. Amb dos anells d'or als dits anular i petit de la mà esquerra, un *nomeolvides* també d'or al canell esquerra, un Rolex (autèntic o replicat), completament daurat, al canell dret, amb vestit i camisa negres de coll obert per deixar veure més or encara i una mirada intimidatòria que no admetia un no per resposta. Quaranta-i-pocs anys. El Caragol era el cap de seguretat oficiós del grup Cabestany, especialitzat en accions radicals, extremes, definitives, de les quals mai estava obligat, ans al contrari, a donar explicacions.

—Endavant, Sinaí —I el gitano i la seva brigada feien la feina i recobrien el desgavell, si s'esqueia, amb un vel de quotidiana normalitat.

—Tot està al seu *puesto*, senyor —era la concisa explicació i l'evidència que s'havia fet la voluntat de l'amo sense cap incidència. Incidència digna de remarcar, perquè d'incidències previsibles solien haver-n'hi sempre una pila.

Abans que se n'anés, la Raquel es va endur a un racó el gitano i li va dir, en confiança, però en el to d'una ordre d'obligat compliment, que el Sinaí coneixia sobradament la senyora.

—Saps perfectament el que et diré, Sinaí.

—M'ho imagino, senyora. Que sembli un accident, oi que sí? Fem el que fem, que sembli un accident.

—Justament. Si et dono l'ordre extrema —i amb els ulls

va fer un moviment que el Sinaí Caragol va entendre perfectament a què feia referència: l'incendi de la Xicoia—, quan, desgraciadament, no hi hagi cap altra alternativa, Sinaí, que sembli un accident, ja ho saps. Nosaltres no en sabem res. Res de res.

—Entesos, senyora, se'n pot ben refiar. Som professionals.

—Ho sé, Sinaí, ho sé. Confiem plenament en tu.

Tan bon punt es va acabar la reunió previsora, el Sinaí Caragol va telefonar al Tony Carmona, al Josué Batista i al Mihas Petrescu perquè, amb discreció, com sempre, tinguessin la gent previnguda, de moment, per reforçar les vigilàncies.

El Daniel Cabestany, més o menys a la mateixa hora, va telefonar al Samuel Godall, director de la Clínica Veterinària Sant Francesc d'Assís per saber si hi havia hagut novetats pel que feia referència a l'estat de salut del Bakunin, per si s'havia produït alguna millora remarcable o tot havia anat a pitjor. El Godall li va dir que no hi havia novetats, que tot estava igual i que la nena aquella, l'okupa —Svetlana, diu? Sí, Svetlana, crec que li diuen—, continuava a la sala d'espera on l'havia deixat ell ahir, i on la va trobar l'arquitecte, i que el seu nòvio, el de la cua de cavall, li havia portat un entrepà vegetal i un te.

També a una hora semblant, el bisbe auxiliar de Barcelona va telefonar al bisbe de Segorbe, Gregorio Cabestany, de part del delegat a Catalunya del Govern de Madrid, per demanar-li que parlés amb el seu germà, el Tote Cabestany, per tractar d'apaivagar la situació i cedir davant dels okupes que s'estaven preparant per a la guerra urbana i que en aquests moments només faltava això. El Tote es va emprenyar i li va dir al seu germà que si el «governador civil» volia alguna cosa que deixés de fer la volta episcopal i li truqués directament a ell, collons. El bisbe de Segorbe es va limitar a dir «*no te pongas así, Tote, que el chico lo ha hecho con toda la buena fe*».

Al cap d'una estona el Delegat del Govern Central va trucar al Tote demanant-li disculpes i explicant-li que la seva policia —però no els Mossos, eh?— tenia informació dels seus infiltrats que per a la propera nit se'n preparava una de grossa pels carrers de Barcelona, que començaria al davant de la clínica on estava ingressat el Bakunin i baixaria pel carrer Balmes fins a Pelai i la plaça de Catalunya, enduent-se per davant tot el que trobessin. Això volia dir vidres d'aparadors de bancs i McDonald's trencats i contenidors en flames. «I jo què vol que hi faci, Delegat? Nosaltres ja ens hem fet càrrec de totes les despeses, ara els qui han de fer la feina són els veterinaris, m'entén?, i si van mal dades, la policia, que per això hi és». «Però vostè ja sap com són els Mossos...», va insinuar el funcionari. «No que no sé com són els Mossos», li va respondre el Cabestany. «Això és un tema que han d'aclarir entre vostès. El mínim que podem esperar dels cossos de seguretat és que s'entenguin entre policies i que no es facin la punyeta». No van quedar gaire amics, tot i mantenir les formes, per la qual cosa el Tote Cabestany va trucar al Sinaí Caragol i el va avisar que se'n preparava una de grossa per a aquella nit i que tingués la gent a punt per si de cas.

Més o menys cap a aquella hora l'Ariadna va telefonar al seu ginecòleg de les mans de seda, el doctor Verdulet, que estava a punt d'entrar al quiròfan per un part, a veure si quedaven per al matí de demà, dimecres, a l'hotelet de Sitges. El Santiago Verdulet li va dir que l'enxampava a punt d'entrar al quiròfan i que li semblava que sí que podria, però que la trucaria en acabar el part per concretar la cita. L'Ariadna va dir que molt bé, que espero la teva trucada. Immediatament va telefonar a la seva amiga Sandra per fer petar la xerrada, com feien tantes vegades, i descriure-li un cop més les meravelles de què eren capaces les mans de seda del Santiago Verdulet quan li exploraven, fora d'hores obstetrícíques, la seva epidermis i més endins. La Sandra li va dir, un cop més, que estava jugant amb foc i que ella ja l'havia avisat, no una, sinó moltes vegades. Que quan va passar allò del pianista italià que va anar a fer un concert a Peralada li va anar de poc.

—És que amb els italians ja saps que em desfaig, és superior a mi, Sandra. A mi em parlen en italià i em comença a venir un no-sé-què que no puc, Sandra, no me'n puc estar...

—Sort en tenim que el Verdulet no n'és, d'italià, oi?

—No, però va fer una estada de dos anys a Roma.

—Ah —va dir la Sandra.

Com que van passar dues hores i el Dr. Verdulet no telefonava, l'Ariadna va insistir.

—Ara mateix t'anava a trucar —va dir el ginecòleg, amb veu d'atabalat.

—Però sí o no, Santiago, que dimecres ja és demà i m'haig d'organitzar.

—Sí, sí, quedem a les deu a l'habitació, que jo a la una hauria de marxar cap al consultori.

—Sí, és clar —va acceptar l'Ariadna—, que jo també hauria de dinar a casa. Tu no et preocupis que jo reservo l'habitació a nom teu i per WhatsApp et confirmo el número.

—Gràcies, que jo vaig molt de bòlit, Ariadna.

—Procuraré que sigui la nostra habitació de sempre, et sembla? —va dir, posant a la veu el seu to més suggestiu.

—Seria fantàstic —va contestar el doctor—. Quedem demà a les deu.

—Fins demà, doctor —s'acomiadà, tallà la trucada i respirà profundament abans de reservar l'habitació de l'hotel de Sitges.

—Senyora Verdulet —va reconèixer-la el recepcionista—, quina il·lusió que em fa tornar-la a sentir.

I li van confirmar la suite júnior 202, com sempre.

A la gran sala de juntes de la Corporación Grupo Cabestany, a la Diagonal, feia poc que s'havien reunit amb el Sinaí Caragol la Raquel i el Tote Cabestany, reunió en què s'afegí el Daniel, el seu germà, l'equip d'advocats del departament jurídic de la corporació, el cap de seguretat —que no era el Sinaí, que el Sinaí era la reserva per als afers complicats que vorejaven línies vermelles— i els dos caps de comunicació, l'Aaron Farriol i la Susanna Trias, periodistes amb experiència que feien classes a la Blanquerna. I després de formular la gran pregunta, «Com ens en sortim, d'aquest embolic?», va començar la pluja de suggeriments que va durar dues hores i que es va tancar amb l'acord d'un comunicat de premsa, de contingut mil·limetrat.

El Grupo Cabestany lamenta profundament l'accident que el dilluns passat va patir la mascota Bakunin, al carrer de la Mare de Déu del Coll, i vol manifestar la seva solidaritat amb els seus propietaris, a qui garanteix que no estalviaran cap esforç, del tipus que calgui, tant professional com econòmic, per salvar-li la vida, per a la qual cosa compten amb la provada i prestigiosa experiència de l'equip de veterinaris de la Clínica Sant Francesc d'Assís de Barcelona. El Grupo Cabestany també vol desmentir qualsevol informació que s'hagi pogut produir en sentit contrari i qualsevol calúmnia que en aquest afer s'hagi vessat cap a qualsevol membre de la família Cabestany, que serà perseguida amb tota la força que la llei atorga per garantir el bon nom i l'honorabilitat de les persones.

Diàriament, el Grupo Cabestany oferirà tota la informació que l'equip mèdic que té cura de l'estimat Bakunin faciliti.

Signat: Jordi Cabestany i Vilarnau, president del Consell d'Administració del Grupo Cabestany

Raquel Cabestany i Llop de Vidalella, Consellera Delegada

Samuel Godall i Proubasta, Director de la Clínica Veterinària Sant Francesc d'A.

El comunicat es va fer arribar a tots els mitjans de comunicació i va aparèixer a pàgina sencera, pagada com a publicitat, és clar, a les edicions en paper d'*El Punt-Avui*, l'*Ara*, *El Periódico* i *La Vanguardia*, de gran influència entre la societat civil benpensant de Catalunya.

A la reunió es va acordar, també, que a través del personatge que es va presentar com a Dr. Casals, psicòleg caní, s'intentaria convèncer el Lautaro Rossetti, líder de La Xiroia i del moviment antisistema de Vallcarca, de fer una roda de premsa conjunta amb el Daniel Cabestany per tal de demostrar l'esperit de col·laboració entre uns i altres amb l'objectiu de salvar la vida del Bakunin.

—Em sembla una gran idea, Susanna —li va dir el Tote a la cap de comunicació.

—Perdona, papà, i no tinc res contra tu, Susanna —va intervenir de seguida el Daniel—, però em sembla una utopia impossible. El Lautaro, que l'hauríeu de conèixer, és el cap dels antisistema del barri. Sortir, com de bon rotllet, al costat d'un Cabestany, li enfonsaria la imatge i no li aportaria res de res, penseu-ho.

—Home, i si li oferim una donació a La Xiroia per continuar amb la seva tasca social i cultural al barri, eh? —se li va acabar d'ocórrer al Tote.

—El Grup Cabestany donant diners als antisistema? Però que ens hem begut l'enteniment, papà? —va raonar la Raquel.

—De sota mà, si cal, dona —va rematar el president del Consell.

—A veure, a veure, asserenem-nos, papà. Que vols tornar a sortir a tots els mitjans com en el cas del tres per cent? —li respongué el Daniel—. És el que està esperant tothom, tant els okupes com tota la premsa: «Els Cabestany reconeixen la seva culpabilitat volent subornar els amos de Bakunin i aquests ho denuncien públicament».

—Amb tots els respectes, senyor Cabestany —intervingué la Susanna Trias, rossa, alta, guapa, vestida amb l'elegància casual de les dones de Sarrià i ull dret de l'amo—, crec que els seus fills tenen raó. El que no podem fer és donar carn a la fera perquè ens mossegarà la mà. Fem-ho pel camí normal, a través d'aquest Casals. I si no surt, no surt.

—Però fem-ho ràpid, doncs, Susanna, que ja us he explicat el que m'ha dit el governador civil...

—Papà, el Delegat del Govern —va corregir-lo la Raquel.

—Sí, aquest. Fem-ho ràpid perquè en tenen una de grossa muntada per a aquest vespre. Sobretot les gelateries, Masclans —li va recordar al cap oficial de seguretat—. Vigileu les del centre especialment.

—Està avisat, el Sinaí? —va preguntar el Masclans.

—I tant, però aquí cadascú juga el seu paper, entesos?

I van donar per acabada la reunió del gabinet de crisi. El Tote Cabestany va tornar al seu despatx, igual que la seva filla Raquel, que tenia una trucada de l'oncle Salvador, el notari, que, com a president de la Fundació Cabestany, la seu de la qual estava, tal com els va aconsellar l'alcalde Clos, en una fàbrica rehabilitada del 22@ que van reconvertir en centre cultural amb sala d'exposicions i conferències, volia parlar dels detalls de la inauguració d'aquí a quinze dies, de l'exposició de l'artista italià Giancarlo Visconti (de l'entorn familiar del que va ser geni del cinema) i que tenia esvalotada tota la colònia italiana de Barcelona, molt nombrosa, per cert, per l'escandalosa fama de les seves performances.

—Oncle —li va demanar la Raquel—, deixem-ho per a demà, que avui anem tots de corcoll amb el merder del gos dels okupes.

—Sí, nena, però no t'oblidis dels nostres negocis amb Itàlia, que si aquest Visconti munta una escandalera de les seves, encara prendrem mal.

—No em traspassis els teus problemes —va respondre asprament la Raquel—, tu ets el president de la Fundació i, en tot cas, tu has embolicat la troca. Desembolica-la, collons! —i va penjar.

Dolgut, va voler parlar de l'afer italià amb el seu germà Tote, però aquest no li va respondre la trucada del mòbil i li va ordenar a la secretària que si li telefonava el seu germà Salvador digués que no hi era. Anava massa atrafegat com per aguantar-li les tonteries del seu germà, que ja havia avisat la secretària que la cosa anava de la nova exposició de la Fundació: una collonada d'un notari ociós.

La Susanna Trias va parlar amb el Samuel Godall perquè li expliqués la idea de la roda de premsa conjunta —el Lautaro i el Daniel— al seu amic Casals i que aquest convencés l'argentí de la cua de cavall. El Godall va arrufar el nas però, tal com li van explicar, li ho va transmetre. El Casals encara va arrufar més el nas.

—I qui diu que ha tingut la genial idea? —va preguntar-li.

—No ho sé i no crec que importi, aquí hi estem tots embolicats.

De mala gana, el Casals va localitzar el Lautaro, que anava molt ocupat dissenyant l'operatiu legal, i també l'altre, el de la manifestació del vespre. L'amo de l'okupació, després de fer-se un fart de riure, va dir uns quants estirabots en argentí i va enviar el Casals, el Godall i tots els Cabestany i les seves mares respectives a prendre pel sac.

El Daniel, sense cap ganes, va agafar el Cayenne i se'n va anar de visita d'obres a Sant Cugat. Pels Túnels de Vallvidrera li va venir al pensament la tendra imatge de la Svetlana dormint, relaxada, a la saleta de la clínica, i en pagar el peatge es va trobar remugant una pregària inversemblant, gairebé surrealista i, per descomptat, irreverent: «Déu meu, salva el Bakunin».

8. La ciutat socarrimada

Aquella tarda de dimarts la xarxa treia fum en referència a l'afer Bakunin. Com només internet és capaç de fer-ho, s'escampava a velocitat de vertigen la convocatòria de la manifestació, tothom es passava el missatge —fes-ho córrer!— per a la cita multitudinària de les set de la tarda davant de la clínica veterinària d'alt standing on agonitzava —o potser es refeia miraculosament— l'emblemàtica mascota de la discòrdia. La crida per a la salvació del Bakunin havia passat de l'àmbit estricte del món antisistema a tothom qui tingués una mínima sensibilitat en contra del patiment dels animals, al moviment conegut com els iaioflautes, hiperactius i ben organitzats, i, de passada, a tots aquells emprenyats amb la corrupció generalitzada que, deien els diaris, flagel·lava el país perquè un Cabestany —el cognom d'una de les famílies poderoses que més havia sortit als diaris en relació amb l'escàndol del Palau de la Música i les investigacions anomenades del tres per cent— era al centre de la qüestió, com a autor de l'atropellament del gos Bakunin. Tot i que els Cabestany n'havien sortit prou indemnes, l'obsessiva persecució mediàtica ja els havia condemnat i, gairebé, penjat a la forca. Per altra banda una campanya orquestrada de consignes paral·leles convidava a esbotzar les gelateries Rocco que els manifestants anessin trobant en el seu recorregut; que, tot i que no hi sortia Cabestany per enlloc, ni l'emblema antiquat de la corporació, la premsa ja s'havia encarregat de difondre que darrere de les gelateries italianes de moda hi havia el capital omnipotent de la família assassina de gossos àcrates.

Les xarxes socials, tan creatives, tan anònimes, tan fora de control, barrejaven amb la mateixa autoritat moral, amb el mateix crèdit popular, informacions sobre els fets i la preparació de la gran manifestació, amb acudits enginyosos, informacions esbiaixades i verinoses fake news generades tant per una bàndol en conflicte com per l'altre. Tot plegat molt tens, molt al límit de la crispació, molt a punt per a la confrontació, per a la qual només calia una espurna que encengués la metxa. I aquesta va arribar pocs minuts abans que comencés la marxa del Putxet a Canaletes, que desbordava el estrets carrers del barri senyorial i s'espargia sense control per la Ronda del Mig i el carrer de Balmes. L'humorista, columnista, monologuista i presentador del seu propi programa de televisió, Toni Farré, enginyós i repartidor d'estopa habitual tant contra dels d'un costat com contra els de l'altre, amb centenars de milers de seguidors, o no va calcular que jugava amb foc o va voler llançar al bell mig de la crisi el còctel molotov que ho engegués tot a dida, i apuntar-se el tanto, quan va piular a Twitter: «Colla de babaus: @bakunin és ben mort i enterrat». Només calien uns segons de reflexió per adonar-se que Farré —potser amb tota la mala llet de què era capaç— es referia al filòsof anarquista Bakunin, mort el 1876 a Berna i enterrat al Cementiri Bremgarten, de la mateixa ciutat suïssa, va justificar-se l'endemà després del daltabaix. Però no tothom sabia que Bakunin era el nom d'un filòsof anarquista molt abans que naixés el gos Bakunin. La piulada va esclatar al mateix temps tant al carrer, com als despatxos dels Cabestany, com a la Conselleria d'Interior, com a la Comandància dels Mossos, com al despatx de l'Alcaldessa, com al comandament de la Guàrdia Urbana, com a la Delegació del Govern de Madrid, com a les redaccions dels mitjans, com al mòbil del Samuel Godall a la clínica veterinària. Una tal esgarrifança va recórrer l'espinada de tots els implicats que va convertir-se en aïrada reacció entre els integrants de la capçalera de la manifestació que, a més de la Svetlana, el Lautaro, la Liliana i altres líders okupes, reunia unes primeres espases de la CUP, els líders sindicals del moment, representants de partits i associacions animalistes i el més emblemàtic de l'anarquisme del país. Entre els manifestants hi havia representació nombrosa dels antisistema italians, grecs, andorrans (tres) i francesos i, també, del senegalès Mamadou Ndoye, president del sindicat de venedors de Top Manta de Barcelona, acompanyat d'alguns col·legues. De seguida la cridòria prevista amb eslògans del tipus «Salvem el Bakunin», «Tots som Bakunin» i «Bakunin, torna a casa» es va transformar unànimement en «Cabestany assassins», que s'encomanà en forma d'onada des del principi de la marxa fins als contraforts més recòndits dels carrers de les rodalies. «Cabestany assassins, Cabestany assassins!». El cert és que feia feredat i no presagiava ni una engruna de serenitat ni de contenció, tot el contrari. Del sector on anaven en processó el col·lectiu de iaioflautes va sorgir espontàniament el cor que entonà:

Trobarem a faltar el teu somriure.
Diu que ens deixes, te'n vas lluny d'aquí.
Però el record de la vall on vas viure
no l'esborra la pols del camí...
Quan arribis a dalt la carena,
mira el riu i la vall que has deixat
i aquest cor que ara guarda la pena
tan amarga del teu comiat.

Tothom, grans i no tan grans, van reconèixer immediatament «La vall del riu vermell», l'emotiva cançó que al costat dels poemes de Martí i Pol i de la violoncel·lista que toca «El cant dels ocells» esdevenen elements irrenunciables de qualsevol funeral català que vulgui reafirmar-se com a tal. I la flama encesa per les veus vibrants dels iaioflautes va prendre en el cor de tots els manifestants i es va sentir com una sola veu —bé, no exactament, que el cant coral, a mesura que s'allunyava de l'encapçalament de la manifestació, anava patint un delay cada cop més evident— que insistia:

—*Trobarem a faltar el teu somriure...*

Immediatament després que el Toni Farré fes la piulada, el Samuel Godall va replicar assegurant, com a director de la clínica que tenia cura del Bakunin, que el gos era viu i mantenia les constants vitals. Però la resposta va passar desapercebuda —a qui cony li importava que el Bakunin fos viu?— i els desmentits que feia el Grupo Cabestany, assassins assenyalats per l'opinió publicada, no tenien cap valor ni credibilitat. Fins i tot el Departament d'Interior va fer una nota de desmentiment per calmar els ànims. Però no va servir de res. Per als manifestants, que, segons la Guàrdia Urbana, en van ser vint mil i, segons l'organització, més de cent mil, el que havia de ser una reivindicació pel salvament de la vida del Bakunin ja s'havia convertit en un funeral depriment, desesperançat i combatiu: un vespre de lluita de conseqüències, ara per ara, imprevisibles.

Tot estava a punt d'explotar, i mentre el capçal de la manifestació baixava pel carrer Balmes a punt d'arribar a la plaça Molina la tensió continguda es va convertir en crits, sorolls, corredisses i foc. Un grup d'encaputxats i/o encaputxades va envoltar amb contenidors la gelateria Rocco de sota de la clínica —no veterinària, sinó humana— del Pilar, va trencar els vidres de l'aparador, va calar foc als contenidors que l'envoltaven i van llençar un molotov a l'interior de l'establiment. Als Mossos i als bombers els va agafar per sorpresa i hi van arribar tard. Els encaputxats havien desaparegut a la recerca de la pròxima gelateria de la cadena i el foc havia quallat. Els bombers van haver de desallotjar les nou plantes —vuit més el principal— de l'edifici on hi havia, als baixos, la gelateria italiana Rocco.

A partir d'aquell primer fet violent tot va esdevenir un caos. Els encaputxats es barrejaven amb els manifestants, que amb cara de gos s'enfrontaven a la policia, que anava de corcoll per preveure mínimament com controlar aquell campi qui pugui que, en un principi, seleccionava aparadors de bancs i caixes per acabar trencant tot allò que semblava més feble.

Des de les ràdios públiques que, en aquest cas, eren les més fiables, feien crides inútils a la calma mentre insistien que el Bakunin estava viu i estable i que la manifestació quedava desconvocada i que els mateixos organitzadors demanaven a la gent que tornés a casa, la qual cosa fou immediatament desmentida i condemnada pel col·lectiu que es mantenia en peu de guerra.

Des del despatx de la Raquel Cabestany, reunida amb el seu pare, el seu germà Daniel, la Susanna Trias, cap de comunicació, i el cap oficial de seguretat, l'Enric Masclans, les notícies que arribaven eren totes dolentes. Els encaputxats havien cremat les gelateries de Balmes, a sota de la plaça Molina, i la del carrer Pelai, i els Mossos no podien contenir l'assalt a l'emblemàtic establiment de Canaletes, buc insígnia de la cadena. La manifestació ja no era tal, sinó assalts de guerrilla urbana en els entorns de l'eix vertical de Barcelona significat pel carrer de Balmes. Però això no era tot pel que feia als interessos de la família. L'oncle notari acabava de telefonar, esverat, no pel possible escàndol de l'anunciada performance del Visconti dels collons, sinó perquè a l'edifici de la fundació, al 22@, la de la fàbrica rehabilitada, uns encaputxats que van aparèixer de sobte hi havien fet una pintada enorme amb l'eslògan de la manifestació: «Cabestany assassins».

El Tote Cabestany, que acabava de parlar amb el Conseller d'Interior i amb l'Alcaldessa de Barcelona, s'enfilava per les parets.

—Però quina colla d'inútils, collons! —deia sense parar d'anar amunt i avall—. Són ells els qui han d'aturar aquest caos, ells tenen la gent i els mitjans, que per alguna cosa són la policia. És que nosaltres som les víctimes, hòstia! Ens destrossen les botigues, ens insulten i menteixen, ens pinten les parets, i això que ni el gos aquest és mort ni hem deixat de fer l'impossible per salvar-li la vida. L'havies d'haver deixat sacrificar, Daniel. La vas cagar.

El Daniel, assegut en una butaca, enfonsat, desconcertat, desbordat pels esdeveniments, semblava una ànima en pena, un boxejador noquejat, un enze. Ni esma tenia per defensar-se de la recriminació del seu pare. Ni ànims per mirar la televisió del despatx, que vomitava imatges de contenidors encesos, encaputxats llançant còctels incendiaris, aparadors rebentats a pedrades, policies vestits de robocops aturant manifestants aïrats, unes imatges espectaculars que concloïen que Barcelona estava immersa en un caos incontrolat en mans dels moviments antisistema. La Barcelona il·luminada des de terra amb focs sorgits a les cantonades de l'eix central més insospitades va ser convenientment complementada amb una tempesta elèctrica de trons i llampecs que segons la secció del temps de l'endemà a la tele van ser milers, els que van caure en una hora i escaig, pirotècnia natural que afegia a la nit un caire apocalíptic, però sense ni una gota de tempesta ni de pluja, només soroll de barrabum i esquinçades encegadores de la negror del cel. Però si els manifestants descontrolats n'eren els protagonistes, acusats de provocar el desgavell i la destrossa, el segon nom a ocupar la sacsejada actualitat era el dels Cabestany. I la Susanna Trias sortia a totes les televisions explicant l'actitud conciliadora del grup del qual era la portaveu oficial. Desmentia rotundament la fal·làcia de la mort del Bakunin i feia balanç de les destrosses patides als seus establiments.

La Raquel Cabestany, al seu despatx, procurava aïllar-se mínimament de les trucades, les propostes dels seus col·laboradors, l'atac d'ira del seu pare i l'autisme circumstancial del seu germà. L'última trucada que va rebre del conseller delegat de Rocco resumint la magnitud de la tragèdia la va portar a donar un cop de puny sobre la taula i reconèixer que s'havia acabat la paciència, que la millor defensa era un atac al moll de l'os de la qüestió i que fins aquí podíem aguantar en l'absurd exercici de parar l'altra galta. Prengué el mòbil i telefonà al Sinaí Caragol.

—Digui'm, senyora.

—Sinaí, on ets ara mateix? —li va preguntar.

—A dins de la botiga de Canaletes, però pinta molt malament. Ni els Mossos que van de robocops totals ho pararan. Això és l'hecatombe, l'hecatombe!

—Doncs s'han acabat les contemplacions. Emporta't la gent i engega el pla B.

—No cal que m'ho digui dues vegades. *A sus órdenes*, senyora. —I, com quedava meridianament clar, va tallar la trucada amb la Raquel i va iniciar la ronda de telefonades als seus homes clau per donar l'ordre més esperada: calar foc a La Xiroia (però que sembli que ha estat un accident, m'heu entès? He parlat prou clar?).

Amb perícia de professionals, els especialistes del Sinaí Caragol, en menys d'un quart d'hora van fer que La Xiroia, casa okupada a Vallcarca que, a part de refugi, feia el servei de centre cultural revolucionari, auditori rònec de concerts fins a la matinada i bar cerveser de dia i seu de festes rave de nit, flamejava sense control. Els bombers van rebre ordres de dalt de donar prioritat a l'incendi de Vallcarca, atribuït des del primer moment a una revenja dels Cabestany, malgrat els esforços de la Susanna Trias per fer declaracions de desmentiment a tort i a dret que ningú no es creia. L'impacte de l'incendi de La Xiroia va sacsejar els integrants de la marxa que, a causa de la violència, el foc indiscriminat en els contenidors de brossa de moltes cantonades i les càrregues i detencions de la policia, havia minvat considerablement. De moment els va desconcertar. Els mòbils treien fum del fotimer de propostes i contrapropostes, i en el desori, la ràbia va guiar la reacció. Més contenidors flamejant, més vidres trencats d'aparadors irrellevants i sense ressonància mediàtica i, ara sí, una estratègia més professional i coordinada entre Mossos i Guàrdia Urbana per frenar el descontrol que s'havia produït en les primeres escomeses .

A les onze de la nit el Lautaro Rossetti contemplava, desolat, des de la vorera del davant, les feines dels bombers per acabar de controlar el foc de La Xiroia que, en alguns racons, encara flamejava. La Susanna Trias continuava atenent els mitjans i tapant les vies d'aigua mediàtiques. Al despatx de la Raquel, a la planta de sobre on la Trias atenia la premsa, el Tote Cabestany continuava dret, passejant nerviós amunt i avall, responent les trucades dels polítics involucrats en l'apaivagament del caos. La seva era la pinta d'un home desbordat, esgotat i molt afeblit. Als setanta anys ja no es té edat per lluitar contra el que ell entenia com a embogiment col·lectiu, alimentat per una colla de calúmnies i mentides de l'alçada d'un campanar. Una munió de xitxarel·los dels quals no havien estat capaços de preveure i calibrar la força social els havien enclastat en un carreró sense gaire sortida. La Raquel va rebre la trucada que esperava del Sinaí, tot i que havia vist per la televisió la devastació de La Xiroia.

—Tot està al seu *puesto*, senyora —va comunicar el gitano en cap—. Jo em mantinc al Rocco de Canaletes. Hem pogut abaixar la porta metàl·lica a temps però s'han endut per davant tot el mobiliari de les terrasses.

—Entesos. T'esperem demà a primera hora al despatx.

—És clar, senyora, bona nit tingui.

Però la nit, a les oficines de la corporació, seria llarga. La Maria Antònia, la secretària de confiança de la Raquel, heretada del seu pare, un pilar dins de l'organigrama empresarial, s'havia incorporat feia més d'una hora a l'equip de crisi en veure les impactants imatges per la televisió. El Casajoana i el Casavella, els dos advocats del departament jurídic, dos veterans de tota la vida a la companyia, acompanyats d'un jove però experimentat professional de fer jocs de mans amb la llei, anomenat Héctor Mallol, estudiaven l'estratègia de l'endemà. També s'hi havia presentat el Salvador, el germà notari, interessat, més que res, en tot allò que pogués afectar la Fundació, i, de tant en tant, el Tote l'enviava a dida (li servia de *punching ball* en els moments més histèrics). I per si no hi hagués prou embolic, no parava de trucar l'altre germà, el Gregorio, el bisbe de Segorbe, que es veu que es preocupava per la imatge de la integritat moral de la família.

—*¡A buenas horas, mangas verdes!* —li va contestar el Tote.

—*Por el amor de Dios, Tote, ¿qué quieres decir?* —es va esverar el bisbe.

—*Que te vengas para acá, que te arremangues la sotana hasta la cintura y que te metas en el lío, como el resto de la familia. Ya sabes: a Dios rogando pero con el mazo dando.*

—*Te entiendo, Tote. Quieres decirme que hasta Toti está aquí echando una mano* —li va deixar anar, amb mala llet, el prelat.

—*No me jodas, Gregorio* —li va contestar entomant el directe a la mandíbula—. *Tu sobrino creo que sigue en el Nepal o donde Cristo perdió el gorro.*

—*¿Mi sobrino? ¡Tu hijo, Tote, tu hijo!*

I aquí es va acabar la conversa telefònica.

—Per cert, Raquel. Què en sabem, del Toti? Es pensa deixar caure algun dia per aquí? —va preguntar el Tote a propòsit del sarcasme del germà bisbe.

—Tinc un whatsapp que diu que torna dissabte a Barcelona.

El Daniel, assegut a la butaca, continuava en estat catatònic.

La Svetlana i la Liliana, detingudes en la primera línia de combat, romanien a la comissaria de les Corts, a l'espera de passar, juntament amb setanta i escaig de detinguts, a la jurisdicció del jutjat número 13.

El Bakunin, a la clínica veterinària, seguia en estat crític però estable, sense que els veterinaris n'encertessin el diagnòstic: no tenien gens clar si el gos avançava o retrocedia en el seu precari estat de salut. Si el Bakunin anava adquirint la condició de moribund o de miraculosament ressuscitat. El Samuel Godall es mantenia atacat dels nervis.

El Tote Cabestany es va allunyar una mica de l'epicentre de la planificació nerviosa, se'n va anar al seu despatx, un espai ampli i luxós, va obrir el moble bar, va agafar un got baix i ample, s'acostà a la nevera Smeg del racó i va omplir el got de gel picat, va tornar al moble bar i hi va bolcar un bon raig de pippermint Get 27. Assegut al butacot del despatx assaboria cadascun del trossets de gel emmascarats amb aquell gust tan refrescant de la menta que deixava desfer a la boca i que li recordava el Denticlor dels temps passats. *Pippermint frappé,* en deien d'aquesta senzilla combinació a la seva època de joventut. I remenant en la nostàlgia va recordar l'altra combinació senzilla que demanaven les seves amigues adolescents per apaivagar el dolor de la regla: la Persiana, una combinació de pippermint i ginebra. Fart de l'esnobisme de les grappes, els orujos, els marcs de xampany, el whiskys de malta o els mil i un gintònics de cogombre, cardamom, gingebre, etc., va decidir un bon dia que a ell el que li agradaven eren els licors dolços de la seva joventut: l'estomacal Bonet, el Calisay, les ratafies, les Aromes de Montserrat; i sense complexos ni manies, deixant amb un pam de nas els seus amics de copes dry, va retornar als vells temps, a les begudes de nenes, al licor dolç. Aquelles estranyes begudes que el seu pare deia que es bevien les putes del Rigat de la plaça de Catalunya i el Cortijo de la Diagonal.

Uns metres més enllà de la tranquil·litat del *Pippermint frappé*, la xerrameca continuava.

9. L'endemà

Ningú no havia dormit en tota la nit ni sortit d'aquelles oficines principals recollint informació, preparant l'estratègia dels propers dies i rumiant com se'n sortirien, de l'embolic de la crema de La Xiroia per part dels homes del Sinaí Caragol ordenat per la Raquel Cabestany. Segur que seria el que primer investigaria la policia, perquè, en el repartiment de papers d'aquella estranya performance teatral, els okupes eren les víctimes i els bons, i els Cabestany els botxins i els dolents. Malgrat la pluja d'idees que va anar degotant en aquell despatx derrotat per la son, les decisions equivocades i la precipitació imparable dels esdeveniments, no s'havia arribat a prendre cap decisió clara, a establir un full de ruta que permetés alguna esperança de sortida més o menys ràpida de l'atzucac. I el mal humor i l'acritud eren el pa que s'hi donava, entre els presents. El Daniel es mantenia fidel al seu paper d'absent, d'enfonsat.

—Tu podries dir alguna cosa, no, Daniel? Al cap i a la fi tot va començar amb una ficada de pota teva...

El Daniel es va anar reconstruint a poc a poc. Es va posar dret, com per estirar les cames i desentumir els músculs, va caminar en cercle, es va rascar el cap i, parsimoniosament, es va netejar els vidres de les ulleres amb una camusa petita que sempre duia a la butxaca per a aquest menester. Aleshores es va plantar davant de la taula de despatx de la seva germana, que romania asseguda al seient de consellera delegada, la va mirar molt fixament, molt directament, i va vomitar el que havia callat durant més de deu hores. Eren les vuit del matí.

—Mira, Raquel: com has pogut notar, hi he pensat molt en tot plegat. Si t'hi has fixat, et deus haver adonat que en cap moment he fet ni una capbussada. He estat callat, abstret però molt atent. He estat pensant, cosa que vosaltres no heu fet, us heu limitat a actuar de paret, a retornar totes les pilotes que us arribaven però sense cap intenció, sense cap direcció, sense cap estratègia. Deixa'm que et digui que l'atropellament del gos no va ser una ficada de pota, sinó un accident inevitable. Em va tocar a mi perquè jo em moc, surto d'aquesta gàbia on esteu instal·lats, tinc visites d'obra constantment. Vaig portar el gos a la clínica veterinària per evitar que em linxessin i vaig dir que ens faríem càrrec de les despeses de la recuperació per evitar mals majors que, malauradament, no hem pogut ni sabut estalviar-nos, però tu, tu, Raquel —la va mirar fixament als ulls i la va assenyalar amb el dit—, tu has ordenat que es cometés un delicte...

—Nois, nois —va interposar-se el Tote entre els seus dos fills.

—Has fet cremar La Xiroia sense ni esbrinar si hi havia algú a dins. Allà, ho saps, hi viuen parelles amb nanos petits.

—Ells abans ens havien cremat dues gelateries i estaven a punt d'incendiar la tercera. Si més no, jo he pres decisions.

—Terribles decisions, equivocades decisions, criminals decisions —va mantenir el to contundent el Daniel— que et poden portar a la presó i enfonsar tota aquesta família. De moment només hem vist les flames per la tele...

—Prou, Daniel —va saltar, autoritari, el pare.

—Sé el que em faig —va respondre, convençuda, la Raquel—. El Sinaí treballa fi i no deixa rastre.

—Però als informatius del matí —va continuar impertorbable el germà de la Raquel— suposo que sabrem si hi ha hagut víctimes a La Xiroia i aquí els advocats podran calibrar la magnitud de la decisió i el que cal fer al respecte, oi, senyors lletrats?

—No ens precipitem ni avancem esdeveniments, senyor Cabestany —va dir el més jove dels tres advocats—, ni la seva germana ni tan sols en Sinaí eren a La Xiroia quan s'hi va calar foc.

—Home, i tant que no —va dir burleta el Daniel—. Es tracta d'encolomar el delicte als gitanos romanesos, no? Al clan dels Petrescu. Aquesta és l'estratègia?

—Para, Daniel. Així no anem enlloc. Cal ser molt més propositiu —va dir el Tote—. Si més no, la teva germana ha pres una decisió, mentre que tu no paraves de rumiar. Ha fet una acció de defensa i jo li dono suport. Em tocava decidir-ho a mi, com a president del Consell, i ella com a Consellera Delegada se m'ha avançat. I t'ho agraeixo, filla. I em refio del que dius del gitano.

—Ho sento, però discrepo, discrepo totalment, hi tinc tot el dret... o no? —va preguntar el Daniel.

—I doncs, què proposes, Daniel? —li va demanar el seu pare.

—Encara que no t'ho creguis, papà, tinc una proposta d'estratègia, però ara estem tots massa cansats i molt tensos, pel que noto. Jo me'n vaig a casa a dutxar-me, canviar-me, prendre'm un cafè amb llet amb galetes integrals i seré aquí en un parell d'hores —va dir l'arquitecte—. Us aconsello que feu el mateix, que amb lleganyes als ulls res no es veu prou clar. Ens anirà bé estar sols per veure de lluny la situació, a distància. Veure el bosc més que els arbres de la primera filera...

—A mi em sembla bé la proposta del Daniel —va dir el seu pare.

—Amb mi no hi compteu, que jo necessito dormir —es va desmarcar l'oncle notari.

—Ves a dormir tranquil, oncle Salvador —li va acceptar

el Daniel—. Crec que ens en podrem sortir sense tu, oi papà? —va afegir mal dissimulant el sarcasme—. Jo torno en dues hores, adeu.

I se'n va anar sense esperar que ningú més acceptés la proposta.

Al cotxe va respirar assossegat quan en escoltar les notícies de la ràdio va sentir que en el balanç de destrosses, detinguts i ferits, tant de manifestants com de policies, es deia que, sortosament, els tres okupes que eren a La Xiroia en el moment de l'incendi van poder sortir-ne sans i estalvis. De totes maneres, les xifres que es repetien dels establiments malmesos, el mobiliari urbà destrossat i els contenidors cremats, eren esfereïdores. L'eix vertical de Barcelona havia traçat una ruta de devastació no igualada mai en cap altra manifestació. També s'insistia que, per a la policia, totes les línies d'investigació estaven obertes, encara que no deien si l'incendi de La Xiroia havia estat accidental o no. Però, curiosament, el comentari periodístic no anava més enllà ni assenyalava en cap moment un escamot enviat pels Cabestany. Els esforços de la portaveu Trias es veu que havien fet el seu efecte. I la professionalitat del Sinaí, també.

El Daniel va trigar a arribar a casa seva, al carrer Bosch i Gimpera. De fet, tot el nucli familiar vivia al mateix condomini que el Daniel havia estructurat arquitectònicament amb molt d'enginy. En un tros de terreny molt ampli, voltat de jardí, on cabia folgadament una piscina que Déu n'hi do, s'havien construït tres cases adossades, luxoses, amb ascensor interior i tota la sofisticació domòtica del món modern i d'un interiorisme propi del disseny barceloní que semblaven sempre a punt per ser retratades per a una revista de decoració sofisticada (cosa que va succeir amb la seva quan la va estrenar). Cases de dues plantes i un pàrquing enorme al soterrani, amb quatre-cents metres d'habitabilitat cadascuna. I a sobre de les tres hi va construir un àtic de grans dimensions —la suma de la planta de les cases adossades— i una magnífica terrassa cap al sud-oest que garantia unes postes de sol de postal antiga del tipus Escudo de Oro. A cadascuna de les cases que tocaven de peus a terra hi vivia un germà — la Raquel, el Daniel i el Toti, d'esquerra a dreta— i l'àtic, és clar, com a exponent del supremacisme familiar i del lloc superior en l'escalafó genealògic, era la residència del Tote Cabestany, el patriarca, i la seva dona: amb ascensor, aparcament i accés independent i directe. L'oncle Salvador vivia a la Rambla de Catalunya, a cinc minuts a peu de la notaria, i el bisbe Gregorio a la seu episcopal de Segorbe, i quan s'estava a Barcelona s'instal·lava al casalot immens de l'àvia a Pedralbes, el lloc dels sopars dels dilluns, que això d'acollir un bisbe a casa seva sempre havia estat una il·lusionada esperança de donya Carmen. I pensar que el prelat era sang de la seva sang, es veu que la feia arribar a l'èxtasi místic. «Com Santa Teresa», deia, perquè els qui l'escoltaven se'n fessin una idea.

Va enxampar l'hora d'entrada de l'amuntegament d'escoles de la part alta de Barcelona i els embussos de luxosos cotxes tot terreny de les mamàs el va tenir aturat més del compte. Però no va perdre la paciència; aturat i rodant molt poc a poc, rumiava l'estratègia a plantejar quan el gabinet de crisi es tornés a reunir, d'aquí a no res; un pla pacificador de la crispada situació al carrer i de regeneració pública del nom dels Cabestany, prou malmès pels escàndols de corrupció en connivència amb les comptabilitats ocultes dels partits polítics al poder i el malaurat accident del dilluns que havia desencadenat aquest absurd daltabaix.

No va poder fer-li un petó a la Bruna, com cada matí, perquè la Cleo feia estona que l'havia deixat a l'autocar escolar que recollia els nens cap a l'escola, però, quan entrava al seu quarto de bany li va semblar sentir música en el de la seva dona. Es va dutxar sense pressa procurant desempallegar-se per una bona estona de les cabòries i mal rotllos que havia viscut aquella llarga nit, essent conscient que al cap d'una hora hauria de tornar a la brega. Va voler parar el temps per donar-se un respir, i gairebé ho va aconseguir, vestint-se amb parsimònia, de baix a dalt, amb sabatilla esportiva, blue-jeans, camisa blanca de coll obert que deixava veure una samarreta com les de Marlon Brando en les pel·lícules de rebel i una americana blava de quadros de gal·les de grandària exagerada que l'Ariadna li havia regalat perquè li agradava que vestís casual i no aquells vestits tan ortodoxos que el feien semblar més aviat un home de negocis que un arquitecte creatiu. Es va esquitxar lleugerament de Le Male, la colònia de Jean-Paul Gaultier, i va baixar a la cuina, on la Cleo l'esperava amb un suc de taronja espremut de feia un moment, la tassa de Cola Cao i les galetes integrals. Però el que més li va cridar l'atenció va ser veure la seva dona, a aquella hora insòlita, en contrast amb els costums al ralentí d'ella, cruspint-se un tall de meló. I no pel meló ni per com se'l menjava, que l'Ariadna ja ho tenia això d'esmorzar fruita i un tallat amb sacarina, sinó per la bellesa radiant que desprenia. Estava preciosa, els ulls li brillaven i el vestit era d'allò més... més.... sexy? Déu meu, el Daniel Cabestany tenia una dona tan atractiva!

—Bon dia, Ariadna, i bon profit —li va dir—. Suposo que ja has vist que no he vingut a dormir aquesta nit.

—M'ho vaig imaginar quan vaig veure ahir nit per la tele les imatges dels contenidors encesos i la violència dels antisistema i la policia.

—Vas estar-ho seguint? Què en penses?

—Jo? Què dius! Vaig canviar de seguida i em vaig posar una sèrie de Netflix molt divertida del Michael Douglas i l'Alan Arkin. N'estic farta de veure com aquesta Barcelona s'enfonsa, com se l'estan carregant. Quina és la pròxima, barricades?

—No creus que exageres una mica? —li va retreure el Daniel.

—Doncs no crec que exageri gaire quan us veig a tots tan amoïnats que no heu pogut ni anar a dormir —va respondre.

—I tu, què fas a aquestes hores llevada, vestida, maquillada i... a punt de sucar-hi pa?

—Exagerat! He quedat amb la Sandra a les deu per emprovar-nos els vestits del casament de la filla dels Corberó. Que és d'aquí a tres setmanes, suposo que te'n recordes?

—Els Corberó? —va fer memòria durant uns segons—. És clar que sí, els Corberó, i tant!

—I va de jaqué la cosa, també ho recordaves.

—Hòstia, jaqué! No fotis.

—Daniel, que són els Corberó! —va dir perquè li quedés clar.

—Entesos —assentí molt resignat—. Però no entenc que per a una prova hagis d'anar tan guarnida.

—I com vols que vagi, Daniel? Amb la cara rentada i sabata plana? Una prova es fa al més semblant possible a com aniràs aquell dia, per veure l'efecte amb el vestit.

El Daniel la va creure i es va dedicar al Cola Cao i les galetes.

—Bé, jo me'n vaig que abans he quedat amb ella per fer un cafè.

—Doncs que t'ho passis bé traient-te i posant-te roba —va dir el Daniel sense saber que l'encertava de ple—. Jo no vindré a dinar. Ja et buscaré a la tarda.

I es van fer un petó d'esma matrimonial. El Daniel Cabestany encara es va quedar una estona més per acabar-se tranquil·lament la tassa de llet amb aquella pols de xocolata.

L'Ariadna Masdeu va pujar al Porsche i s'adreçà radiant i excitada cap a Sitges on l'esperaven unes hores de barra lliure de sexe de primer nivell a les mans de seda del doctor Verdulet.

A quarts d'onze del matí, mentre les mans de seda, professionals i expertes, ajudaven l'Ariadna a descordar-se el sostenidor d'una preciosa llenceria de color groc —es veu que el color de moda en qüestió de peces íntimes femenines— que ressaltava el bronzejat perenne i subtil de la senyora Cabestany, el seu marit explicava a la resta d'integrants del comitè de crisi del Grupo Cabestany el full de ruta que havia pensat (i escrit amb quatre ratlles gairebé improvisades) per tal de donar-li la volta a aquella situació que pintava bastos, i resoldre d'una vegada el maleït conflicte amb els antisistema que la nit passada havia socarrimat Barcelona.

El Tote Cabestany, la seva filla Raquel, la cap de comunicació Susanna Trias, el cap oficial de seguretat Enric Masclans i els advocats Casajoana, Casavella i Mallol escoltaven amb atenció, però deixant anar, de tant en tant, algun badall —ningú no havia dormit la nit passada— que s'encomanava de seguida, l'anàlisi i les propostes propositives que exposava el Daniel amb l'objectiu de parar el conflicte. Quan feia una estona que s'explicava va arribar el Sinaí Caragol, va dir «bon dia a tothom», es va asseure sense fer soroll en un lloc buit de la sala de juntes i després d'una estona de procurar posar-hi atenció es va quedar completament adormit.

—Ja veurem com acaba la investigació, però de moment, ni els diaris ni la ràdio ens acusen d'haver cremat La Xiroia —continuava la seva exposició l'arquitecte—, ara bé, més val que no mireu el Twitter ni les xarxes. Sents, Sinaí?

El Sinaí va deixar de roncar en sentir el seu nom, va dir alguna cosa inintel·ligible i va continuar dormint.

—Deixa'l que dormi, Daniel —va recomanar la Raquel—. Quan estigui en condicions jo ja li explicaré el que hagi de saber.

—No sé, després de tot el que ha passat soc pessimista, Daniel —li va comentar el seu pare—. Està ben vist, d'acord. I potser és l'única possibilitat d'acabar amb tot això, però per on es comença? Com se fa tot plegat?

—Doncs, intentant-ho —va respondre, convençut, el Daniel Cabestany.

A les xarxes socials estava prenent cos una idea de caire popular i solidari de cara a la recuperació de l'emblemàtica Xiroia. És clar que cadascú hi deia la seva, cada versió més inversemblant i estrambòtica que l'altra, i moltes sucant-hi pa per la desaparició de l'emblema okupa de Vallcarca. Però Mamadou Ndoye, el senegalès líder del col·lectiu de venedors de Top Manta de Barcelona, va oferir la recaptació de les vendes dels manters de tot un dia per posar la primera pedra de la reconstrucció. Assenyalarien un diumenge, per no perjudicar el comerç convencional, i la xarxa escamparia la consigna: «Reconstruïm La Xiroia. Avui tots a comprar al top manta». I la proposta va ser molt ben acollida. Fins i tot la regidora de comerç va piular: «Manters solidaris, una gran idea». Aquella iniciativa va encendre la metxa. Algun sector dels diversos sindicats del ram de la construcció va proposar que cada obrer treballés de franc, tot un dissabte o tot un diumenge, en les obres de reconstrucció, i la idea, si no unànimement, va ser acollida amb prou solidaritat. Els cantants del metro de Barcelona van imitar els manters i també van proposar que la recaptació d'un dia determinat, a assenyalar amb prou antelació perquè tothom hi aportés la seva part, anés a la caixa general per a la rehabilitació de La Xiroia. I les estàtues humanes de les Rambles van fer propostes semblants. I els rapers, a través de la C.D.R. barcelonina (Coordinadora de Rapers), van proposar la celebració, en el recinte del Fòrum, de vint-i-quatre hores seguides de rap i hip hop en el marc d'un macrofestival del gènere, la recaptació del qual aniria a parar a la caixa general. També, des del col·lectiu dels iaioflautes, es va proposar fer una recaptació pels carrers a canvi d'una bandereta amb el dibuix de La Xiroia per lluir durant tot un dia a la solapa en lloc del llaç groc, a la manera que s'havien fet les recaptacions per al Domund, la Creu Roja, la Sagrada Família o la Lluita contra el Càncer, que els avis ho recordaven molt bé. L'agosarament generalitzat, gairebé tumultuari, va arribar fins al punt de demanar que TV3 fes una marató especial destinada a aquest propòsit. Tanta va ser la pressió de la xarxa que la televisió catalana va haver de fer un comunicat per desmentir-ho, la qual cosa la va fer impopular durant un parell de setmanes i aquell mes van perdre l'habitual número u del rànquing d'audiència a favor de Tele 5.

Mentre tot això succeïa, mentre la ciutat sencera es bolcava en l'ajut generós i solidari per a la reconstrucció de La Xiroia, els Cabestany i els seus col·laboradors directes donaven per tancada la reunió, despertaven el Sinaí i cedien al Daniel la responsabilitat de les primeres gestions del pla aprovat. També era l'hora en què l'Ariadna es vestia, començant pel sostenidor i les calcetes grogues. I l'hora en què la jutgessa deixava marxar en llibertat amb càrrecs la majoria de detinguts de la nit anterior per la crema i destrosses a la ciutat. Només la Svetlana i la Liliana van sortir sense càrrecs ni fiança, però amb La Xiroia cremada no sabien on aixoplugar-se, per la qual cosa van decidir demanar consell al Lautaro que, desolat, contemplava les restes del seu antic refugi assegut al terra amb algun dels seus col·legues, amb l'esquena repenjada a la paret de la casa del davant, compartint una cigarreta de maria i maleint tanta adversitat. Quan les va veure arribar les va abraçar.

—Us han tocat? —els va demanar.

—No, no —va respondre la Svetlana.

—Des que van posar càmeres a les comissaries van molt amb compte —va aclarir la Liliana—. Has entrat a la casa?

—Sí, és clar. Tot està fet una puta merda i fot una pudor de cremat que no s'hi pot estar. És evident que no s'hi pot viure i que la majoria de coses que hi havia no es poden aprofitar, però també us diré que els bombers van fer una bona feina i el que és la casa en si es pot refer. El que no sé és si val la pena tant esforç o és millor ocupar un altre edifici...

—Però Lautaro —li va dir la Svetlana—, La Xiroia no és una casa qualsevol. És un emblema del nostre moviment, com el Bakunin.

—Se sap alguna cosa nova del Bakunin? —va preguntar l'argentí de la cua de cavall.

Ningú no va dir res. La bogeria de la nit anterior i el foc de La Xiroia havia deixat l'agonia del gos en un segon pla.

—Jo me'n vaig a la clínica a veure com està.

—No, Svetlana, espera —la va aturar el Lautaro—. Hem de decidir què fem, on anem a viure, com continuem la lluita pel Bakunin.

—Tu tens la sort de poder tornar a casa del teu pare, Svetlana, ni que sigui per uns dies... —va insinuar la Liliana.— Ja has vist com ha corregut a comissaria a vetllar per tu.

—Sí, és clar... Així et deixo tranquil·la amb el Lautaro —se li va escapar a la Svetlana.

Es va fer un silenci molt incòmode. Tots tres van pensar que això, la noia, no ho havia d'haver dit. Que en aquest moment difícil i de molta crispació el que més falta feia era la força de la unió, però sense voler, o sense pensar, la Svetlana havia estripat una costura delicada.

—Fills de puta dels Cabestany! —es va desfogar el Lautaro.

—El tio aquell de la clínica ja ens va avisar que amb els Cabestany no s'hi podia jugar, que eren molt poderosos —va recordar la Svetlana.

—Puta oligarquia! —va continuar el Lautaro, com desviant l'atenció del tema que, imprudentment, la jove Svetlana havia posat sobre la taula—. Els hi cremarem totes les botigues, us ho ben juro. Jugarem fort contra ells amb tota la força del moviment. Que es preparin!

—No, Lautaro, jo estic tan fotuda com tu i com tots, però ara ens hem d'asserenar, hem de pensar ben bé el que cal fer i no cagar-la —va aconsellar la Svetlana.

Un taxi es va aturar davant seu. El Martí Solans, el periodista que havia seguit el cas Bakunin des del primer moment, i que s'havia posicionat al seu favor des d'un diari tan important com *El Periódico*, va baixar del cotxe i els va portar bones notícies.

—Esteu seguint la xarxa? —els va preguntar, anant per feina.

—Nosaltres? —va respondre el Lautaro— Nosaltres només fem que llepar-nos les ferides.

—Doncs mentrestant el món continua donant voltes i molt em sembla que gira a favor vostre —va avançar el periodista—. Mireu.

Amb l'ajut de la tablet que portava al sarró, el Martí Solans els va informar de tot el que estava succeint, del moviment generalitzat a favor de la recuperació de La Xiroia, de l'oferiment dels diversos col·lectius, de la piulada de la regidora de l'Ajuntament...

—Foc d'encenalls —va queixar-se l'home de la cua—. Tothom piula molt i promet molt, però en una setmana tot oblidat. L'únic que de veritat fa efecte i acolloneix és el foc al carrer, Martí. La resta són paraules que s'endú el vent.

—No hi estic d'acord —el va tallar el Solans.

—Jo tampoc —s'hi va afegir la Svetlana.

—Però a tu, noia, què et passa? Has perdut la xaveta? T'han menjat el tarro a la comissaria? —li va tirar en cara Lautaro.

—Res d'això. M'he passat la nit al calabós pensant, donant voltes a tot plegat, i crec que ens estem equivocant. El Martí té raó: si ens obsessionem amb la violència per la violència ens posarem tothom en contra.

—Ja tenim tothom en contra —va insistir en la seva posició l'argentí.

—No és veritat, Lautaro —aconsellà el periodista—, aprofita que tens el vent a favor i deixa estar les bestieses. Recuperar La Xiroia com a objectiu social i ciutadà us congraciarà amb la societat civil, ja ho veuràs. I ara és el moment dolç, aprofita'l.

—Que li donin pel cul a la societat civil, collons! —va esclatar—. Nosaltres som un moviment antisistema, no una ONG. Nosaltres estem per la lluita, no per la rendició o el pacte. Però, què us està passant? Us heu tornat bojos?

Mentre el Lautaro i el Martí Solans anaven apujant el to de la discussió, que cada cop s'anava tornant més ideològica que no pas sobre l'estratègia a seguir, la Svetlana els va dir que se n'anava a saber de primera mà notícies del Bakunin. No li va caldre ni dir adeu, d'embrancats que estaven en la polèmica, mentre la Liliana intentava apaivagar els efectes de la confrontació. Va caminar fins al Putxet i va entrar decidida a la Clínica Veterinària Sant Francesc d'Assís. Al costat del taulell es va trobar amb la governanta Alarcón.

—Arribes en el millor moment, estàvem parlant de tu, noia —li va dir la dona de l'uniforme blau cel, en lloc de saludar-la amb un correcte «bona tarda».

—Ah, sí? Què passa? Com està el Bakunin?

—Vine, acompanya'm al despatx del senyor Godall, ell t'ho explicarà tot...

—Però està millor?

—Però quina impaciència! Són bones notícies, ja ho veuràs.

La cara se li va il·luminar de cop i volta. Però el Godall no estava sol. Amb amabilitat, la va fer seure. Davant seu, assegut, també hi havia el Daniel Cabestany.

—No! —va dir ella palesant contrarietat.

—El senyor Cabestany té molt bones notícies per a tu i els teus companys.

La Svetlana no va concedir ni mig somriure, ni una espurna de cordialitat. Zero empatia.

—Mira, Svetlana, falta molt perquè la teva mascota es recuperi del tot, això ja t'ho pots imaginar, però ja no hem de parlar ni d'estat crític ni d'agonia.

A la noia dels cabells de mil colors i el serrell tallat amb destral li van brillar especialment els ulls. Com si no s'ho acabés de creure.

—Svetlana —va dir-li el Daniel—, tots estem molt contents, és una molt bona notícia, he parlat amb els veterinaris. Vols que l'anem a veure?

—De veritat? M'ho dius de veritat que el podem veure?

—I tant, som-hi!

Quan els tres es van posar drets per anar a veure el Bakunin, espontàniament, la noia va abraçar el Daniel i li va dir a cau d'orella:

—Gràcies.

I li va fer un petó a la galta.

El Godall els va portar fins al Bakunin, que jeia, molt embenat, en un cubicle transparent.

—El puc tocar? —va preguntar la Svetlana.

—Molt suaument, passa-li el dit pel llom, però no el premis, pensa que té un politraumatisme brutal, i si et sembla que està moix és perquè va molt sedat, per estalviar-li dolor.

La noia ho va fer. El Bakunin la va mirar i va deixar anar un so gutural, fluixet i agraït. Ella es va estar una bona estona mirant-lo i dient, només, de tant en tant...

—Bakunin... Bakunin.

Un cop acabada la visita a la mascota, la Svetlana i el Daniel es van asseure a la saleta on la noia havia passat la nit del dilluns esperant notícies sobre l'estat del seu gos. El Godall va tornar al seu despatx.

—Mira, Svetlana —el Daniel va encetar la conversa—, ara que suposo que estàs convençuda que per part meva he fet i faré tot el que calgui perquè el Bakunin torni amb tu sa i estalvi, m'agradaria parlar-te del que se m'ha ocorregut per tal d'acabar d'una vegada amb aquesta maleïda història d'equívocs i tergiversacions que ens ha portat fins on ens ha portat.

—Saps? —va dir ella—. Se'm fa estrany que estiguem aquí aquest vespre, tu i jo, parlant, quan fa vint-i-quatre hores, d'haver pogut, t'hauria matat.

—Dona, exageres, no?

—Suposo que seria incapaç de matar ningú, però t'odiava a mort, em pots ben creure.

—I ara? —li va preguntar ell, esperant una resposta amable, si més no.

—Ara? No, és clar. Suposo que no. Ja veus que estem parlant.

—Bé, escolta, suposo que, en definitiva, amb qui hauria

de parlar és amb el Lautaro, però primer voldria explicar-t'ho a tu, a veure què en penses.

—Què en penso? —es va estranyar la noia del cabell de coloraines—. Què en penso de què?

—De la proposta que us vol fer la meva família.

—Quina proposta? De què va això? —la Svetlana es mostrava realment desorientada.

—Molt senzill, Svetlana. Va d'acabar d'un cop amb aquesta situació tan crispada. Va de tornar on érem tots plegats abans del desgraciat accident del Bakunin. Va que els Cabestany, com a família i com a grup empresarial, estan disposats a reconstruir totalment La Xiroia al nostre càrrec en el mínim de temps possible i segons les vostres indicacions i amb l'ajuda i supervisió del nostre taller d'arquitectura. Va també d'oferirvos tota l'ajuda jurídica del nostre equip d'advocats en el cas que us jutgessin pels avalots de la manifestació d'ahir. I va, també, de no fer denúncia de la crema de les nostres botigues...

La Svetlana el va escoltar atentament i va restar en silenci una bona estona, rumiant, calibrant cadascuna de les propostes que li estava fent.

—Mola —va dir, concisament, ella.

—Mola? I això com ho haig d'interpretar? —va preguntar el Daniel.

—Doncs que mola, que tot sembla molt guai, però em costa molt de veure un líder dels antisistema com el Lautaro assegut negociant amb un capitalista com tu.

—Dona!

—No t'emprenyis —va dir ella, somrient per primera vegada— que no he pretès ofendre't, és que m'he volgut imaginar la situació i m'ha semblat, i perdona, surrealista. Però és molt bona proposta i diu molt a favor teu... Ara bé, que no et preocupin les qüestions legals, que tenim molt bons advocats, nosaltres, infiltrats a l'Ajuntament, a la policia, als jutjats. Ens informen al dia de tot el que es cou.

—Aleshores...

—Jo l'hi explicaré al Lautaro tal com m'ho has explicat i faré tot el possible per convence'l i que s'assegui a parlar amb tu.

—Mola.

—Què dius? —va preguntar estranyada.

—Que mola, que sí, que d'acord! Però cal fer-ho de pressa abans que s'emboliqui més la troca.

I la Svetlana, com si s'hagués tret un pes de sobre, es va obrir amb el capitalista que tenia al davant i li va explicar la història de la seva relació amb el Bakunin, la del seu *engagement* amb els okupes de La Xiroia i fins i tot el perquè ideològic del seu nom, mentre el Daniel se la mirava, més que escoltava, embadalit.

Havia de marxar cap a casa —necessitava dormir— i es va oferir per acompanyar-la a La Xiroia.

—A La Xiroia? Però si La Xiroia no existeix. Si em pots deixar a casa del meu pare, a dalt de tot del Passeig de Sant Joan, t'ho agrairé.

I després d'acomiadar-se del Samuel Godall i que la noia veiés una altra vegada el Bakunin, la va acompanyar amb el Cayenne a l'adreça que li va dir. Abans de baixar del cotxe, la Svetlana se'l va mirar un instant, molt fixament.

—Digue'm la veritat, Cabestany. Vosaltres vau calar foc a La Xiroia, oi?

—No, Svetlana —va respondre amb una certa solemnitat—. Nosaltres no hem tingut res a veure amb l'incendi de La Xiroia.

—M'agrades —li va dir—. Ets un tio legal.

Li va fer un petó als llavis, va baixar del cotxe i va entrar al portal sense mirar ni un sol cop enrere.

Uf, va pensar ell. Va posar la ràdio buscant una mica de música, res de notícies. Sonava una vella cançó de Stephen Stills, «*Love the one you're with*»:

And if you can't be with the one you love, honey
Love the one you're with
Love the one you're with
Love the one you're with
Love the one you're with

I el Daniel va pensar que el veterà cantant texà tenia tota la raó: si no pots estar amb qui estimes, estima qui està amb tu. I tot seguit li va venir al cap la imatge seductora d'aquell matí de l'Ariadna i li van agafar unes ganes enormes de fer-la seva tan bon punt arribés a casa. I això que tenia una son que el tombava.

10. Divuit mesos després

Un any i mig és molt de temps o molt poc, segons es miri, segons l'edat que es tingui, segons una pila de factors circumstancials que fan que el temps no sigui mesurat de la mateixa manera ni faci el mateix efecte a uns i altres, però en aquest cas, en aquesta història, un any i mig va ser temps suficient perquè passessin moltes coses.

La primera i principal és que el Bakunin es va recuperar dels seus politraumatismes i quatre mesos després de l'accident corria novament lliure per la ciutat però, escarmentat i poregós, no s'apartava un metre de les cames de la Svetlana.

Molt abans del miracle de la resurrecció del mite, pocs dies després de la xerrada entre la noia de nom rus i el fastigós capitalista que va semblar que s'abaixava els pantalons davant del moviment okupa, la Svetlana va aconseguir fer asseure en una saleta de la clínica on es refeia el Bakunin el Lautaro Rossetti i el Daniel Cabestany. I, prudentment, els va deixar sols. Va ser, al principi, una trobada molt tensa, en la qual l'argentí de la cua de cavall semblava molt poc disposat a acceptar les propostes que li feia l'arquitecte en nom de tot el grup empresarial.

—Tu i jo som la cara i la creu, Cabestany —va començar el líder dels okupes de Vallcarca—. Som enemics irreconciliables: tu ets tot allò que jo detesto, representes l'objectiu final de la nostra revolució: enfonsar-vos, desmuntar el vostre sistema opressor i injust.

—No comencem gaire bé, si vols que et sigui sincer —va replicar el Daniel—, però no es tracta de discutir sobre ideologies ni lluita de classes. Si parléssim a fons i amb realisme i sinceritat, potser tu i jo no estaríem tan lluny, però, insisteixo, aquest no és el tema i el temps se'ns llança al damunt. La Svetlana et va fer arribar un escrit amb les nostres propostes. Sé que has tingut temps de mirar-t'ho i de consultar-ho en assemblea amb la teva gent i de parlar-ne amb la coordinadora.

—Saps moltes coses, tu. El que potser hauria de saber jo és el que hi ha entre la Svetlana i tu.

—Això té fàcil resposta —s'apressà a contestar—: res. Les ganes d'acabar amb aquest conflicte absurd d'una puta vegada i que les coses tornin a ser com eren, res més senzill que això. I no hi busquis tres peus al gat perquè jo no vaig d'aquest pal, noi.

El Lautaro tenia clar que aquesta era una oportunitat única per reconstruir a consciència La Xiroia i així ho havien reconegut els seus companys d'assemblea excepte una minoria més radical, però no els ho volia posar fàcil als Cabestany ni donar la imatge pública d'acceptar l'almoina capitalista.

—Sincerament, estic segur que no ens faria falta la vostra ajuda, Cabestany —va resistir-se—, amb la quantitat d'oferiments populars dels manters, dels cantants del metro, de les estàtues de la Rambla i dels de Comissions Obreres, només per dir-te'n uns quants, estic segur que resoldríem la reconstrucció.

—No t'ho creus ni tu, això que acabes de dir, saps? —li va parlar molt seriosament el Daniel—. A tothom, en calent, li és molt fàcil oferir l'oro i el moro. I és en calent que ho has d'aprofitar, prendre-ho i sortir corrent, perquè els dies passen de pressa i tothom se n'oblida. Lautaro, és l'oportunitat.

El Lautaro va abaixar la mirada, al seu interior es lliurava una lluita ideològica. I sabia que l'única sortida era acceptar la proposta, però el «sí, entesos» no li sortia de la boca.

—A veure, Lautaro, què més vols?

I aquí la va espifiar.

—Pretens comprar-me, Cabestany? Penses que tots tenim un preu, oi?

O potser no.

—Doncs som-hi. Vull una furgo Volkswagen per anar amb la Liliana per les fires a vendre les peces de bijuteria que fa.

—Fet —va acceptar sense ni pensar-s'ho. El tenia al sac i ben lligat.

—I una llicència de venda ambulant —va afegir el líder de la cua de cavall.

—Compta-hi. On signem l'acord? —va dir, abans no es fes enrere.

—Ho sabia! Sabia que éreu uns corruptors. Només que has vist l'oportunitat de comprar-me t'hi has llençat com un depredador.

—Però si has estat tu qui m'ha fet la comanda, no em vinguis amb romanços —va protestar el Daniel.

—T'he posat un parany i tu hi has caigut de quatre potes —i es va posar a riure.

—T'asseguro que no hi veig la gràcia per enlloc. Parlem clar —li va exigir, posant-se molt seriós—, vols la furgo i la llicència, sí o no?

—És clar que no. Com t'he dit, era un parany.

—Ah, bé —va exclamar amb indiferència el porc capitalista—, doncs tanquem l'acord. Signem?

—Signar? —es va sorprendre l'argentí—. Quedem amb el Martí Solans i que ens faci una entrevista conjunta on tu i jo expliquem l'acord al qual hem arribat per a la reconstrucció de La Xiroia.

Havien passat quinze dies de l'accident del carrer de la Mare de Déu del Coll i era la primera vegada que el Daniel Cabestany se sentia alleugerit. I content. Sí, estava content. Ara aniria a les oficines de la Diagonal i explicaria l'acord que havia pactat amb el Lautaro Rossetti al seu pare, a la seva germana, als advocats del grup empresarial, Casajoana i Casavella, i al gerent de COCSA, que era la constructora que s'hauria de fer càrrec de l'obra. Des del cotxe —que ja tornava a ser el seu BMW, el de l'atropellament, un cop restaurat— va telefonar a la seva dona perquè tenia necessitat de compartir aquell esperançador final del patiment amb algú de confiança, malgrat el poc interès que l'Ariadna havia mostrat pel seguiment del conflicte, com si a ella no li anés res. No contestà. I va insistir. I no hi va haver manera. Una vegada, i una altra, i una altra. Res. «*El número 626 434241 está apagado o fuera de cobertura*», li va repetir la veu robotitzada per enèsima vegada. És que el cap de l'Ariadna estava molt lluny del Daniel, dels Cabestany, del Bakunin i de la mare que els va parir. El cap de l'Ariadna era sobre el coixí de la suite júnior de l'hotelet de Sitges i ella sencera —lluny de tot plegat— es deixava fer, dolçament. Era dimecres, l'hora del pati.

Com que el seu pare no havia arribat, el Daniel es va asseure al seu despatx, va agafar de l'humidificador un Cohiba Mágico, un havà gruixut i curt que era el favorit del Tote Cabestany, se'l va fumar amb els peus sobre la taula i li va dir a la Maria Antònia, la secretària de tota la vida, que anés avisant els de sempre i, a més a més, el Sinaí. Va estossegar amb el fum del cigar perquè no hi estava acostumat, fumava molt de tant en tant, i, normalment, per compromís social. Però ara considerava que s'havia guanyat un Cohiba, encara que li costés d'acabar-lo.

Pel primer que va demanar el Tote, quan va arribar la Raquel, va ser pel seu fill petit.

—El Toti s'ha agafat quinze dies de vacances i se n'ha anat a fer submarinisme a les Maldives.

—Quins pebrots!

—No sé de què et sorprens, papà —va comentar el Daniel—. Apa, comencem que després de dinar crec que tinc visita d'obra... Oh, no! —va fer després de comprovar-ho a l'agenda de l'iPhone—. Haig d'anar als pisos del carrer Farigola, al costat d'on vaig atropellar el Bakunin, merda!

A les sis de la tarda es va trobar amb la Svetlana en un bar de sucs naturals i infusions d'herbes de dalt de tot del carrer Bailén, a prop de la casa dels seus pares, on s'havia instal·lat de manera provisional. Ella li parlaria del Bakunin, és clar, a qui visitava cada dia, i ell li explicaria la conversa i l'acord amb el Lautaro Rossetti.

—Saps, Daniel? —va dir ella encetant un tema nou—. Estic decidida a no tornar a La Xiroia.

Havia demanat un suc d'api, bledes i pera i ell una infusió

de poniol i menta. Es va cremar la llengua amb el primer glop, però no es va immutar pas, al contrari, va continuar la conversa com si res.

—Dona, és que a La Xiroia no s'hi podrà tornar fins d'aquí a un any i mig, si tot va bé.

—Vull dir que he decidit no tornar a okupar. He parlat amb els meus pares, vull acabar la carrera de Ciències Polítiques i, a més a més, els Comuns, que es veu que aquests dies han sentit les meves declaracions a la ràdio i a la tele, m'han ofert un lloc a les llistes de les properes eleccions.

—Això està molt bé, Svetlana, et felicito —li va dir amb sinceritat l'arquitecte— I quines eleccions? Perquè avui en dia, ja saps.

—No ho sé, depèn, però estic molt il·lusionada. Això d'entrar a la política de veritat és molt xulo. Crec que puc servir millor a la comunitat que no pas cuidant un gos i esperant que el Lautaro es fixi en mi de tant en tant.

—Què vols dir amb això d'esperant que el Lautaro es fixi en mi de tant en tant? —va preguntar, abans de tornar a tastar la infusió, aquesta vegada prenent precaucions—. Que no ets la seva noia?

—Sí, ho era, però des que va tornar la Liliana, que és la seva dona, jo soc plat de segona taula. I ho entenc, és clar —va dir sense gaire convicció—, i la Liliana també accepta que de tant en tant... En realitat els tres som bons amics, sovint dormim al mateix matalàs, però això és un cercle tòxic i cal que en surti, no et sembla?

—Sí, és clar. No sé com ho has pogut suportar —va respondre-li amb un gest d'entre sorpresa i comprensió—, ha de ser dur.

—És que l'estimo amb bogeria, el Lautaro. I a la Liliana també, són els meus amics, Daniel... —es va quedar pensant uns segons—. Però el Bakunin, quan ja estigui bé, vindrà amb mi. És just, jo l'he cuidat des que vaig arribar a La Xiroia. Jo i ningú més que jo.

Com que la conversa es va allargar, com que semblava que cap dels dos la volia donar per acabada, com que se sentien còmodes i relaxats, la Svetlana va demanar un altre suc d'api, bledes i pera i el Daniel va decidir que en tastaria un, a veure què passava.

—Potser amb un toc de vodka? —va demanar-li a la cambrera.

—Què dius, tio? —li va respondre ofesa—. Aquí no servim alcohol.

—Ni cervesa? —va punxar-la.

—Ni cervesa sense alcohol, nen, que és mentida que no tingui gens d'alcohol.

Sí, un any i mig dona molt de si. En un any i mig poden passar moltes coses i de signe ben divers. En aquest any i mig que van durar les obres de reconstrucció de La Xiroia, que van comptar amb la complaença i totes les llicències necessàries de l'Ajuntament, gairebé en un tres i no res, després que el Daniel Cabestany i el seu equip presentessin l'informe i els plànols preceptius i el Lautaro Rossetti i la seva assemblea els acceptessin sense fer escarafalls, l'Ariadna i el Dr. Verdulet van canviar el dia de la cita de dimecres a dijous i no sempre, no pas tots els dijous, perquè al ginecòleg cada cop li sortien més parts inesperats que, casualitats, anaven a parar al dijous al matí, i moltes vegades l'Ariadna s'havia de confitar la llenceria luxosa i agosarada perquè l'amant de les mans de seda trucava anul·lant la cita el mateix dijous poc abans que sortís de casa, i ella, enfurismada, es mentia a si mateixa jurant-se que aquesta història s'havia acabat. Però no.

En un any i mig la Fundació Cabestany va presentar cinc

exposicions i va organitzar vuit conferències i tres col·loquis sobre un possible estat federal, l'art efímer al carrer i l'enigma de les medecines alternatives. De tot plegat, la proposta més polèmica va ser la primera, a poques setmanes de l'acord entre els Cabestany i els okupes de Vallcarca, la que va signar Giancarlo Visconti —el mig parent, deia, del director de cinema— i que tanta por feia al president de la Fundació, l'oncle Salvador, el notari.

L'exposició de pintura, malgrat l'aurèola que l'envoltava, no era gran cosa: un retorn al pop art dels collages i les macroampliacions fotogràfiques amb una nostàlgica picada d'ull a l'op art dels seixanta. Un déjà vu de barreges vintage molt poc originals, per entendre'ns. Però el que no va deixar a ningú indiferent i més aviat va escandalitzar la societat barcelonina que tallava el bacallà, habitual a les inauguracions dels Cabestany, i, en aquest cas, també, a la colònia italiana que vivia a Barcelona i que va acudir-hi en romeria, va ser la performance muntada per l'artista. A sis punts estratègics de la sala (el primer, només entrar), sis estàtues humanes emblanquinades i nues, sis models masculins joves i notablement dotats, a través d'un enginy senzill però eficaç, pixaven aigua il·luminada de sis colors llampants i diferents. Era una orinada decorativa contínua que va durar les dues hores de l'acte.

—Però tu t'has tornat boig, Salvador? Tenies o no tenies coneixement, d'aquesta marranada? —li va cridar el Tote—. Sis tios en pilotes pixant!

—És que jo... —va barbotejar el notari—. A mi la comissària de l'exposició em va dir que es tractava de sis estàtues paròdiques del Manneken Pis de Brussel·les. Si ho arribo a saber...

—Imagino que l'has despatxat immediatament.

—A la Núria Comellas, la filla del Conseller? —va preguntar el notari—. Despatxa-la tu, que jo no vull embolics amb els polítics.

Mentre continuava la discussió entre germans que, després de la trucada de l'oncle bisbe, queixant-se de la que havia rebut de l'Associació d'Advocats Catòlics i demanant explicacions, acabaria amb la dimissió del Salvador Cabestany, l'Ariadna, que es veu que havia sortit un moment a parlar amb no sé qui, s'estava beneficiant el pintor Visconti al quarto dels mals endreços de la Fundació, que a ella, ja se sap, li parlaven en italià a cau d'orella i es desfeia com una pastilla de mantega a la paella. Aquesta debilitat per l'alegria de la vida era prou coneguda per l'actual cap de la nissaga amb qui, en el seu moment, van viure un curt afer, quan l'Ariadna va entrar a formar part de l'equip d'arquitectes de la constructora i ell era molt més jove i ni li podia passar pel cap que un dia podria ser el seu sogre, i desconeixia, fins que ho va descobrir, que la jove arquitecta acabada d'arribar d'Itàlia també s'ho feia amb el seu fill.

—Té —li va dir el Tote, lliurant-li un sobre ple de fotografies.

Aquell dia el seu fill era a Madrid —no res, un anar i tornar, avui dia amb l'AVE és un moment— i com que no era dijous es va presentar a casa seva i, davant de la visita sorpresa, l'Ariadna es va desconcertar bastant.

—Té.

—I això què és? —va preguntar la seva jove.

—Un record. Hi surts molt guapa.

De seguida ho va comprovar amb cara de sorpresa, però no pas amb cara que s'acabés el món. Era un joc de fotografies que palesava els capricis luxuriosos de la dona del Daniel durant aquells anys que portaven casats. Les sortides de l'hotel de Sitges, agafada al ginecòleg, era probablement el reportatge estrella, però hi havia molt més. Les fotos magrejant-se amb el pintor italià dintre del seu Porsche tancaven l'entretinguda biografia eròtica de la dona que enyorava Itàlia, segons li confessava sempre que en tenia ocasió a la seva amiga Sandra Cabot.

—Bona feina —li va dir amb un cert cinisme, l'Ariadna—, et deus haver gastat una pasta en detectius. I què, què em vols dir? Es tracta d'un xantatge perquè em vols tornar a follar?

—Què dius, ni boig! És només per avisar-te. El Daniel és un bon nano i no s'ho mereix, o sigui que, Ariadna, prou. Prou d'abaixar-te les calces cada dos per tres.

—No tens ni idea de com és la nostra relació, Tote —li va recriminar—. Tu fica't amb els teus negocis i deixa'm estar tranquil·la. Ah, que m'estàs amenaçant?

—Pren-t'ho com vulguis, però aquest campi qui pugui s'ha acabat per a tu. I pots quedar-te les fotos per emmarcar-les, en tinc més còpies.

—Ets un fill de puta —li va llançar a la cara, esclatant.

—No, dona, soc un pare amoïnat perquè el meu fill no te'l mereixes. La que té més traça de puta ets tu.

I se'n tornà al seu àtic, damunt de la casa dels seus tres fills. L'Ariadna, una mica trasbalsada i feta un embolic, va guardar el sobre amb les fotografies —en alguna de les quals, era cert, sortia ben guapa— a la butxaca d'un abric del fons de l'armari que no es posava mai. Quan va haver refredat la situació, va concloure que el Tote mai no li ensenyaria les fotografies al seu fill. La cohesió familiar, encara que subjectada amb pinces, era el que més el preocupava. Això i demostrar que sempre ho controlava tot, que tenia la paella ben agafada pel mànec. Però tranquil·la, Ariadna, es va dir. Ell té molt més que amagar (ho sap tot Barcelona). El que ignorava és que la seva fama, estesa com una taca d'oli per la Barcelona que remenava les cireres, també era per sucar-hi pa.

—T'imagines que això explota i li acabo explicant al Daniel que jo també em vaig estar tirant el seu pare una temporada? —es va dir a si mateixa amb veu interior càlida i vellutada.

És clar que sí que un any i mig dona per a molt. Per al Toti, per exemple, el fill transhumant del coet al cul. En aquells divuit mesos el Toti Cabestany va fer el Tubqal, al Marroc (un quatre mil cent), l'Alpamayo (gairebé un sis mil) al Perú, el volcà de l'illa de Fogo al Cap Verd (gairebé tres mil); però el que aportava l'emoció afegida era que la seva última erupció datava de 2014 i que va esborrar dels mapes dos poblets de l'entorn; també va fer el Cervino o Matterhorn (un quatre mil cinc-cents complicat) entre Suïssa i Itàlia i va rebutjar l'escalada al Pikes Peak (un quatre mil als Estats Units) perquè el considerava per a «quemacos», i amb tot això va assistir a sis consells d'administració dels deu que li tocaven. Però el Toti, ja se sap. En tots ells va reiterar per activa i per passiva l'error, l'error immens d'haver pactat amb els okupes.

—Si jo hagués estat aquí, això no s'hauria produït —va dir reiteradament, molt disgustat.

Va ser el Daniel el primer que es va posar a riure amb ganes. S'hi van afegir la Raquel, el Tote i l'oncle Salvador i finalment tots els membres del consell, inclòs el bisbe, que no podien parar de cap de les maneres.

Emprenyat, el Toti Cabestany se'n va anar uns quants dies de vacances de desconnexió a la Côte d'Azur. La Maria Antònia es va aguantar el riure tant com va poder, que ella era la secretària, però es va fer pipí al damunt. Al Patronat de la Fundació, la Claire Morel va substituir el Salvador Cabestany en la direcció, que havia quedat molt tocat i definitivament enfonsat per la performance pixanera del pintor Giancarlo Visconti.

Sí, un any i mig dona bastant de si. Hi ha temps —hi va haver temps— perquè el Bakunin (apartat definitivament del lideratge simbòlic dels antisistema de Vallcarca i Gràcia perquè la Svetlana se'l va endur amb ella a través d'una decisió assembleària i, a poc a poc, tothom el va anar esborrant de la memòria) es morís. Només el Martí Solans, quan es va assabentar de la seva mort, li va dedicar un pensament a *El Periódico*, recordant els fets que el van fer famós un any abans i, de passada, donant la notícia de com avançava la reconstrucció de La Xiroia amb fotografies. Amb un cert sarcasme va fer memòria de les promeses incomplertes dels col·lectius que s'havien ofert a recaptar calés en el moment de l'eufòria concatenada i venjativa de l'incendi del casal okupat, i va remarcar que només Mamadou Ndoye i els seus manters van complir el compromís en la mesura que un diumenge de setembre havien anunciat que donarien tota la recaptació d'aquell dia per ajudar els damnificats de La Xiroia. I van quedar molt sorpresos de la xifra assolida i del respecte que van obtenir de la Guàrdia Urbana que, fins i tot, a l'hora de plegar, els va donar un cop de mà per recollir i lligar les mantes, encara que el guàrdia Corrales els va etzibar: «*Esto es porque un día es un día, però que no sirva de precedente*». S'ho podia haver estalviat, tampoc no calia. Si s'acorda un dia de treva, dona'ls un dia de treva i demà ja els estovaràs. És que els barcelonins ja ho tenen això: quan es treuen del damunt la mala consciència d'estar cometent una flagrant il·legalitat comprant un producte falsificat, perquè se'ls ha convençut de col·laborar amb una causa solidària —abans se'n deia beneficència i sempre havia tingut molt d'èxit—, surten al carrer i compren compulsivament: aquell diumenge del despreniment i la solidaritat van tornar a casa cofois d'endur-se'n sabatilles Nike, bosses Vuitton, polos Ralph Lauren, samarretes Armani, ulleres de sol Ray-Ban i rellotges Rolex, entre dotzenes de gangues, a un preu de treball d'esclaus, totes falsificades.

El Bakunin va morir als braços de la Svetlana un any després, més o menys, de l'accident. Els vuit últims mesos, des que li van certificar la curació fins que va traspassar, la seva mestressa el va treure a passejar acompanyada molts vespres del Daniel, que procurava enllestir la feina per compartir aquell passeig amb un gos amb necessitats fisiològiques. La Svetlana i el Daniel —i, per què no?, el Bakunin— es van anar fent molt amics a mesura que passejaven. Les dues darreres setmanes de la seva vida no anava fi. Trontollava, li agafaven tremolors i es cansava molt. El Bakunin se n'anava i ella ho sabia. La nit del decés, un dissabte, la noia era sola a casa perquè els seus pares havien anat, com gairebé sempre, a passar el cap de setmana a l'apartament de Calafell. Desesperada, plorant amb molt de sentiment, va trucar al seu amic, que va acudir-hi de seguida. Desconsolada i sanglotant, deia repetidament que era el pitjor que li havia passat a la vida. Aquella nit van fer l'amor per primera vegada amb el cos present del Bakunin als peus del llit. A partir d'aquell moment dissortat, l'excusa per veure's ja no era passejar el gos, sinó per jugar cada cop amb més destresa al joc més antic. Ningú es va fer ressò de la mort del Bakunin, a excepció de la columna d'*El Periódico*. El Bakunin ja era molt vell i el seu quart d'hora de glòria havia caducat.

També va morir de vella, però en unes altres condicions i circumstàncies, dotze dies després, donya Carmen Vilarnau de Cabestany. La matriarca de la nissaga. La dels sopars del dilluns al casalot de Pedralbes. La vella dama de la burgesia catalana. Va oficiar el seu fill bisbe i la catedral de Barcelona es va omplir, a més no poder, d'autoritats, polítics (fins i tot dos subsecretaris i un director general de Madrid), clergues, banquers, empresaris i allò que en diríem societat civil amb possibles. I el capità general. El funeral se celebrà un matí de dijous i l'Ariadna es va saltar la classe d'anatomia per assistir-hi, i al Toti el van fer tornar d'on fos que estigués, que deia que no li anava bé. El doctor Verdulet, com que el matí li havia quedat buit, també s'hi va acostar per donar el condol a la família.

—M'han dit que ha mort plàcidament, que se'n va anar a dormir i ja no es va despertar.

—Sí —va confirmar el Daniel.

I es van posar a parlar d'obstetrícia i ginecologia una bona estona. Primer, el metge li va explicar els molts avenços aconseguits amb la fecundació artificial, i després van intercanviar impressions sobre l'ètica del ventre de lloguer. L'Ariadna se'ls mirava de lluny i li feia gràcia que es portessin tan bon rotllo. El Tote Cabestany ni se'n va adonar, anava molt atabalat.

Divuit mesos són molts mesos i pot passar de tot, està clar. Les obres de reconstrucció de La Xiroia avançaven al ritme previst. Els pisos del carrer de la Farigola es van acabar i el Daniel va deixar de passar pel carrer maleït de la Mare de Déu del Coll, estalviant-se un malson intermitent. Però, de sobte, va aparèixer un contratemps: els advocats del banc propietari real de La Xiroia, aprofitant l'estranya situació creada per l'oferiment de reconstrucció àmpliament divulgat pels mitjans, van aprofitar l'avinentesa per llançar-se a la jugular dels Cabestany. Contra l'Ajuntament, per la seva inacció (o suport, en deien els banquers), no podien fer-ne causa, contra els jutges impossible, perquè en aquesta ocasió no prevaricaven, contra els legisladors ves-los al darrere, contra els okupes, perdó, no em facis riure, però tan bon punt van tenir notícies de la irrupció dels Cabestany van trobar l'os on rosegar. Els Cabestany, en aquest cas, tenien molt mala peça al teler.

—Sí que tenim molt mala peça al teler —li va reconèixer la Raquel al seu pare.

Van parlar amb el col·lectiu antisistema, van tenir una reunió llarga amb els advocats municipals; també, en una de les reunions, hi va assistir, no se sap ben bé perquè, Mamadou Ndoye, el líder dels topmantistes, a qui el consistori, i especialment l'Alcaldessa, tenien en molta estima, la veritat, i entre tots plegats van trobar una via de sortida, exemple per al futur, pagant els Cabestany, és clar, però emmerdats en aquesta voràgine fins al capdamunt ja no venia d'aquí.

—Però sabeu els quartos que ens costarà aquesta collonada? —va protestar l'oncle notari en un consell, ell que mai feia servir exabruptes com la paraula collonada, o acollonit, o, simplement, collons.

No ho sabien exactament quan van acceptar l'acord, ho van notar després en el balanç. Perquè la solució, que l'Ajuntament va acceptar de bon grat a canvi d'alguna exempció fiscal, com ara l'impost de plusvàlua i el perdó dels ibis endarrerits durant el període d'okupació, va consistir que el Grupo Cabestany comprés la casa al banc propietari i que, mantenint-ne sempre la propietat, la llogués per un simbòlic euro mensual als usuaris dels tatuatges, la cua de cavall, els cabells tenyits de colors i la rebel·lia. Va costar de pactar el text que figuraria en la placa collada al frontis de la casa, però al final va quedar així:

La Xiroia, propietat del Grupo Cabestany, ha estat cedida en usdefruit al barri de Vallcarca per a l'ús i gaudi del Centre Social Autogestionat (CSA) okupat i autogestionat.

—Això és una bestiesa i no té cabuda en la llei actual —va objectar, un cop més, el notari.

—No s'amoïni, Salvador —li va respondre l'advocat veterà Carlos Casavella—, ja veurà com això crearà un precedent.

—Crec que hem creat un model a proposar i aconseguir de les grans empreses instal·lades a l'Àrea Metropolitana per fer legalment un Centre Social Autogestionat a cada barri de la ciutat —va comentar l'Alcaldessa, com qui no vol la cosa, informalment, en el Consell de Govern Municipal subsegüent a l'acord, i tothom va dir que collonut, que la idea molava un ou.

Val a dir, de passada, que l'informe dels experts va confirmar que el de La Xiroia es va tractar d'un incendi fortuït degut a una pujada de tensió, a causa de la tempesta elèctrica de la nit dels incidents, que va fer petar una instal·lació atrotinada i molt mal connectada a la línia general i que aconsellaven enviar una circular oficial a totes les cases okupades de la ciutat perquè revisessin i milloressin les seves connexions pirata a la xarxa del carrer. La generositat dels Cabestany, hàbilment dosificada als mitjans per l'equip de la Susanna Trias, va ser el missatge que va acabar per consolidar-se entre l'opinió pública amb l'ajut de l'opinió publicada.

Divuit mesos també pot ser un període de temps ràpid de passar, segons com es miri, perquè entre una cosa i l'altra ja som a 12 de desembre, dissabte, vigília de Santa Llúcia, dia gloriós de l'any, data prevista per a la inauguració oficial de La Nova Xiroia, a les dotze del migdia.

La Svetlana i el Daniel, que havien conreat amb intermitències la seva relació d'amants sense compromís ni lligams, feia més de quinze dies que no es veien. Alguna trucada telefònica per saber l'un de l'altre i res més. La noia ràpidament havia fet carrera en els Comuns, que això de la política, a vegades, va molt de pressa. Per la seva experiència en l'okupació, els seus estudis de ciències polítiques i pel seu coneixement del barri la van nomenar consellera de districte. A mig matí del dia anterior a la inauguració va telefonar al Daniel.

—Com que demà em tocarà parlar a l'acte d'inauguració i estar per l'Alcaldessa i fer el paripé davant la teva família i donar-los les gràcies, ja saps com va això, prefereixo dir-t'ho avui i més endavant ja tindrem temps per comentar-ho, però estic molt contenta, per a mi és una molt bona notícia i, com que la sé de fa uns dies i he anat de corcoll, et truco perquè no em sembla just que tu ho ignoris.

—Ah, sí? —va dir ell, palesant la desorientació— Què t'han fet, ara, regidora?

—Ui, no! No m'han fet; tu m'has fet mare —va deixar anar pel broc gros—. Estic embarassada.

En el núvol que se li va formar automàticament al cervell, el Daniel hi descobrí, com en les vinyetes dels còmics, signes d'admiració, escurçons, interrogants de molts colors, ulls oberts com taronges, no sé quantes cares de nadons plorant, molts bolquers volant per allà al mig i una bola de pres amb la corresponent i feixuga cadena.

—Que estàs embarassada? —va ser l'únic que se li va ocórrer dir.

—Sí, de deu setmanes. No saps com en soc, de feliç, Daniel, t'estic molt agraïda.

—A mi?

—I tant, tu vas posar la llavor —va dir ella, posant-se cursi.

—Sí, és clar —el núvol del cervell ara només estava ple de signes d'interrogació de totes les mides i colors—. I... què penses fer?

—Estimar molt el meu fill o la meva filla, que encara no ho sé.

—Bé —no sabia què dir—, potser demà no és el dia, però hem de parlar, no?

—És clar que sí, Daniel, és clar que sí.

La inauguració del 12 de desembre al migdia va ser un èxit. L'Ajuntament va tancar el carrer i va posar una tarima per als discursos i les cançons. Feia un dia assolellat d'hivern molt agradable i temperat, per això tot l'entorn es va omplir de veïns, i de molts iaioflautes, i molts antisistema i okupes del districte de Gràcia, també el Mamadou Ndoye i una representació molt completa de venedors de top manta, i uns quants periodistes, els que sempre cobreixen els actes de l'Alcaldessa, el Martí Solans davant de tots.

Per part dels Cabestany hi van ser la Raquel i la Claire, el Tote i el Daniel. El Toti no, que era esquiant a Finlàndia, a les pistes de l'estació de Levi. L'Ariadna tampoc —què hi pinto jo enmig d'aquella colla de perroflautes?—, que tenia hora a Llongueras. I l'oncle Salvador i la seva dona, la reconeguda pediatra Paula Roca, dels Roca de tota la vida, tampoc: «Jo soc notari, què hi haig de fer entre tota l'esquerra radical de Barcelona».

Tothom va sortir molt content i dient que si l'Alcaldessa havia parlat tan bé. Va obrir l'acte la Svetlana, com a consellera del barri. Va fer un resum emotiu del seu temps de vida a La Xiroia i va tenir un record per al Bakunin que els que encara el recordaven van aplaudir. Després, el Tote Cabestany parlant de diàleg i bona voluntat per resoldre conflictes. Va estar bé: breu i propositiu. Tot seguit prengué la paraula el Lautaro Rossetti, que va ser molt sintètic, animant els assistents a continuar la lluita per l'autogestió, l'okupació i l'alliberament i no deixant anar ni una engruna d'agraïment envers els Cabestany, cosa que va compensar en l'últim parlament l'Alcaldessa que, després d'agrair a tothom l'esforç per la reconstrucció brillant de La Xiroia, va explicar la seva proposta de mecenatge igual que va fer generosament el Grupo Cabestany. Una crida a les grans empreses que operen a l'àrea barcelonina perquè es facin càrrec de la rehabilitació dels setanta-tres Centres Socials Autogestionats per als setanta-tres barris de Barcelona, arrancant-los de les urpes dels bancs especuladors i desnonadors. Va ser molt aplaudida. Un iaioflauta nostàlgic, desbordat per l'entusiasme i, gairebé, arribant a l'èxtasi, va cridar «Volem un fill teu!», crit que, en sentir-lo, al Daniel li va recordar que havia de parlar amb la Svetlana. Finalment, la primera autoritat municipal, ajudada pel regidor del districte, va destapar la placa que deia tot allò de la propietat i l'usdefruit. Una pena de placa de llautó, perquè una setmana després va ser tapada per una mostra d'art urbà, una pintada.

Finalment, l'acte va concloure amb un petit recital de Cesk Freixas, molt aplaudit. En acabar es van repartir cerveses artesanes que elaboraven els integrants d'un casal okupa del Poble Sec. Va ser en aquell moment que el Daniel Cabestany va aprofitar i li va recordar a la Svetlana que havien de parlar i com abans millor. Van quedar aquella tarda al bar de sucs de bleda del carrer Bailén.

—Però només tinc mitja hora, eh, Daniel?, que haig d'acompanyar la segona tinent d'alcalde al Liceu...

—Sí, és clar —es va resignar l'arquitecte que havia dissenyat i seguit les obres del Centre Social Autogestionat de La Xiroia que acabaven de reobrir.

Per treure's el regust agredolç de l'acte d'aquell migdia i celebrar que havien tancat la malparida carpeta de l'atropellament, agonia i resurrecció del Bakunin, els tres Cabestany i la Claire Morel van anar a posar-se fins al cul de marisc al Rías de Galicia, al començament de Montjuïc. A més a més, va dir el Tote, allà tenen Cohibas. El Daniel no estava gaire per la feina però no va perdonar els percebes ni els escamarlans mentre donava voltes a mil idees sobre el futur de la seva relació amb la Svetlana, ara que serien pares. La nit anterior gairebé no havia pogut dormir, rumiant sobre la nova situació plantejada després de la trucada de la Svetlana. L'estimava? Sí. Estava enamorat d'ella? Sí. Podríem dir que estava boig per ella? Sí. Estava disposat a trencar el seu matrimoni amb l'Ariadna amb tot el que significaria per a la Bruna? Doncs... sí. Rotundament sí.

Cara a cara, amb un got de suc d'api, bleda i pera, a dos quarts de set de la tarda, es van posar a parlar.

—Des del punt de vista ètic, el meu embaràs no t'ha d'amoïnar —va plantejar amb molta serenitat la Svetlana, com si ho hagués rumiat moltíssim, com si ja tingués la decisió presa i coll avall—. Vull ser mare soltera, de veritat, ho desitjo. Estic molt orgullosa que siguis tu, el pare biològic, però això no t'ha de comportar cap responsabilitat, Daniel, ni una, ni mitja.

—Sí, Svetlana, però jo... —la va interrompre.

—Jo t'estimo molt, ho saps —va continuar la Svetlana a pinyó fix—, perquè ets molt bona persona, t'has portat molt bé amb nosaltres i ets un tio legal, però no estic enamorada de tu i no em veig amb tu vivint com a parella, creant una família amb criatura inclosa. No t'ofenguis, però mai m'ho he imaginat. Daniel, de veritat, soc molt feliç d'estar embarassada —li va agafar les mans— i mai t'ho sabré agrair prou, però tu i jo estem destinats a ser amics, a fer una rebolcada de tant en tant, quan ens vingui de gust, però no anar més enllà i no imaginar fantasies impossibles. Tu tens una dona i una filla i vens de la família que vens. Jo soc una exokupa, de pare prosoviètic i ara amb una funció política d'esquerra radical. Som incompatibles, saps?

—No t'entenc, què vols dir-me?

—Mira, Daniel, encara que et sembli estrany jo crec en els matrimonis de conveniència, potser et sorprenc. La conveniència dona molta més estabilitat que l'amor, que sovint és fugisser i voluble. La conveniència suma perquè ajunta factors que afavoreixen a tots dos. L'amor és un malparit, gelós i dolorós. Estaràs d'acord amb mi que n'hi diuen de conveniència perquè acostuma a convenir a les dues parts, o no? Però nosaltres no som parts convenients, no som sociològicament acoblables, ho entens?

—És clar que intel·lectualment ho entenc, no soc un retardat mental, però saps què passa, Svetlana?

—No, no continuïs, deixem-ho aquí, per favor.

—Svetlana, passa que jo... —va insistir ell.

—No ho diguis, sisplau, sisplau, no ho diguis, Daniel.

—Jo estic boig per tu, estic absolutament enamorat.

—T'he dit que t'ho guardessis, això ens farà mal. L'amor sempre fa mal.

—I què vols que hi faci si t'estimo tant?

—Daniel, no.

—Deixo la meva dona, deixo la meva família, i ja trobaré feina d'arquitecte... Soc molt bo.

—No, Daniel, no. Jo no ho vull, ho sents? Jo no et convinc ni tu em convens a mi. Atura el carro, tornem a la casella de sortida, que anàvem molt bé tal com anàvem.

—L'hòstia...

—Vols que follem? Això no ho hem de perdre, perquè ens agrada a tots dos.

—Vull que ens estimem —va dir molt seriós, molt convençut, molt danyat...

—Doncs serà que no, Daniel, em sap greu, però serà que no.

Molt trist i molt derrotat, el Daniel Cabestany va pujar al

cotxe i va donar voltes per la ciutat en un passeig sense destinació. De tant sortir junts, de tant parlar, de tant jugar al llit, coneixia molt bé la Svetlana i sabia que ella havia pres una decisió sense retorn, s'hi posés com s'hi posés. La temperatura havia baixat molt després de dinar. Molt. Començaven a caure espurnes d'aigua i neu, s'acostava Nadal. Va pujar per Vallvidrera cap al Tibidabo a veure si l'aiguaneu era, allà dalt, polsim de neu. Es va aturar en un terraplè al costat d'un revolt que servia d'espectacular mirador de la Barcelona esquifidament encesa amb els llums de Nadal. Des del seu estat d'ànim la ciutat li semblava una puta merda, plena d'okupes, iaioflautes, gossos petaners deslligats, venedors del top manta i carteristes. Lliurada a una esquerra trista i sola, molt allunyada d'aquella esquerra hedonista i divina que ell, malauradament, no havia conegut però sobre la qual havia llegit molt i n'havia vist moltes fotografies de Pomés, de Colita, de Xavier Miserachs o d'Oriol Maspons, o havia après l'ofici a partir de les obres de Milà, Coderch, Tusquets o Bofill. Quan ja en va tenir prou, de tot plegat, va donar mitja volta i conduí cap a casa. Va recordar una altra vegada la vella cançó de Stephen Stills i es resignà amb el seu missatge: «Si no pots estimar a qui vols, estima a qui està amb tu», i va pensar que potser aquella nit tenia sort i a l'Ariadna li havia passat la migranya, no estava rendida de tant anar amunt i avall i es notava en condicions de superar l'addicció, empatxada, als capítols de *Downton Abbey* de Netflix —una pila de temporades i de capítols, que estava veient per tercera vegada de tant que li agradava...

***

La proposta de l'Alcaldessa feta pública en el parlament de l'acte de la reinauguració de La Xiroia, animant les grans empreses de l'àmbit metropolità a seguir l'exemple del Grupo Cabestany i adquirir, dels estocs immobiliaris dels bancs, antics casalots particulars i rehabilitar-los per convertir-los en Centres Socials Autogestionats (CSA), o bé condicionar i apadrinar els pocs que hi havia, va caure bé entre l'empresariat barceloní, com tantes altres propostes singulars de la primera autoritat municipal. Setanta-tres barris, setanta-tres empreses compromeses amb Barcelona, setanta-tres Centres Socials Autogestionats. Aquesta va ser la consigna i aquest va ser l'objectiu. Grans empreses com Mediapro, Sanitaris Roca, Mango, Pull & Bear, Bershka, Cobega (representants de la Coca-Cola), Grifols, Laboratoris Almirall, Agroaliment, Catalana Occident, Casa Tarradellas, Teyco, Pronovias, Torrons Vicenç, Tous, i fins i tot la mateixa Seat o l'americana Amazon, van estudiar seriosament la idea i van acceptar d'implicar-s'hi i, al seu darrere, un nombre cada cop més gran de marques de primer nivell internacional s'hi van interessar i es van posar les piles. Només a tall d'anècdota: el Barça va voler ser-hi però amb la condició de fer-se càrrec del CSA de Les Corts. La comissió municipal creada per estudiar, coordinar i fer el seguiment de les propostes i les obres, entre els membres de la qual hi havia la Svetlana i el Tote Cabestany, va entendre els arguments del Futbol Club Barcelona i els va atorgar, excepcionalment, l'autorització. Barcelona, ciutat pionera en tantes coses, veuria créixer els propers anys setanta-tres Centres Socials Autogestionats, bandera i enveja dels okupes vinguts d'arreu d'Europa i Austràlia i esdevindria, sens dubte, la primera ciutat del món en aconseguir la insòlita col·laboració entre els revolucionaris i indomables antisistema i els empresaris capitalistes més significatius i emblemàtics del sistema. Un cop més es reafirmava en la consideració, universalment acceptada, de ser la ciutat dels prodigis capaç de generar amics per sempre.

PERSONATGES PRINCIPALS

BAKUNIN: Gos vell petaner
DANIEL CABESTANY I LLOP DE VIDALELLA: Arquitecte
SVETLANA RENAU: Okupa i mestressa del Bakunin
LAUTARO ROSSETTI: Líder dels okupes de La Xiroia
LILIANA GUEVARA: Companya del Lautaro
ARIADNA MASDÉU: Dona del Daniel Cabestany
TOTE (JORGE) CABESTANY: Pare del Daniel
MEMÉ LLOP DE VIDALELLA: Mare del Daniel
RAQUEL CABESTANY I LLOP DE VIDALELLA: Germana del Daniel
CLAIRE MOREL: Parella de la Raquel
CARMEN VILARNAU: Àvia del Daniel
GREGORIO CABESTANY: Germà del Tote. Bisbe de Segorbe
SALVADOR CABESTANY: Germà del Tote. Notari.
PAULA ROCA: Dona del Salvador Cabestany. Pediatra
TOTI (JORDI) CABESTANY I LLOP DE VIDALELLA: Germà petit del Daniel
DR. SANTIAGO VERDULET: Ginecòleg. Amant de l'Ariadna
SAMUEL GODALL PROUBASTA: Dr. Clínica St. Francesc d'Assís
DR. CASALS: Psicòleg caní
SINAÍ CARAGOL: Líder gitano. Cap oficiós de seguretat del Grupo Cabestany
SANDRA CABOT: Amiga íntima de l'Ariadna Masdeu
GIANCARLO VISCONTI: Artista plàstic italià
MARTÍ SOLANS: Periodista d'*El Periódico*
SUSANNA TRIAS: Cap de Comunicació del Grupo Cabestany

MAMADOU NDOYE: Senegalès. Líder dels manters de Barcelona

I la col·laboració especial de l'Alcaldessa de Barcelona i del Delegat del Govern Central

Sursumcorda.com

Poc després que a Boston esclatés l'escàndol de la pederàstia a l'Església Catòlica, descobert i divulgat pel diari *Boston Globe*, que va costar la dimissió a l'arquebisbe Bernard Law l'any 2002, es va produir un sacseig ideològic entre la feligresia de la seu americana, molt especialment per haver encobert durant anys la pedofília practicada per un centenar dels seus sacerdots. Hi va haver diversos casos, com ara el del pare John Geoghan, que simplement era traslladat de parròquia en parròquia cada cop que el denunciaven, i que havia abusat impunement durant vint anys de 130 menors. En aquesta conjuntura, l'exsacerdot catòlic bostonià Edgar J. Browlin, convertit en periodista i escriptor, després de deixar el seu ministeri i penjar la sotana, va publicar el llibre *Celibacy, pedophilia and the fornicating priests* (*Celibat, pedofília i capellans fornicadors*), que va ser un èxit a les llibreries nord-americanes i va remoure la consciència de molts capellans catòlics, avergonyits del paper de la jerarquia, que no només es va preocupar d'amagar l'escàndol en lloc de confortar les víctimes, sinó que mai no va lliurar a la justícia els abusador sexuals amagats darrere d'una sotana (o d'un *clergyman*). Aquest èxit va anar seguit d'un altre llibre amb el títol *Homosexuality in religious communities* (*L'homosexualitat en les comunitats religioses*). El tercer va ser una novel·la, basada en la història real de la jove Barbara Cumings, *The nun who never wanted to be celibate* (*La monja que mai no va voler ser cèlibe*). La novel·la no va gaudir de l'èxit dels dos primers llibres, en opinió de la crítica, perquè a Browlin se li'n va anar la pinça, i el que havia d'haver estat, en clau literària, un llibre de denúncia, va esdevenir un melodrama eròtic, més que res, amb la qual cosa perdé la força d'una narració realista que sacsegés les consciències com havia succeït amb les seves dues primeres publicacions. No només la pederàstia, sinó el comportament indigne de capellans, bisbes i cardenals amb relació a les novícies i monges que, furgant, van descobrir com havien estat tractades (en molts casos, com a esclaves sexuals), amb la aquiescència, si no complicitat, de les abadesses de molts convents o superiores de comunitats religioses. Browlin, segons les teories desenvolupades en els seus escrits, culpava el vot de castedat que tot religiós o religiosa catòlica estava obligat a fer, el celibat que voluntàriament havien acceptat. Les escandaloses descobertes i les conclusions de l'escriptor exclergue van generar un enrenou de tal magnitud entre els joves capellans de Boston que els va portar a fundar i expandir un moviment que sota el nom de *Against Celibacy* es va escampar per tots els Estats Units. Això va arrancar l'any 2004 i, davant l'estupefacció de la jerarquia eclesial, va esdevenir indeturable: es tractava de pressionar el Vaticà per aconseguir treure's el llastre del celibat i que els capellans es poguessin casar, com ocorria en altres esglésies cristianes.

Malauradament, *Against Celibacy* es va quedar en una mena de fòrum obert a la xarxa on els catòlics —ordenats o seglars— mantenien un debat permanent sobre aquesta intocable qüestió. En un principi, els qui manifestaven la seva posició donaven la cara, signaven les seves opinions, però la repressió coercitiva exercida per l'autoritat eclesial va aconseguir dues coses: que alguns pengessin la sotana, i que l'activitat d'aquest fòrum d'opinió esdevingués clandestina i que tothom que hi digués la seva ho fes des de darrere de l'antifaç d'un pseudònim. Però malgrat que la fórmula de l'anonimat moltes vegades ocultava autèntiques torpedinades per part dels integristes, o burles, sovint cruels, dels anticlericals, va servir tanmateix perquè hi participessin moltes veus femenines, suposadament de monges o novícies, que també coincidien a denunciar la feixuga càrrega que suposava el vot de castedat.

Aquest corrent de resistència contra el celibat va arribar a Europa i va fer valdre el seu nom original i la seva web de discussió a Itàlia, França, Irlanda, Portugal, Polònia, etcètera, i a casa nostra es va anomenar, literalment, *Contra el celibat*. També el primer llibre de Browlin es va traduir i divulgar a molts països europeus. I la càrrega ideològica del moviment es concretà a la xarxa, primer a França i després a la resta de països de l'àmbit catòlic, amb una pàgina de contactes anomenada Sursum Corda (a casa nostra *sursumcorda.com*), exclusivament dedicada a monges, frares, religiosos de tots els ordes i congregacions, i capellans que desitgessin portar a la pràctica els seus anhels d'acabar amb el celibat obligatori. A la pròpia pàgina deixaven clar que el seu objectiu, mentre l'Església Catòlica mantingués vigent l'obligació del celibat, no era incentivar la creació de parelles estables o de matrimonis que abandonessin el seu ministeri, sinó facilitar la trobada carnal entre els membres de la comunitat religiosa que estiguessin en contra del celibat, però sense obligacions posteriors ni lligams de cap mena. Clicant en el *home* d'aquesta web tot s'explicava ben clarament perquè ningú no se sentís enganyat.

Nosaltres —deia el text de presentació d'aquesta aplicació—, clergues de l'Església Catòlica, Apostòlica i Romana, seguidors de Jesucrist i dels Evangelis, considerem, en primer lloc, que tant l'home com la dona, equivalents davant del Senyor, tenen el mateix dret a exercir el ministeri sagrat del sacerdoci en igualtat de consideracions i sense cap tipus de discriminació per raons de sexe o de la seva condició sexual. Segon, estem en contra del celibat, del vot de castedat que històricament ha estat la causa de tants escàndols en el si de l'Església, tant en els casos de pederàstia com d'abusos sexuals i violacions de les nostres germanes religioses per part de sacerdots, bisbes i cardenals. Tercer, lluitem per aconseguir que el Pare Sant autoritzi els sacerdots i les sacerdotesses futures a contraure matrimoni, no necessàriament entre ells, sense necessitat ni de perdre la fe, ni d'exposar-se a una excomunió, ni d'haver d'abandonar la seva vocació sacerdotal.

Més endavant explicaven el perquè d'aquesta web i la naturalesa de les seves prestacions:

Mentre la jerarquia catòlica no dona el pas endavant que tots desitgem, mentre el catolicisme inamovible d'organitzacions com l'Opus Dei, l'Orde Sobirà i Militar Hospitalari de Sant Joan de Jerusalem, de Rodes i de Malta, o Comunió i Alliberament, es manté fort, viu i decisiu en la governació del Vaticà, sursumcorda.com *vol ser una eina d'ajuda per a tots aquells i aquelles que estan en contra del celibat i desitgen passar a l'acció trencant el vot que es van veure obligats a fer quan van consagrar la seva vida al Senyor. A través d'aquesta aplicació us podreu posar directament en contacte entre els usuaris, amb total discreció i secretisme, facilitant unes mínimes dades personals per tal que us puguem proporcionar contactes amb companys i companyes amb el grau més alt d'afinitat possible.*

La inscripció, que no admetia seglars ni exclergues, ni exreligiosos ni exreligioses, era totalment gratuïta, i no exigia cap fotografia ni explicitar el nom autèntic; sí que calia, amb jurament tàcit sobre els Evangelis, deixar ben clara l'edat, el lloc de naixement, l'alçada, el pes, les malalties cròniques, en cas de tenir-ne coneixença, el sexe, les inclinacions sexuals, la comarca de residència o la població i un test bastant complet, d'obligada resposta, que, a més de definir gustos personals pel que feia referència a l'art, la cultura i l'esport, s'esplaiava en moltes qüestions sobre les creences cristianes: Mare de Déu, santa o sant a qui se li professés especial devoció, oració, epístola de Sant Pau i llibre de l'Antic Testament preferits, commemoració litúrgica amb què més s'identificava el candidat, pecat mortal que considerava més execrable i el que trobava de més fàcil indulgència; i el qüestionari acabava convidant a marcar en una casella el seu Pontífex preferit entre Joan XXIII, Pau VI, Joan Pau II, Benet XVI i Francesc.

La pàgina advertia que si bé podien fer-se servir les parròquies i els temples per citar-se sense aixecar sospites, el usuaris inscrits havien d'espavilar-se pel seu compte a l'hora de trobar un indret on practicar la relació que decidissin tenir, essent de la seva obligatòria responsabilitat l'ús del preservatiu en cas de relacions carnals completes, tant de tipus heterosexual com homosexual, per tal d'evitar una epidèmia de malalties venèries dins l'Església Catòlica. A través de correu electrònic privat l'app oferia tota mena d'assessoraments gratuïts tant profilàctics com psicològics.

El cert era que la pàgina de cites, la web i l'app funcionaven com una seda, perquè els clergues que la van iniciar, per tal d'eludir qualsevol responsabilitat davant la jerarquia que, de forma sibil·lina i hàbil, havia estès moltes xarxes per tractar de localitzar-la i inutilitzar-la, van cedir la gestió a dos experts informàtics provinents de pàgines de cites acreditades, pagats amb les almoines d'un grup de catòlics progressistes que creien en la feina alliberadora i santificant de *sursumcorda.com*, solució que els mossens catalans, connectats amb les organitzacions internacionals d'*againstscelibacy.com* que els havien mostrat l'estratègia a seguir per trobar el finançament adequat, en el benentès que el creient convençut i lliurat a una causa —com havia demostrat l'Església Catòlica en el decurs dels dos mil anys i escaig d'existència— era persona molt despresa per tal d'assolir un espai confortable de vida eterna. Virtut que des de sempre s'anomenava caritat cristiana.

Tot això, Sor Deborah, o la *hermana* Deborah, com la solien cridar els ancians dels quals tenia cura a la residència governada per les Esclaves del Cor de Crist Redemptor de Terrassa, no ho sabia per ciència infusa o perquè se li hagués aparegut l'Esperit Sant, sinó perquè un dia va caure a les seves mans el llibre del prolífic i polifacètic escriptor Jordi Sierra i Fabra titulat *Redención* i que, en la seva línia habitual de divulgació popular, resumia tant els llibres pioners d'Edgar J. Browlin com les línies essencials de la filosofia i el tarannà de les pàgines tipus *sursumcorda.com*. Gràcies a aquesta informació del llibre, va anar entrant cada cop més sovint a les webs perquè creia en el paper primordial de la dona en una fe cristiana administrada per homes excloents i misògins, i vivia amb l'esperança que algun dia també seria ordenada sacerdotessa de l'Església Catòlica. Ah, i que el celibat era un nyap intencionat i inútil per reprimir religioses i religiosos. Sor Deborah ho sabia bé per malaurades experiències no gaire llunyanes en el temps, no només pel llibre sintetitzat de Sierra i Fabra.

Quan va arribar a l'Hogar del Anciano de Terrassa procedent d'un convent de la mateixa orde a Lima (el Perú), fa dotze anys, la mare superiora li va fer canviar el nom perquè considerava que Deborah era un nom subtilment libidinós, i, molt més, tractant-se d'una monja peruana jove, amb un rostre exòtic i de presència agradable. Per això durant cinc anys va ser coneguda com a Hermana María Asunción, fins que amb el canvi de superiora, en unes circumstàncies si més no curioses que, si vol, la monja ja ens explicarà algun dia, que jo no soc qui per desvetllar secrets estrictament personals, la dona ja no va recordar el seu nom de bateig, Deborah.

Sor Deborah, convençuda per la lectura del llibre de Sierra i Fabra, compendi de les teories de Browlin, els raonaments de la web *sursumcorda.com* i per la consciència personal, des de feia molt de temps que, malgrat el seu amor a Crist i la seva decidida vocació religiosa i d'ajuda al proïsme, trobava a faltar alguna cosa per sentir-se realitzada com a dona, i va entrar en contacte, a través de la selecció que va fer l'algoritme de la pàgina de cites cristianes, amb Mossèn Tomàs B. (ja em disculparan que no n'especifiqui el cognom perquè es tracta d'una persona força coneguda en el si del progressisme catòlic català), un vicari d'una parròquia dels voltants de Barcelona, dos anys més jove que ella, que en tenia trenta-dos, amb qui, a través de whatsapps i mails van establir una relació d'amistat profundament religiosa però, tanmateix, molt empàtica, que la va convèncer de concertar una cita personal per tal de veure si aquesta confluència de bones sensacions i d'afinitats podia concretar-se en alguna cosa més tangible: per exemple un coit, ja que els dos abjuraven del celibat.

El tren avançava amb aquell sotragueig tranquil i sense pressa, com tots els trens de rodalies, cap al cor de la ciutat.

En un dels seus seients la germana Deborah notava palpitacions tan fortes com les que provocaven les travesseres de la via quan hi passava el comboi a mesura que l'hora de la cita s'acostava. Repassava, però gairebé sense llegir ni retenir res del que hi havia escrit, el llibre *Redención*, que havien acordat que era el que duria a la mà perquè el mossèn amb qui s'havia citat la reconegués, un cop estigués asseguda a l'últim banc de l'església de Santa Anna, a tocar de la plaça de Catalunya. En el seu cervell hi havia un garbuix difícil d'explicar, una barreja estranya d'aquesta sensació de llibertat que et ve quan ets a punt d'iniciar una aventura nova i distinta i de la por d'entrar en un terreny prohibit, estigmatitzat pels seus amos, considerat tabú per la tradició, però seductor i excitant, agosarat i transgressor. No tenia temor de Déu ni cap sensació de pecat, tot el contrari, se sentia en pau amb la seva consciència i, en tot cas, la tremolor que li semblava notar era fruit del neguit natural d'una dona jove davant la sorpresa que el Senyor li tenia preparada.

Feia calor al carrer, en aquestes dates avançades de la primavera. La temperatura suau del temple de Santa Anna, en la buidor i penombra d'aquella primera hora de la tarda, convidava a la reflexió. Amb el llibre obert a la mà, la monja, que feia pocs minuts que s'havia assegut al banc acordat, va tenir la sensació de dur clavada una mirada al clatell. Vestia amb l'hàbit blau fosc quasi negre que l'embolicava de cap a peus i li cenyia la cintura amb un cordó de pell, mentre que un tros de tela blanca li tapava el front i impedia que traguessin el cap els seus cabells negres. Un home vestit de gris, amb l'alçacoll posat, es va asseure al seu costat. El cor de Deborah anava a cent.

—Sor Deborah? —li va dir a cau d'orella.

—Sí. Mossèn Tomàs?

—Sí, germana. Bona tarda i molt de gust de conèixer-la. Miri, jo ara m'asseuré en aquell confessionari del davant, el veu?

—Sí, sí, el veig —va respondre la monja.

—Un cop a dins, vostè s'hi acosta i s'hi agenolla al costat com si es volgués confessar.

—D'acord, mossèn.

Així ho van fer. Dos minuts després els seus rostres es tornaven a trobar separats per la reixa del confessionari. Ell assegut a la cabina d'escoltar pecats, ella agenollada en el reclinatori de confessar-los.

—Bona tarda altre cop, Deborah. No sé per què ens diem de vostè si en els mails ens hem tutejat des del primer dia —va encetar el simulacre de confessió, Tomàs, el prevere.

—Sí, és veritat —li va respondre la monja agenollada—, però és el costum. Que a mi un home vestit amb clergyman sempre m'ha fet respecte i em sembla que li haig de besar la mà i dir-li de vostè.

—Amb mi, no cal.

—Si, ja ho sé, Tomàs, m'hi hauré d'acostumar.

—Saps que ets molt més bonica del que em pensava? —va fer per trencar el gel, el mossèn.

—Calla, calla, no siguis exagerat. Amb l'hàbit totes les monges semblem la mateixa —va respondre amb la modèstia que corresponia al seu estat religiós.

—No pas per mi, Deborah... M'agraden molt els hàbits de monja, no sé com explicar-t'ho. Potser m'he acostumat a fixar-m'hi bé, però no n'hi ha cap d'igual, de monja, t'ho asseguro, i si m'ho permets, no n'havia vist cap com tu.

La germana Deborah es va ruboritzar una mica, però en la penombra del confessionari i amb la reixa pel mig, el capellà ni se'n va adonar.

—I ara que ja ens hem conegut —va voler concretar ella—, què és el que ens toca fer?

—Depèn de com vagis de temps —li va respondre.

—D'aquí a dues hores i tres quarts haig d'agafar un tren cap a Terrassa.

—Ah, molt bé —es va alegrar el Tomàs— Et diré el que farem, si et sembla bé. Ara et donaré l'absolució... bé, ho faré veure. Aleshores surts de l'església i m'esperes aquí al davant, al carrer Santa Anna, que jo faré una mica de comèdia, penjaré l'estola i vindré darrere teu. En aquest mateix carrer, a tres minuts, hi ha l'estudi d'un amic meu, excompany del seminari, que m'ha deixat la clau, allà podrem conversar de tot tranquil·lament, sense que ningú ens pugui veure, i conèixer-nos millor, i si s'escau...

—I si s'escau? —va preguntar la monja com si vingués d'Arbeca.

—Ja es veurà. El que tingui previst per a nosaltres la Divina Providència, Deborah.

—Amén —va respondre la Deborah, d'esma.

I mossèn Tomàs, també d'esma, va beneir la confessant mentre deia:

—Jo t'absolc en el nom del Pare, del Fill i de l'Esperit Sant. Ves-te'n en pau, filla meva.

I Sor Deborah s'aixecà i se'n va anar en pau, completament alleujada, suposadament, del pes feixuc dels pecats.

El pis de l'amic exseminarista era a tocar. En el primer replà d'una vella escala sense ascensor, un apartament petit i antic però guarnit amb molt de gust. Una cuina, un salonet menjador, un petit estudi de treball, un quarto de bany complet i modern i un únic dormitori ample i molt confortable. Mossèn Tomàs B. la va fer passar, li va oferir un lloc al sofà del saló i la va convidar a una coca-cola.

—És que jo només bec aigua, mossèn —va rebutjar educadament.

—Mossèn? —va riure el mossèn— Però no hem quedat que aquí som la Deborah i el Tomàs?

—Sí, tens raó, però és que em costa... —va fer—. Saps què et dic? Que un dia és un dia! No hi ha pas aigua de Vichy?

I mentre el Tomàs, que s'havia tret l'americana i somreia de bona gana amb l'agosarat desig de la monja, bolcava en els gots una aigua de Vichy i una cervesa per a ell, des de la cuina estant li preguntava:

—Així que dels passatges de la vida de Jesús, el que més t'agrada és el de l'entrada a Jerusalem, quan és rebut amb molta joia popular, el que commemorem com a Diumenge de Rams...

—Sí, i tu em vas dir que també, oi?

—És que, probablement —va justificar mentre s'acostava amb la safata i la beguda— descriu el Crist més humà, sense miracles, que encara que siguis un bon fidel, pots dubtar de si realment es van produir o és fruit de l'aurèola que es va crear entorn del Messies...

—Exacte, hi estic d'acord. Gràcies —va dir en agafar el got d'aigua de Vichy—. Jesucrist entrant a Jerusalem amb tots els seus seguidors aclamant-lo, agitant fulles de palmera, no només ens el mostra en la seva faceta més humana, oi?, sinó que l'acosta a la nostra vida d'avui. Amb les reaccions que tenen els seguidors o els fans, que en diuen, davant d'un futbolista o d'un cantant.

—Ben vist, sí. T'imagines, Deborah, avui dia, entrant per la Diagonal, no damunt d'un ase, és clar, però... no sé, en bicicleta, seguit per un escamot format pels seus apòstols, també en bicicleta, i circulant pel carril bici? No aniries a rebre'l?

—I tant que sí —va dir la noia entusiasmada—, pensa que jo estic casada amb ell... Com podria faltar-hi? Tota jo frisaria per trobar-me'l cara a cara i mirar-lo als ulls, t'imagines? Devia ser tan bell...! —i va sospirar una mica.

És que parlar de Jesús i de la seva vida excepcional els unia més del que es pensaven quan a través de *sursumcorda.com* van començar a creuar-se mails i whatsapps. Cada cop es notaven més commoguts, més propers l'un de l'altre, més emocionats eucarísticament.

—Quina sensació s'ha de sentir —va dir ella, encuriosida— quan tu, que ets sacerdot, pots donar per menjar l'autèntic cos de Crist en el sagrament de l'eucaristia, i veus aquelles boques de fidels ansioses per empassar-se l'hòstia consagrada.

—Sí, Deborah —va afirmar—, aquesta sensació no té preu, és com si et donessis a tu mateix en cos i ànima.

—Com t'envejo, mossèn. Donaria la meva vida per poder ser sacerdotessa i oficiar missa, i confessar i portar el viàtic als moribunds, com feu vosaltres...

—Tingues fe, germana —la va animar, convençut—, que algun dia ho aconseguirem. Estem en aquesta lluita, no?

—Sí, però jo veig que va per llarg. Mira que jo em refiava del Papa Francesc... Però no crec que gosi fer un pas endavant tan revolucionari, està molt pressionat.

—Tingues fe, Deborah —insistia convençut—, tingues fe.

Aquest futur incert del paper de la dona a l'Església els va entristir. I encara no havien abordat cara a cara, de dona a home, el tema del celibat sobre el qual tant s'havien esplaiat en les seves missives electròniques.

—Et molesta si m'encenc un cigarret? —va preguntar el capellà.

—No, no, tot el contrari... És que... —va confessar avergonyida, la monja— jo a vegades, amb la germana Jessica, que també és peruana com jo, d'amagat, ens en fumem un a mitges.

—Doncs ara no cal que t'amaguis, té, fuma-te'n un de sencer —i li va oferir el paquet de cigarretes.

Mentre compartien aquesta pausa de fum aspirat es van mirar l'un a l'altra. I ella es va fixar que els seus ulls foscos, tant com el seu cabell, i aquella mitja barba, el feien un capellà atractiu, i això que anava vestit amb l'avorrit i grisós clergyman, però per un instant se'l va imaginar amb la casulla verda llampant, que era el seu color preferit, impartint la comunió, i va notar com un sacseig interior, en les mateixes entranyes, una convulsió mística que li escalfà l'ànima. Des que va professar, mai havia acceptat que els homes podien interessar-li pel seu atractiu físic, que ella s'havia esposat amb Jesús, però des que va prendre la decisió d'acudir a la pàgina *sursumcorda.com* aquesta sensació de naturalesa sexual se li va fer més perceptible. I, encara que amb temor i mala consciència, va anar, a poc a poc, prenent carta de naturalesa.

Aleshores van sortir a la conversa les epístoles de Sant Pau.

—Ja em vas escriure —va introduir el tema ella—, i vam estar d'acord, que una de les que més t'agradaven era la primera que va enviar als Corintis...

—Sí —va dir mossèn Tomàs, i va fer memòria—. «*Si jo parlés els llenguatges dels homes i dels àngels però no estimés, seria com una esquella sorollosa o un címbal estrident. Si tingués el do de profecia i penetrés tots els designis amagats de Déu i tot el coneixement, si tingués tanta fe que fos capaç de moure les muntanyes, però no estimés, no seria res. Si repartís tots els meus béns als pobres, fins i tot si em vengués a mi mateix per esclau i tingués així un motiu de glòria, però no estimés, de res no em serviria. El qui estima és pacient, és bondadós; el qui estima no té enveja, no és altiu ni orgullós, no és groller ni egoista, no s'irrita ni es venja; no s'alegra de la mentida, sinó que troba el goig en la veritat; tot ho excusa, tot ho creu, tot ho espera, tot ho suporta. L'amor no passarà mai».*

—Te la saps de memòria! —es va sorprendre la dona vestida de blau fosc fins als peus i que amagava els cabells amb la tela blanca que embenava el seu front.

—És que aquest paràgraf, que parla de l'amor, m'agrada molt.

—Sí —i la monja va abaixar la mirada—, a mi també.

Va passar una hora, sense que se n'adonessin, en què tots dos van aportar a la conversa les seves experiències místiques, les seves reflexions teològiques sobre els evangelis i la vida de Jesús, debatent intensament el misteri de la Santíssima Trinitat que ella, tot i que hi creia perquè era dogma de fe, no acabava de comprendre, però, en canvi, no van fer cap referència a la vida laboral de cadascú, ell com a vicari de parròquia d'extraradi, ella com a cuidadora de gent gran a l'Hogar del Anciano, Virgen de Fátima, de Terrassa, perquè el temps se'ls llençà al damunt.

Va ser la Deborah qui, tallant l'interessant intercanvi de parers, gairebé coincidents, sobre la fe, notant que es feia tard i que el mossèn no es decidia a agafar el toro per les banyes, va determinar afrontar la qüestió de fons que els havia convocat.

—Tot això està molt bé, estimat mossèn, però em sembla que hem vingut a ser conseqüents amb la nostra lluita contra el jou del celibat, tal com havíem quedat, o no?

—Sí, és clar que sí, i em sembla molt oportú que treguis el tema, germana.

—No sé si penses el mateix que jo, però crec que som aquí...

—i li pujà una mica de color a les galtes— ...si som aquí es per..., no sé com explicar-ho, Tomàs, però crec que ens hem trobat per practicar l'amor carnal, per desfer el malefici del celibat, no és així?

—Sí, sí, això mateix.

—I, aleshores, què esperem?

—Dona, jo crec que ens havíem de conèixer una mica més abans de fornicar... —va excusar-se com un babau el capellà.

—D'acord. I no vull que pensis que soc una obsessa, res més lluny de la realitat, però crec que ha arribat l'hora —parlava molt seriosament, la monja.

—Permet-me una pregunta: és la teva primera cita de *sursumcorda*?

—Sí, la primera vegada, potser per això et puc semblar impacient. Tu també?

—No, no, jo no. Per tant dedueixo que tu...

—No, no soc verge si és el que t'amoïna, vaig tenir alguna experiència no gaire agradable allà al Perú amb un pocavergonya, però d'això fa molts anys i estic completament desentrenada, Tomàs, hauràs de tractar-me amb molta cura, si et plau —i va endolcir el to de la veu—. Tingues paciència amb mi, et prego que no em forcis, per l'amor de Déu, penetra'm, fes el que creguis que has de fer en circumstàncies com aquesta, però no em facis mal...

—Què dius! —va replicar el Tomàs, corprès per la súplica de la monja amb afanys concupiscents—. Farem el que vulguis, ni més ni menys, i seré el mossèn més delicat del món, t'ho prometo. Si tu ets catecúmena en qüestions de sexe, jo seré el teu guia espiritual...

—Doncs ara que ho tenim clar, Tomàs, passem a l'habitació, no? —va preguntar de bona fe—. O prefereixes que ho fem al sofà?

—Millor al llit, jo crec, per ser la teva primera vegada —i li va cedir el pas perquè ella entrés primer a l'alcova. Es van asseure un a cada banda del llit i es van començar a despullar.

—Tu ets el que en saps, Tomàs. Quasi millor que ens despullem del tot, no?

—Sí. Penso que sí, si no t'importa...

—Em fa una mica de vergonya, ho sento, però, podries ajustar una mica els finestrons perquè quedés tot més a les fosques?

El Tomàs, aguantant-se el pantalons que ja s'havia descordat, va ajustar els finestrons fins a deixar passar un mínim raig de llum i va tornar a la feina d'acabar-se de treure la roba. Ell, estès damunt del llit, duia uns eslips blancs, i ella, estesa damunt del llit, s'ho va prendre al peu de la lletra i va restar nua. El cabell, sense la toca, era curt, negre i mal tallat, la seva pell d'un bru mestís suau, unes sines que Déu n'hi do, una mica de panxeta molt sensual, un parrús desorbitat, mai retallat, i un cul llatí terç i abundós. Veient-la nua, entre mitges ombres, el mossèn es va treure els calçotets antics. Despullat, era un jove més aviat prim i amb atributs discrets, la veritat. Però, tímida i nerviosa, la monja no gosava mirar-lo de cap a peus, tenia els ulls tancats. Ell sí i es va fixar de seguida en uns senyals marcats profundament a la pell que li rodejaven la part alta de la cama esquerra entre el maluc i el genoll.

—Què t'ha passat a la cama? Què són aquests senyals?

—No res —va contestar, insegura, la noia nua.

—Però t'ho ha mirat algun metge? —hi acostà la cara, perquè en la penombra de l'habitació era prou difícil de veure—. T'ha de fer mal...

—És la marca del cilici.

—Del cilici? —va preguntar amb cara de sorpresa—. Però, que us obliguen a castigar-vos amb un cilici, a l'orde?

—No, no...

—Doncs com és que... —el Tomàs estava molt confús.

—Ens ho van ensenyar al convent del Perú, quan jo era novícia... Ens ho recomanaven per combatre els mals pensaments i les temptacions de la carn.

—Però això és un estri medieval —continuava parlant amb to sorprès—. No és bo, Deborah...

—Ja ho sé, però aquest dies, amb els nervis de la cita... No ho sé, tenia moltes temptacions. Abans-d'ahir em notava tan... No sé com dir-t'ho..., tan delerosa, que vaig decidir posar-me'l una horeta. Era el cilici o...

—Déu meu, Senyor! —va compadir-la, i acostant-li la cara li va besar les marques que li deixà l'estri de penitència.

A la Deborah li va entrar una esgarrifança a tot el cos. Aleshores, després de calçar-se un condó, el Tomàs s'abraonà damunt d'ella, encès com estava, i la va començar a besar suaument, dolçament...

—Espera, Tomàs, un moment. No podem començar així, no és propi de dos religiosos com nosaltres. Abans crec que hauríem de resar el Parenostre...

I el Tomàs, que ja anava armat, i la Deborah, nus com estaven, es van agenollar damunt del llit i amb les mans juntes van resar la més bonica oració que mai s'ha escrit, el Pare nostre que esteu en el cel... En acabar es van disposar a la brega.

—Sisplau, Tomàs, no em facis mal —ella va insistir mentre pel cap del seu amant ocasional passaven moltes entremaliadures que no va gosar posar en pràctica—, pel que més vulguis, no em facis mal.

I no n'hi va fer de mal, gens ni mica. Va anar amb tanta cura que, probablement, va ser el coit menys plaent de la seva vida. Tampoc per a la Deborah va ser un encontre de tirar coets i notar papallones a l'estómac, estava massa neguitosa, fornicava amb massa por, es contenia, potser li venien a la memòria records dels catorze anys que no volia reviure. I quan van acabar com van poder, la Deborah va manifestar la seva mala consciència, el seu sentiment de culpa.

—Perdona'm, Tomàs, estic molt nerviosa, t'ho he fet passar fatal. Perdona'm. Són massa anys... —i dels seus ulls van brollar unes llàgrimes.

—No ploris, Deborah —el mossèn estava commogut—, no t'amoïnis gens per mi. Per l'amor de Déu, no ploris, ets una dona molt bonica i una monja amb molt coratge, qualsevol mossèn estaria delerós per posseir-te, soc un privilegiat, creu-me...

—Oh, Tomàs —xiuxiuejà—, ets un bon sacerdot... I encara que no t'ho sembli... m'has fet molt... molt feliç.

La noia es girà cap a ell i el besà llargament als llavis palesant la seva bona voluntat al mateix temps que la seva inexperiència i mancança d'habilitats. El Tomàs encengué una cigarreta que compartiren. En acabar de fumar, la monja l'abraçà ben fort i li digué a cau d'orella:

—No mereixes quedar-te així, amor. Has sigut molt bo i molt respectuós amb mi, mossèn... Vols que et faci... —la noia va titubejar— ...una fel·lació?

El Tomàs obrí els ulls com taronges.

—No li he explicat mai a ningú això que et diré, Tomàs, perquè tampoc no tindria a qui explicar-ho, però els primers cinc anys que vaig ser a Terrassa, quan ja vaig passar de novícia a monja, venia un capellà gran i bastant gras a confessar-nos cada setmana i m'obligava a fer-li una fel·lació cada vegada. En vaig aprendre molt, crec que ho faig molt bé i és l'única manera que conec de compensar-te...

—Per Déu! —va dir el Tomàs, que encara no havia paït bé

la confidència—. Però quins mal nascuts! Quina gent més porca administra la nostra fe. Quin fàstic, Deborah, quin fàstic!

—A les noies pobres ja ens passen aquestes coses, Tomàs. Molt pitjor va ser el que em van fer als catorze anys a la meva terra... I me'n vaig sortir. I ara soc aquí, amb tu, una persona tendra que respecta les dones. Comparat amb el que vaig haver de viure, els cinc anys de confessions amb penitència de xarrup amb aquell vell capellà eren com una broma ridícula de molt mal gust... Ja em diràs. Com una classe setmanal de flabiol. Fins i tot em venen ganes de riure quan ho recordo, em sembla tan grotesc... Sobretot per com va acabar.

—Però... quin trauma!

—Va ser molt mala experiència, és clar que sí —va continuar amb la seva història la monja peruana—, sobretot al principi, tot i que el vell capellà era molt afectuós amb mi i crec que em va agafar estima, era una noia tan jove i desvalguda... perquè quan li vaig voler explicar a la Madre Superiora em va dir que estava boja i que m'ho inventava tot, però, saps què va passar? Déu és just i la seva justícia arriba quan la desesperació et consumeix i perds tota esperança. Aquell home rosegat pel vici i la concupiscència va morir d'un infart a la cel·la de la Madre Superiora mentre ella li feia una feineta, t'imagines quina angúnia? No, és clar, tu no t'ho pots imaginar... El bisbat ho va tapar com va poder però van enviar la monja a un altre convent i totes hi vàrem sortir guanyant perquè es van acabar els abusos i les lliçons de flabiol...

—Déu meu! Verge Santa! —només sabia dir el Tomàs B.

—Són coses passades, que no s'obliden, és clar, que t'han fet patir molt, però que, per sort, han quedat enrere.

—Déu meu, quina història... —va insistir el jove capellà, certament escandalitzat.

Silenci. Van encendre i fumar a mitges un altre Nobel.

—Què et penses que els hi passa a les monges, sobretot a les novícies, que arriben als convents espanyols fugint de la fam i la misèria de l'Amèrica Llatina o de les Filipines?

—Déu meu, Déu meu —continuava exclamant-se el Tomàs mentre fumava.

La Deborah es va incorporar i s'agenollà entre les dues cames obertes del seu company d'excelibat.

—Tomàs, t'ho dic de veritat, de tot cor, fes-me cas. No només perquè crec que t'ho mereixes, sinó perquè em ve molt de gust, estic molt excitada, Tomàs, deixa'm que et faci una fel·lació... Soc molt bona, ja m'ho diràs després.

Realment era molt i molt bona, li va dir amorosament en acabar la tasca bucal. El Tomàs no recordava una experiència tan satisfactòria com la que la Deborah li acabava de proporcionar, i mira que va regirar en la memòria.

Començava a fer-se tard. La Deborah i el Tomàs jeien, refent-se, al llit.

—T'haig de demanar un últim favor, Tomàs... —li va dir ella.

—Què més saps fer, Deborah? —li va dir, irònic, ell.

—No, no, és un favor com a sacerdot —el Tomàs la va mirar expectant—. Vull sortir neta d'aquí. Mossèn Tomàs, li demano confessió.

Mossèn Tomàs B. no s'hi podia negar de cap de les maneres. Nus com anaven, ell es va asseure al llit i la dona pecadora es va agenollar davant seu.

—Quant temps fa que no t'has confessat, filla meva?

—Just una setmana, mossèn.

—I què vols confessar?

—Pare, he pecat contra el sisè manament.

I Sor Deborah li va detallar amb pèls i senyals tot el que havia fet en aquell llit, amb aquell capellà, aquella tarda.

—Algun pecat més? —va demanar-li, ritualment, el confessor.

—No, no... Bé, sí, un de més: acabo de pecar ara mateix de pensament contra el sisè manament.

—Jo t'absolc en el nom del Pare, del Fill i de l'Esperit Sant... Te'n pots anar a Terrassa en pau, germana.

I quan la monja s'anava a aixecar es va recordar del ritual.

—Pare, i la penitència?

—I tant, m'he distret! D'això... com vas de temps, Deborah?

—Gairebé arribo tard però puc agafar un altre tren d'aquí a una hora. Per què ho dius?

—Per la penitència —li contestà el capellà, encara nu, encara assegut al llit, encara amb les cames obertes i la noia agenollada davant seu.

—Fa tres avemaries?

—Dona, has sigut molt pecadora —li va recriminar amb to sever.

—I si reso un rosari mentre torno en el tren?

—Creus que n'hi ha prou? Mira, com que dius que encara tens una mica de temps, t'imposo de penitència que facis un esforç i tornis a practicar amb mi el que tu dius que és el millor que saps fer.

—Una altra fel·lació, mossèn? —va preguntar amb una mirada perplexa, entre la sorpresa i la complaença, la monja nua, o gairebé.

—Fa? —li replicà el Tomàs.

—I tant, mossèn, si és el designi del Senyor...

I mentre Sor Deborah pagava pels seus pecats una tan llicenciosa penitència, anava pensant en el cobriment de cor que li agafaria al seu pare consiliari habitual de Terrassa quan li confessés aquest pecat de pensament, paraula i obra contra el sisè manament que estava cometent.

PERSONATGES PRINCIPALS

SOR DEBORAH
MOSSÈN TOMÀS B.
EDGAR J. BROWLIN: Escriptor nord-americà i exsacerdot
I la col·laboració especial de l'escriptor Jordi Sierra i Fabra

El darrer cas de l'inspector Bosco Gomes

1a. Malauradament, soc mort

D'haver-la pogut escriure, aquesta hauria estat la meva millor novel·la negra. Infinitament millor que *La clau que no obre cap porta*, que és la que em va fer guanyar el premi i em va consagrar com un dels nous autors més interessants i més prometedors del gènere. Però, malauradament, no la puc escriure, perquè estic mort. Assassinat, això sí que ho sé, que de cap de les maneres penso que fos un accident fortuït, un homicidi involuntari, un test que em caigués al cap, una puta casualitat. Jo estava assegut a la taula de l'estudi on acostumo a treballar a casa meva, a l'última planta de l'edifici Walden de Sant Just Desvern, un edifici de molta anomenada (i molts problemes, a conseqüència de la seva construcció precària i amb materials inadequats, a part, diuen, d'un deficient càlcul d'estructures) perquè va ser el primer de l'arquitecte Ricard Bofill. Això és quan soc a casa, a Sant Just, perquè normalment em tanco a escriure a la casa que tinc a l'Empordà, un racó de pau, tranquil·litat i silenci.

Capvespre de diumenge, l'hora en què van tornant a casa els qui han anat de cap de setmana. Havia estat una tarda tranquil·la, jo estava sol al pis perquè la meva dona i el seu germà havien marxat la nit del divendres cap a l'Empordà i, més o menys, aquesta era l'hora que solien estar de tornada. Abstret a l'ordinador, buscant un adjectiu adient al substantiu que acabava d'esmenar en repassar les proves del nou llibre, de cop i volta sento que em claven un cop molt fort a la nuca, molt fort, i immediatament, sense tenir temps ni d'adonar-me ni d'entendre què havia passat ni qui m'havia colpejat, en vaig notar un altre de més fort i, es veu, que definitiu, i prou. Silenci absolut. Tot es va fer fosc. Tot es va aturar. Tot es va acabar com quan al cinema fonen a negre. I res més. Punt i final. «*The end*», que hi posaven a les pel·lícules antigues.

Li he donat moltes voltes intentant reviure amb nitidesa els moments previs, exprimint-me el cervell a veure si recordo detalls, sorolls o sensacions. Probablement era la Mel, la gata de la nostra veïna, mestra de l'institut del poble, una felina ensenyada i acostumada a la coexistència pacífica amb la humanitat, però solitària i més aviat esquerpa, perquè a vegades es colava a casa per la finestra, sobretot si estava sol. Semblava que vingués a fer-me companyia i devia traginar pel pis, que és el més semblant a la mínima remor que em va semblar sentir i que, pensant en els seus moviments felins habituals i els seus costums d'anar amunt i avall amb total llibertat i amb la nostra confiança, no hi vaig donar més importància. De fet, el primer que vaig pensar en sentir un soroll mínim però anormal va ser que tornava la família, però en no veure'ls ni sentir-los parlar o dir bona nit, en no respondre al meu «ja heu arribat?», vaig imaginar que el brogit era causat per la Mel fent de les seves. És tot el que sé, tot el que puc recordar. És el que li diria, inspector, si poguéssim parlar, si no estigués tan mort. Perquè, i perdoni la gosadia, em sembla que deu anar molt perdut. Suposo que al principi de la investigació sempre és així. Es va a les palpentes fins que colpeges el punt tou i t'adones que alguna cosa no encaixa i per allí indagues, remenes, estires el fil. Però jo l'imagino molt perdut. És que no té res de res, n'estic segur. Jo, de vostè, collaria el Nitus, el meu cunyat, que sempre ha estat un mala peça. Si sabés... Es veu que de petit se suïcidava tot sovint. Encara no tenia deu anys —jo no formava part de la família, ni tan sols coneixia la Lola, ni havia trepitjat mai la farmàcia del carrer Casanova— i el nano arrambava amb totes les pastilles que corrien per casa, pujava al terrat, s'asseia en un racó, s'inflava de píndoles i esperava que el trobessin a faltar. Alesfores el duien d'urgències a l'hospital, li feien un rentat d'estómac i, apa, cap a casa, fins a la propera.

D'haver-lo trobat, inspector, també hauria d'haver parlat amb l'altre germà, l'Amadeu, el gran, un pirat pastat al seu pare, en pau descansi. Però aquest deu fer gairebé deu anys que va desaparèixer. Un altre pocavergonya, un penques que quan venia a casa de visita havies d'amagar les bosses i les carteres. Lola, has vist el bitllet de cinquanta euros que vaig deixar a la tauleta de nit? No l'has vist? Ai, l'hòstia!, hi era, t'ho juro que hi era. Càgum tot, altra vegada l'Amadeu! Sempre igual! Ja sé, inspector, que això no és prova de res, que un xoriço no té per què ser un assassí, però, escolti, els investigadors de les novel·les no descarten mai cap indici, per poc important que sembli. Vostè mateix, inspector. Una pena que ens separi una línia tan infranquejable, perquè el podria ajudar, n'estic segur, pensi que jo em guanyo la vida inventant històries com aquesta... Bé, me la guanyava quan era viu, que no és el cas, malauradament.

Diuen les persones amb experiència de la vida que no et cases amb la teva dona només, sinó amb tota la seva família. Et cases amb els teus sogres, les seves arrels i els seus costums.

Et cases amb els teus cunyats i cunyades i amb els marits i mullers d'aquests i d'aquestes. I, a vegades, fins i tot et cases amb un parent que no esperaves, o amb el gos bavós i llepador d'aquell cunyat estrany i solitari que tant pot esdevenir un geni de les matemàtiques com un assassí en sèrie, ves a saber! Hi està d'acord, inspector? No ho dic per vostè, pel seu matrimoni o per la seva vida privada, que la desconec, no em mal interpreti, l'hi pregunto per si s'ha trobat amb algun cas d'aquesta mena. Jo vaig publicar una novel·la sobre una història semblant a la que plantejo, es titulava *Confidències d'una família embolicada* i anava de la família política de la Nora, la protagonista, que a partir d'un petit incident sense cap transcendència, un error en el regal de Nadal d'un dels membres, es desencadenava una tragèdia quan suraven tots els odis acumulats a través dels anys. De fet, vaig posar una dona de protagonista perquè no fos tan evident, però en realitat, a través de la ficció portada a l'extrem, passava comptes amb la meva família política. La Lola no que no se'n va adonar, que ella no llegeix res del que publico, diu que no li agrada la novel·la negra, encara que jo penso que no li agrada llegir, en general, però el meu cunyat, el Nitus, el suïcida que li explicava abans, se la va llegir de cap a peus i em va dir que era un malparit, que això no es feia a la família. Quins pebrots! Si jo expliqués tot el que aquesta maleïda família m'ha fet a mi... Jo sí que soc l'exemple més evident de casament errat per culpa de la família, si jo em deixés anar, inspector, tremolarien la pedres, ho sabré jo. Però ara, ja em dirà, de què em serveix rumiar-hi, donar-hi voltes, fer-me mala sang... Ara és massa tard. Arribo a misses dites. Tot el que pensi, tot el que digui, no serveix per a res. Ja se sap, no puc traspassar la línia infranquejable, que soc a l'altre cantó, jo. Càgum dena! Jo sé que hi ha maneres de parlar amb els morts, inspector. També sé que no és fàcil i que cal tenir un do, però n'hi ha, de gent d'aquesta, només cal trobar-la. Busqui la persona que ens posi en contacte i parlem. Però no una mèdium de pa sucat amb oli, d'aquestes que inventen, que fan veure qui sap què i t'ensarronen, no una tarotista de la tele, que ja em dirà! Ha de trobar una professional acreditada, seriosa, que n'hi ha. Estic segur que faríem un gran equip, vostè i jo. Vostè des de dins, enmig del marro, i jo des de fora, com diuen que fan els esperits, observant-ho tot amb la perspectiva que et dona ser més enllà de la línia infranquejable. Però com no sigui vostè qui doni el primer pas, jo és que estic lligat de mans i peus. Bé, és una manera de dir-ho, un eufemisme. Més aviat estic mort i dec estar enterrat en un nínxol del cementiri de Les Corts, si no socarrimat, que encara que jo no ho vaig deixar escrit enlloc, i mai n'havia parlat amb la Lola, aquesta colla de pocavergonyes que són els meus parents polítics potser m'han incinerat i han llançat les cendres pel vàter. Ja ho veu, quin trist paper.

No sé si em coneix prou, inspector. No sé si ha llegit alguna novel·la meva. És que desconec si als policies els agraden les novel·les que en diem negres. Suposo que és com tot. Hi ha qui n'és afeccionat i li agraden i n'hi ha que no, que ja en tenen prou amb el que s'han d'empassar cada dia. Jo parlo molt amb el departament de comunicació dels Mossos, especialment amb una noia que es diu... ara no ho recordo. Ells m'aclareixen dubtes tècnics que puguin donar versemblança al relat, o m'adrecen a la policia científica o em faciliten el contacte amb els forenses, i aquests nois que tracten amb els mitjans tots s'han llegit com a mínim *La clau que no obre cap porta*, si més no aquesta. O això em diuen, és clar. Tampoc no sé si s'ha documentat bé sobre mi, si ha anat a l'hemeroteca i ha vist alguna entrevista de les que em van fer quan vaig guanyar el premi o en altres ocasions. Potser tampoc n'hagués tret gaire informació pel que fa al cas, perquè ja se sap el que són les entrevistes, s'estan un parell d'hores parlant amb tu i després ho resumeixen, tallen, escurcen i no t'hi trobes. Això ho he dit jo?, et preguntes. En realitat allà hi diu el que l'entrevistador voldria que haguessis dit i, si no ho acabes de dir, s'ho fan venir bé perquè tot quadri i sembli que la conversa va anar per aquells viaranys, i ja li asseguro que la majoria de vegades no és així, per això li dic —o li diria, si ens poguéssim comunicar— que no faci gaire cas del que pugui llegir, jo no soc com em pinten a les entrevistes. Em pot ben creure. Soc una persona tranquil·la i metòdica, inspector. Un home sedentari de poca acció, de poc moviment. Ja es mouen per mi els personatges que m'invento a les novel·les, aquests sí que no paren. En tinc un que li agradaria, és un inspector de policia, el Bosco Gomes. Ho veu? Aquest em va sortir rodó. És un policia inquiet, professional, sempre amunt i avall, sempre a la vora del perill, però no com els investigadors que ara es porten: deixats, practicants del joc brut, vorejant els límits de la llei, herois durs i sense escrúpols, esponges bevent alcohol, drogoaddictes fins i tot, uns fatxendes destralers al cap i a la fi. En Gomes és tot el contrari: un policia que vesteix amb correcció, d'una elegància sòbria i gens ostentosa, metre vuitanta, ulleres progressives Tom Ford i roba de Massimo Dutti que es compra a les segones rebaixes, cada sis mesos, com un ritual invariable, que el sou de funcionari no li permet vestir d'Ermenegildo Zegna, que és el que li agradaria. Bé, alguna corbata sí que té de Zegna, comprada a les rebaixes, és clar. I sempre calça mocassins amb sola de goma, per si ha de córrer o si ha d'entrar discretament sense fer soroll. Bosco Gomes, ja l'hi dic jo, que l'he creat, és tot un senyor. Es mou enmig de la púrria, sí, però sense empastifar-se ni el doblec dels pantalons.

El meu personatge és un obsés de la llei, que respecta escrupolosament les normes, que no se'n permet ni una. És que té un passat, sap? No, no l'hi penso explicar, llegeixi-ho. Els escriptors ens guanyem la vida amb la venda dels llibres i si anem explicant com uns bocamolls les quatre coses que forneixen l'estructura del personatge la lectura perd tota la gràcia. Jo n'estic molt orgullós del Bosco, què vol que li digui. Fins i tot del nom: Bosco Gomes. És que mai no he conegut ningú que es digui Bosco, i això que jo vaig anar a col·legi de salesians i allí era tota l'estona San Juan Bosco per aquí, San Juan Bosco per allà, i sempre acompanyat de Santo Domingo Savio, que es veu que eren com un Batman i Robin, o com un Roberto Alcázar y Pedrín de la fe catòlica. I Gomes era perfecte, equilibrava el cognom amb el nom. Potser el nom no fa la cosa, perquè li escauria probablement millor a un inspector més destraler, més golfo, però no és el cas, i aquesta és la gràcia, em sembla. En Bosco és un bon home, cinquanta anys, vidu des dels trenta i fidel al record de la Maribel, que mai no aconseguirà oblidar-la (ni ho voldria), i miri que li poso paranys!, perquè es mou en un món de dones promíscues i col·legues fatxendes i corruptes, molt mala gent, però, ja li dic, el Bosco Gomes és un bon home, un bon ciutadà, un bon cristià. Un creient fins al moll de l'os. Només li diré que el seu millor amic és un antic company de quan anaven a escola als Salesians de Rocafort, a l'Eixample, vaja, al carrer Rocafort per sota de la Gran Via, a prop del barri de Sant Antoni, on va néixer i créixer, actualment rector de la parròquia de Sant Sebastià, mossèn Gaspar Morera, amb qui es confessa cada setmana. Només té un punt feble, una fal·lera: la música sacra. N'és un rendit admirador. Abans es comprava una bona quantitat de partitures a can Beethoven, allà a les Rambles, al costat de la Virreina, i es passava hores amb el seu teclat Yamaha, en mode orgue, tocant Bach i Haendel i Mozart i tot el que queia a les seves mans. Ara ho continua fent; es posa els auriculars per no molestar els veïns i disfruta com un beneit perfeccionant la seva tècnica. Aquesta música religiosa de tants segles està inspirada directament per Déu, considera, i és perfecta. Sovint s'escapa a Montserrat —tot i que opina que l'Escolania ja no és el que era— per sentir el Virolai, que li posa la pell de gallina, i la Salve. No cal ni que li digui, inspector, que quan el seu amic mossèn li ho demana, o, encara que no l'hi demani explícitament, toca el vell orgue harmònium de la parròquia, adquirit de segona mà a molt bon preu per intercessió de l'amic policia, algun diumenge a missa de nou. Cada setmana, quan es troba amb el seu amic rector, li demana consell sobre els casos que porta entre mans. Mossèn Morera, en opinió del Bosco, coneix a fons l'ànima humana i en sap molt dels pecats i els motius vertaders que porten els homes i les dones a cometre'ls, i les seves reflexions li són de gran ajuda.

El contrapunt el té en la subinspectora amb qui fa parella professional des de fa un parell d'anys, quan el seu segon de sempre va ascendir. Aquesta sí que és una mala bèstia, opina el Bosco, des del punt de vista de l'ortodòxia policial i el respecte escrupolós de la llei. Sempre en la frontera a punt de traspassar línies vermelles, sempre fent com si tot valgués, per enxampar els dolents. Ah, i ni sexy, ni rossa, ni sofisticada: una camionera, com li diuen els col·legues a la seva esquena. Viu amb la seva germana bessona, la Valèria, una jutgessa tan obsessionada com ella amb què tot val per caçar els dolents, aquest és el contrapunt que caracteritza la parella d'investigadors, el xoc de personalitats i de mètodes que forneixen les històries que explico, se n'adona? Tot això venia... ara no sé per què li explicava tot això. De fet no li explicava a vostè, encara que me'n faci l'efecte, una mena de consol per la meva dissort, en tot cas li parlo al mort del nínxol del costat, què hi farem, inspector.

Sí, li deia que jo era un home tranquil, gens amant de l'acció i del moviment pel moviment, sobretot des que fa deu anys, si fa no fa, em guanyo la vida escrivint aquestes novel·les. Tinc una petita casa de poble a Palau de Santa Eulàlia, una monada, i m'hi tanco llargues temporades quan haig d'acabar un llibre. És un poble molt petit, quatre gats: perquè el situï, és anant cap a Sant Pere Pescador, a prop de Bàscara i de Camallera, no sé si coneix aquell racó de l'Empordà. Allí m'estic: escric, passejo, si és el temps m'acosto fins al mar i em banyo, però sobretot estic sol, no sap el preu que té per a mi tot això de la solitud. Miri el que li dic, si en lloc d'estar escrivint a Barcelona, perquè havia de repassar les proves del nou llibre i l'endemà a primera hora ens havíem citat amb la meva agent, la Barneda, que li dic jo, que m'agrada cridar-la pel cognom, si en lloc d'estar escrivint a Barcelona m'hagués quedat al poble, potser en aquests moments encara seria viu i vostè es podria dedicar a crims més interessants i escabrosos, no li sembla?

Si m'ho permet, jo penso que això meu és bufar i fer ampolles. Que consti que no vull treure mèrit a la investigació, però si jo hagués escrit la novel·la sobre aquest crim, l'hauria complicat més, hi hagués afegit subtrames que empastifessin la història, que despistessin el lector. Les investigacions lineals del tipus Agatha Christie ja no es porten. És un clàssic, d'acord, però ja no venen. Un crim, un assassí, uns quants sospitosos, una colla de coartades, un investigador llest, el més llest de la classe, o una investigadora de caràcter, que ara es porta molt la dona detectiu en aquest gènere, un culpable que comet un error i un altre delinqüent engarjolat, ja no mola. Els nòrdics són els que tallen el bacallà des de fa temps, després de la llarga hegemonia dels nord-americans, i aquests suecs ho compliquen tot molt més, aposten pels personatges conflictuals i hi afegeixen molta càrrega psicològica i política, fins i tot, i es vanten de molta crueltat refinada. Al cap i a la fi, es pot sofisticar tant com es vulgui, però tot plegat es redueix a un cadàver —o uns quants—, un assassí o assassina i algú que en busca la relació i la troba, la resta són collonades, com en dic jo. Una combinació, com més hàbil i enginyosa millor, de tendències de moda, d'allò que es porta, i d'ofici.

El meu cas és prou senzill, inspector. Jo era sol a casa, que ja li he explicat que estava retocant les proves del nou llibre, que soc molt perepunyetes jo, que si no m'arranquessin l'original de les mans, encara estaria fent canvis en la meva primera novel·la. Perfeccionisme i exigència, en dic jo. Torracollons i cagadubtes, en diu la Nunna, la meva editora. La Barneda i la Nunna, que a mi m'encanta treballar i batallar amb dones de caràcter, i elles ho són, ho sabré jo!

Estava sol a casa; la meva dona i el seu germà, l'exsuïcida, havien pujat el cap de setmana a Palau de Santa Eulàlia amb la filla d'ell, una nena de set anys, mimada, insuportable, que li diuen Meritxell. Era sol a casa, capvespre de diumenge, quan va passar el que va passar. Algú va entrar al pis sense forçar la porta, o potser ja hi era, amagat, esperant-me, quan jo vaig tornar de fer un berenar-sopar a la pizzeria del davant. Jo no vaig sentir cap soroll exagerat, per això dedueixo que el meu assassí no va forçar la porta. Potser la gata de la veïna, vaig pensar que era qui havia fet soroll, un soroll sord, enmig del silenci, però no li vaig fer cas, hi estic acostumat. I després, els dos cops brutals a la nuca i adeu.

Per mi que em van colpejar amb el Goya que vaig guanyar

fa sis anys pel guió de l'adaptació al cinema de *La clau que no obre cap porta*, que al cine la van titular *La llave inútil*. El Goya pesa que no t'ho pots ni imaginar. Et foten un parell de mandaus amb un Goya i et passa com a mi, que ja no ho expliques. Per tant, inspector, hauríem de buscar entre la gent propera, que té accés al meu estudi i que sap que tinc el Goya a la prestatgeria permanentment, oi que m'entén?

1b. En nom del Pare, del Fill i de l'Esperit Sant

En el moment d'entrar a l'ampli vestíbul de l'emblemàtic edifici de l'arquitecte Bofill a Sant Just Desvern, el Walden 7, es va persignar. Ho feia sempre quan entrava al lloc on havia de treballar, on havia d'arrencar la investigació del cas que li pertocava, on s'havia produït el delicte que li havien atorgat, com fan molts jugadors de futbol quan trepitgen la gespa on han de jugar el partit, o molts boxejadors quan accedeixen al ring. I no parlem dels toreros en el moment de sortir a l'arena per iniciar el *paseíllo*.

En un tres i no res s'havia plantat al xamfrà del carrer Indústria amb Laureà Miró, que és com es diu a Sant Just el tros de la Nacional-340 que passa pel mig del poble, a uns cent cinquanta metres de casa seva, al carrer dedicat a Salvador Espriu. S'estava preparant l'amanida per sopar quan va rebre l'avís des de comissaria perquè acudís al Walden. Dos cotxes dels Mossos i una ambulància marcaven territori, mentre els seus ocupants, a la porta principal d'accés de l'edifici, controlaven les entrades i sortides dels veïns. Tot just acabaven de desplegar-se i encara no s'havien adonat que hi havia altres accessos en un edifici de 446 apartaments i més de mil veïns, un rusc modern i experimental, el primer de l'arquitecte Bofill l'any 1975, fruit d'una concepció utòpica i socialista de la convivència veïnal, molt pròpia de l'època en què es va concebre i de l'edat i ideologia del seu creador. Malgrat el pas del temps, el deteriorament sofert per causa de la imperícia dels seus promotors, emblemàtics representants de l'anomenada *gauche divine*, un moviment desestructurat, modern i lliurepensador de la Barcelona de finals dels anys seixanta, dels molts diners invertits per mantenir-lo dempeus, el Walden 7 continuava essent una icona arquitectònica d'un moment creatiu i sovint s'hi podia trobar algun grup de japonesos fent fotografies de l'edifici.

En acabar de persignar-se va veure que sortia a buscar-lo la sotsinspectora Marquina i la va saludar de lluny amb un moviment de cap que, al mateix temps, volia servir per preguntar: què tenim?

Eren quarts de nou del vespre de l'últim diumenge de setembre, feia la calor acumulada d'un dia de sol ardent. La sotsinspectora, cabell curt, arrissat i negre intens, robusta i musculada, portava un vestit jaqueta gris més propi d'una zeladora d'Auschwitz que d'una Mossa vestida amb roba de carrer. Se suposa que el comissari l'havia fet venir a correcuita, fos on fos.

—Tens la científica a dalt, però acaben d'arribar i encara no han tocat res, t'estaven esperant.

—Qui ha donat l'avís? —va preguntar l'inspector impecablement vestit amb un dues peces blau plomós, camisa blanca i corbata groga amb un estampat de petites balenes blau marí. Un dandi al costat de la destralera que li estava donant les novetats. Ella suava com una truja i ell ni una gota.

—La família. Són a dalt. Fa mitja hora que han arribat de l'Empordà i s'han trobat amb tot el sidral. La dona està desfeta, no para de plorar. Ara és amb el seu germà, amb qui havia passat el cap de setmana a fora.

—Primera impressió, Marquina?

—Estranya. Un paio amb el crani esclafat amb la cara clavada a la taula de treball, el portàtil obert, molta sang, sembla que no han forçat la porta per entrar i, segons el germà d'ella, no té la impressió que s'hagin endut res. Han anat directament contra ell —va dir d'una tirada, es va aturar i va posar cara de repassar, per si s'oblidava d'alguna cosa—. És una primera impressió, *jefe*, no fa ni un quart d'hora que hem començat a arribar tots plegats.

—Som-hi —va dir l'inspector—, quin pis és?

—El catorze, a dalt de tot. Ja veuràs que aquest edifici és un laberint.

Amb l'assessorament del conserge van accedir a l'ascensor que pujava directament a l'última planta. La veu ja havia corregut i hi havia molts veïns preguntant-se els uns als altres i movent-se per les diverses galeries del macroedifici, formant un cert desgavell, amb el qual el dia i l'hora tenien molt a veure, perquè era quan la gent solia arribar del cap de setmana.

—Saps que el Walden és l'edifici preferit dels suïcides de tot el Baix Llobregat? —va documentar la Marquina mentre ascendien—. Hi ha una galeria a l'altra ala des d'on a més de poder-te llençar sense cap obstacle des de dalt de tot, per assegurar-te'n vas a parar a una mena de font decorativa amb dotzenes de petits sortidors metàl·lics en forma de con que s'acaben gairebé en punxa, com si fossin sagetes, que si no et mors amb l'hòstia, que segur que et mors, et rematen les punxes i et travessen, no ho dubtis. Me n'han tocat uns quants, de casos de suïcidi al Walden, i no et vulguis imaginar com queden. Ara, el que és dinyar-la, la dinyen segur. I al moment. Amb alguna excepció, que queden molt mal ferits, i si bé acaben sempre per espitxar-la, pateixen molt.

El seu cap va escoltar tot el relat escruixidor de la sotsinspectora Berta Marquina, per educació, però a la comissaria d'Esplugues s'havien hagut de fer càrrec dels casos de suïcidi del Walden i ell, precisament ell, fa molts anys va patir el drama en el seu matrimoni. La Maribel va morir travessada per les sagetes quan es va precipitar des de la setena balconada, el replà on vivien. Després d'una agra i no menys violenta discussió, la seva dona va obrir la porta i es va llançar al buit; això va declarar el Bosco en la investigació i el posterior judici, mentre que la fiscalia va argumentar que, com a conseqüència de la violenta discussió de parella, en un rampell, ell la va empènyer. Homicidi? Una desgràcia com a conseqüència d'una discussió que va acabar amb empentes i violència? Un desesperat suïcidi? L'inspector en va sortir com a innocent però des d'aquell fet maleït la seva consciència es va girar com un mitjó. El Gomes no va tornar mai més a ser el Bosco Gomes de la comissaria d'Esplugues. Va marxar foragitat del pis del Walden i va abraçar la fe catòlica en la seva forma més ortodoxa i conservadora, com si necessités imperiosament la redempció. Quan a la Berta Marquina la van adossar a les investigacions de l'inspector Gomes, aquest ja era un home nou, temorós de Déu, incorruptible, pulcre en els seus mètodes, obsessionat per no traspassar mai la línia vermella, seriós i hermètic amb la seva privadesa.

—Com era la Maribel? —va gosar preguntar-li un vespre la sotsinspectora, compartint un cafè i algunes confidències sobre la vida privada de cadascú.

—Perfecta, era la dona perfecta —i aquí es va acabar la descripció i la confidència. Creu i ratlla.

I des d'aquell dia, mai més. Cadascú al seu lloc, tant personal com jeràrquic, i cadascú a casa seva.

El conserge del Walden havia canviat des dels temps en què hi vivia amb la Maribel. Molts del veïns també. Per no haver de donar explicacions que no interessaven a ningú, l'inspector es va deixar guiar pel conserge malgrat que coneixia perfectament tots els racons i les singularitats de l'edifici.

—Qui és el mort? —va demanar-li a la sotsinspectora.

—Un escriptor... pots comptar. Un tal Jonathan Sau, crec que es diu.

—Com dius que es diu? —va exclamar, sorprès.

—Jonathan Sau, em sembla. Et sona?

—Caram, Berta! No saps de qui es tracta...? No m'ho puc creure. I tu ets policia?

Recorrien els llargs passadissos del Walden i l'inspector se la va mirar de reüll amb incredulitat.

—Soc policia, no pas bibliotecària —va precisar la dona.

—En aquests moments és un dels escriptors més importants de novel·la negra.

—Bah! —va menysprear-lo la Berta.

—Però no aquí. A França, a Itàlia, a Alemanya, a Portugal, ara també als països nòrdics... Fins i tot van fer una pel·lícula d'una novel·la seva —va dir-li, enorgullit, l'inspector.

—Prou pel·lícules que veig cada dia a la feina, jo...

—Tu t'ho perds, Marquina, però el Sau és dels bons. Bé, era.

Dos mossos feien guàrdia al passadís davant de la porta. Van saludar els inspectors. En aquell moment va sortir corrent un forense —bata blanca, guants de làtex— de l'interior del pis.

—Inspector, no s'ho creurà, encara és viu, és viu!

—Què dius ara? —el Bosco va fer una ganyota de disgust.

—Sí, senyor. Ara mateix pugen els de l'ambulància i el traslladarem al Broggi, l'hospital que hi ha aquí al davant, a l'altra banda de l'autopista.

—Però tu no has comprovat que estigués mort? —li va preguntar, de mal rotllo, a la sotsinspectora Marquina.

—És que jo... —va vacil·lar l'agent—. Vaig entrar i sortir i em vaig refiar del que em va dir la vídua...

—La vídua, quina vídua? —va preguntar, irònic i emprenyat, el seu superior.

—Perdó, la dona.

Sabia perfectament el terreny que trepitjava. Com que hi havia viscut i era un observador curiós i entretingut en cadascun dels detalls del seu entorn —això li havia anat ensenyant la professió— es coneixia de memòria la història de l'emblemàtic edifici, les vicissituds per les quals havia passat, que durant anys va protegir els seus inquilins amb xarxes recollidores de les rajoles que es desprenien aleatòriament de les parets, les quals, teòricament, personalitzaven i embellien i formaven part de la seva personalitat estètica, i fins i tot se sabia el nom de les moltes personalitats que hi havien residit: poetes, escriptors, actrius i actors, músics, guionistes i directors de cinema, periodistes... Ell mateix, i alguns col·legues, tant dels Mossos com de la Policia Nacional. Amb el gairebé miler de veïns que hi acollia i amb la rotació constant de llogaters, el Walden 7 tenia històries per omplir volums o generar-ne d'altres de ficció.

Els camillers s'havien endut d'urgència els cos malferit del Jonathan Sau, després de fer-li una cura d'emergència per tallar l'hemorràgia i embenar-li el cap en comprovar que encara li quedava un alè de vida. La primera inspecció ocular que va fer el policia va corroborar el que, a correcuita, li havia explicat la sotsinspectora. En desaparèixer el cos de la víctima, l'escenari era un despatx d'escriptor prou ordenat —cada cosa semblava posada al seu lloc i, al mateix temps, hi havia un lloc per a cada cosa—, a excepció del bassal de sang que xopava l'ordinador portàtil, regalimava pel seient de la víctima i entollava el terra a l'entorn d'on s'havia produït l'agressió, evidentment un intent d'assassinat. Ni objectes caiguts, ni mobles o peces de decoració moguts o tombats per terra, ni un sol indici de baralla o de violència. Pel poc que podia explicar la forense, tot devia haver estat molt ràpid i diligent, algú pel darrere, sense que la víctima s'hagués adonat de la seva presència, amb algun objecte contundent li havia esbotzat el crani i havia marxat per on havia vingut. Vist i no vist. La víctima ni havia tingut temps d'adonar-se'n. L'agressor va marxar convençut que se l'havia carregat. No es tractava d'una agressió fortuïta, fruit d'un escalfament o d'una discussió amb violència. Calculat, executat fredament i amb traïdoria, es tractava, claríssimament, d'un intent d'assassinat. Havien volgut matar el Jonathan Sau, el popular escriptor de novel·la negra.

—Sisplau, senyora Sau, intentem fer una recopilació dels fets des que vostès van entrar per la porta —proposà el policia.

Asseguts al saló del dúplex, l'inspector i la sotsinspectora, que era qui anava prenent notes, intentaven que una molt nerviosa i disgustada Lola Falcó intentés ordenar els detalls referents al descobriment del cos ple de sang del seu marit, mentre el seu germà, el Nitus Falcó, no parava d'anar, nerviós, amunt i avall de l'estança.

—Escolti'm —va dir la dona, mig plorosa, sense haver paït el disgust, malgrat la bona notícia que el seu marit era viu—, jo l'únic que vull és anar a l'hospital. No vull separar-me del meu marit, que no ho entenen?

—És clar que ho entenem, senyora —li va respondre la Berta Marquina—, però ara el seu marit és en mans dels metges i fins que ells no acabin d'examinar-lo i facin el seu diagnòstic no hi ha res a fer, i les seves informacions ens farien un gran servei, em comprèn?

—Sí, la comprenc, però són vostès que m'han de comprendre a mi: el meu marit és a l'hospital, sembla que en estat molt greu, jo mateixa el creia mort. I la meva obligació és quedar-me al seu costat, haig de parlar amb els metges, haig de saber què passa. Quan ho hagi fet em tindran a la seva disposició, però, sisplau, haig d'anar al costat del meu marit. El meu germà és qui ha entrat primer a l'habitació. Ell els ho pot explicar millor que jo, oi, Nitus?

El Nitus no va respondre ni va mirar la seva germana, continuava passejant amunt i avall de l'estança.

—Molt bé, d'acord —va concedir el policia—, la sotsinspectora Marquina l'acompanyarà a baix i un dels nostres agents la durà a l'hospital mentre jo parlo amb el seu germà. Vagi, vagi.

—Jo t'acompanyo —va dir el Nitus, aturant la passejada de cop i adreçant-se a la seva germana.

—No —li va respondre—, jo vaig a l'hospital. Tu parla amb aquests senyors i quan acabis, vens.

—I digues als de la científica —li va ordenar l'inspector a la seva segona— que poden passar a revisar la casa i prendre mostres. I vostè pari de donar voltes i segui, que hem de parlar.

El dúplex de l'escriptor tenia, a la planta baixa, l'entrada rebedor, una cuina integrada al menjador i al saló, un bany i el despatx de treball del Jonathan Sau. Una escala, al costat de la porta d'entrada, pujava a la planta superior, de les mateixes mides que la de sota, on hi havia un altre bany i tres dormitoris. El Nitus Falcó i la seva germana van arribar amb les bosses del cap de setmana cap a un quart de nou, després de deixar la seva filla a casa de la seva ex. La casa era a les fosques, van encendre el llum del saló menjador i van cridar el Jonathan. No va respondre, però a vegades ja passava, sobretot quan treballava a casa i hi havia un cert soroll. Es calçava uns auriculars sense fils i els connectava a Spotify per Bluetooth amb el mòbil. O sortia a estirar les cames i menjar un mos en qualssevol dels bars propers.

—Però no era el cas —va explicar el Nitus Falcó, que finalment havia deixat d'anar amunt i avall i s'asseia davant de qui l'interrogava— perquè, de tota manera, el Jon estaria sol a casa i no li caldria aïllar-se. Com que no ens responia he entrat al seu despatx i me l'he trobat ensangonat per tot arreu, amb la cara clavada al teclat de l'ordinador i amb la sensació que no respirava, que estava mort. Només hi havia encesa la làmpada de treball. Jo no volia que entrés la meva germana, però no l'he pogut aturar i ha vist el seu marit sobre el portàtil i li ha agafat un atac d'histèria, i de seguida hem trucat a la policia. És que tot ha anat molt de pressa. Vull dir que hem arribat, ens hem trobat amb aquella escena i els hem telefonat. La resta ja la saben vostès perquè en un quart d'hora han sigut aquí. No sé quanta estona feia que l'havien atacat...

—Suposo que els forenses ens ho diran —va apuntar l'inspector.

—Sap? La meva germana està més atacada, encara, perquè deia que si haguéssim arribat quan tocava potser això no hauria passat, que hauríem pogut evitar-ho.

—Què vol dir?

—No, que entre que hem parat per fer un cafè a l'autopista perquè hi havia molta caravana i s'adormia conduint, que hem hagut de deixar la meva filla a casa de la meva ex i que després hem anat a un paki d'aquí el costat perquè volia comprar pa i un pot de Nescafé, li ha agafat mala consciència.

Ben poca cosa li estava oferint, el Nitus. El mateix que la policia va veure. Si hi havia algun indici més, alguna mostra d'ADN que no tocava, alguna manera poc convencional de provocar la ferida cranial, entre els forenses i la científica ja ho descobririen.

—Sap si el seu cunyat era jugador?

—No, que jo sàpiga. Ni especialment bevedor, ni drogoaddicte, crec. Vaja, com no tingués una doble vida... De totes maneres, de la vida privada del meu cunyat qui n'hi pot parlar és la meva germana, és clar. Jo només soc el cunyat —va dir, remarcant el que era evident.

—Sí, és clar. Però vostè hi tenia bona relació.

—Ni bona ni dolenta, la normal entre cunyats.

—I li sembla que tenia enemics? És un tòpic com a pregunta, ja ho sé, però l'haig de fer.

—Miri, la veritat, inspector. El meu cunyat era un tio bastant malcarat, amb gairebé tothom. Li havien pujat els fums des del seu èxit com a escriptor i s'havia tornat bastant insuportable.

—Creu que algú li tenia tanta mania com per fer-li això?

—No, vaja, crec que no. Que no fos empàtic no crec que porti a aquesta situació tan extrema. La meva germana i ell, per exemple...

—Hi havia problemes al matrimoni, creu vostè? —va demanar, interrompent-lo.

—Home, hi havia discussions entre la parella, el normal. Però mai havien arribat a les mans, ja li ho asseguro. S'estimaven... i es discutien com fan tots els matrimonis.

—Problemes de diners? Deutes?

—No, no, ni ell, ni ella. Es guanyen bé la vida.

—El seu cunyat estava emprenyat amb mig món —la Marquina va entrar en tromba, després de lliurar la senyora Sau als Mossos perquè l'acompanyessin a l'hospital—. Amb la seva agent, amb el seu traductor a l'espanyol, que era el mateix que el traduïa al francès, amb el president de la comunitat, i amb vostè no es podien ni veure...

—Sí que li ha explicat coses la meva germana, en tan poc temps.

—No és qüestió de tenir molt o poc temps, es qüestió de saber preguntar.

L'inspector, que la coneixia perfectament, la deixava fer.

—Parli'm de la seva relació amb el senyor Sau —va insistir la policia, immersa de ple en la feina que li pertocava, la de poli dolenta.

—Què vol que li expliqui? La meva germana i el Jonathan porten dotze anys casats, per on vol que comenci? —va demanar-li amb un cert menyspreu, que els policies van caçar al vol.

—Nosaltres no tenim pressa. Comenci per on vulgui però no ens faci perdre temps. Comenci per la substància.

—No, miri, és molt senzill. El Jon no suportava la meva família, així de clar. Jo no dic que no tingués les seves raons, que els meus pares no eren precisament un exemple de comportament i tampoc no el podien veure, però tota la ràbia la va descarregar contra mi. La meva germana, que em porta cinc anys, sempre m'ha fet com de mitja mare i des que em vaig separar passo més hores en aquesta casa que a la meva, i això no ho suporta i no se n'amaga. —El Nitus va fer una pausa i, amb la mirada, semblava preguntar què més volien saber, i com que restaven callats i l'interrogaven amb els ulls, va encendre una cigarreta, es va col·locar millor en el sofà, més còmode, i va prosseguir—. La veritat és que parlem molt poc, i quan ho fem és per discutir. Una vegada ens les vam tenir molt perquè va escriure una novel·la en què sortia retratada tota la meva família, ho vaig veure de seguida, i li vaig dir, ets un malparit, tio. Has passat comptes i t'has quedat descansat. No m'ho va negar pas, tot el contrari, em va dir que s'havia quedat curt. Des d'aquell dia, i d'això fa quatre anys, les relacions entre nosaltres han anat de mal en pitjor. El millor que podria fer la meva germana és separar-se, jo sempre l'hi dic, no sé si m'entén...

—El que jo no entenc —va insistir la Berta Marquina, posant-se dreta— és per què ve tant per aquí si sap que no és benvingut...

—Perquè és la casa de la meva germana i li agrada que vingui, li faig molta més companyia jo que no pas el seu marit, que sempre està enganxat a l'ordinador...

L'inspector també es va aixecar i els dos policies van iniciar el moviment de marxar, deixant el agents de la científica cercant proves per la casa. Però quan sortien cap a la porta es va aturar, va donar mitja volta i mirant el cunyat fixament als ulls li va preguntar:

—A un quart de nou, diu que han arribat?

—Sí, més o menys —va reafirmar el cunyat.

—Algú els ha vist entrar a aquella hora?

—No ho crec, hem pujat directament amb l'ascensor, sols, del pàrquing a casa, i no recordo haver-nos creuat amb ningú.

—Ni al pàrquing tampoc? —va reblar la sotsinspectora.

—No, que recordi. I això que en aquest bloc de pisos sempre hi ha molt moviment.

—O sigui que si haguessin arribat mitja hora o una hora abans tampoc ho podrien acreditar... —va dir, per fi, el policia.

—Hem anat a comprar al paki... Bé, hi ha entrat la meva germana, que jo m'he quedat al cotxe.

—Molt bé, senyor Falcó. Ja tornarem per parlar amb la seva germana i probablement altra vegada amb vostè. Pensi en els enemics del seu cunyat i, si se li acut alguna cosa que ens pugui ajudar en la investigació, aquí té la meva targeta: truqui'm.

Mentre baixaven en ascensor els catorze pisos i la sotsinspectora Berta Marquina comentava què li havia semblat la conversa amb el germà, l'inspector Bosco Gomes anava fent que no amb el cap.

—No te'n refies, oi, Bosco? Penses que han estat ells?

—No ho sé. Hem de parlar amb la dona.

—Sí, però aquest paio és un penques. No ha dissimulat ni així la mania que li té. No se n'ha pogut estar ni gens ni mica.

—Sí —va corroborar l'inspector Gomes.

2a. Tot va començar...

Si fos possible mirar enrere amb precisió ens adonaríem que tot devia començar... No en tinc ni idea, de quan ni com va començar. Perquè les coses no comencen en un determinat moment, d'un dia per l'altre. La vida va i ve, flueix de forma natural, o això et sembla, i de mica en mica tot canvia, tot evoluciona, tot es mou i s'embolica i quan t'atures i te n'adones, la bola de neu ja és massa grossa i la pendent massa pronunciada i ja no hi ha Déu que la pari.

Em refereixo a quan i com va començar el mal rotllo entre tots plegats, aquest desgavell familiar, perquè si el que haig d'explicar és quan la família Falcó i les seves misèries i trifulgues, que tant mal m'han fet (només cal veure com he acabat), interferiren en la meva vida assossegada, aleshores m'haig de referir al dia que vaig entrar a una farmàcia del carrer Casanova, per pura casualitat, perquè era lluny de casa i hi passava pel davant, a comprar una capsa de condons, i em vaig enamorar a primera vista de la farmacèutica, una dona de bata blanca, rossa, d'ulls de color mel que semblaven defensar una misteriosa melangia, o això em vaig voler imaginar. Em vaig enamorar de la seva pell sense imperfeccions i del seu gest elegant i de la seva veu dolça i subtilment greu. Em va fer vergonya demanar-li una capsa de preservatius i vaig sortir amb dues capsetes de Ricola, una d'eucaliptus i l'altra amb gust de llimona. Vaig haver d'anar a una altra farmàcia per aconseguir els condons; en aquella època jo tenia molt compromís social i les caputxes de làtex se m'enduien una bona part del pressupost, com si digués-sim. La farmàcia de la noia dels ulls color de mel parava molt lluny de casa, perquè jo aleshores ja vivia al Walden de Sant Just, però en un pis més petit, que era per a mi sol. Treballava en un diari i em movia amunt i avall amb una Royal Enfield preciosa, de color verd, una moto retro d'aire anglès però fabricada a l'Índia, i no em costava gens aparcar un moment a la vorera de davant de la farmàcia del carrer Casanova i demanar qualsevol medicament sense recepta, només pel plaer de contemplar la farmacèutica, la sensualitat de la qual no em podia treure del cap. De manera que en un mes, que és el que em va costar aconseguir una primera cita, vaig omplir a rebentar la farmaciola de casa d'ibuprofenos, gelocatils, diverses cremes cosmètiques, liniment, benes, aspirines, aigua de roses, sobres d'Almax, cafinitrina (que em va servir per allargar la conversa amb ella, amb un tema tan banal com el de l'atac de cor i les angines de pit) i, fins i tot, quan ja vaig agafar més confiança, una ampolla d'Aigua del

Carme, que era l'ingredient secret que jo feia servir per preparar un combinat de creació pròpia per als amics de confiança: n'hi dèiem un Jonathan Mix. Res de l'altre món.

D'aquella primera cita, que recordo com si fos ahir, la més plaent i inoblidable de tota la meva relació amb la Lola, en va sorgir el compromís d'una segona i, poc després, en va venir una tercera i una quarta i ens vam acostumar l'un a l'altre i un any després —d'això n'ha fet dotze— ens vam casar enamoradíssims. Estava segur que era el millor que m'havia passat a la meva vida. Aquella nit de divendres, en aquella primera cita, ho recalco, tot ens va sortir rodó. Veníem d'enlloc i no preteníem anar pas enlloc. Érem lliures, gairebé uns desconeguts, i ens vam lliurar l'un a l'altre amb fúria i tendresa al mateix temps. Amb unes ganes enormes de fruir i, delicadament, fer fruir a l'altre, vam posar tota la nostra empenta a construir un moment càlid i inesborrable. I quan les crisis i les esgarrinxades familiars ens permetien un moment d'assossec, ho recordàvem amb enyor. Sí, la Lola també. Tot i que estava empeltada de l'esquizofrènia que patia tota la parentela, jo estic segur que, d'haver-nos pogut desempallegar del seu diabòlic cercle familiar, si haguéssim fugit lluny i sols, si haguéssim trencat els lligams que la supeditaven a la seva família, la nostra història hauria estat meravellosa, per emmarcar, i el que és millor, segurament jo encara seria viu.

Sí, jo em vaig casar enamoradíssim de la Lola. Ella en tenia trenta-un i jo trenta-vuit. Era una bona edat, pensàvem. Tots havíem viscut prou, cadascú pel seu cantó, i teníem molt clar que volíem fer el camí plegats des del moment que ens vam trobar cara a cara. Jo treballava en un diari esportiu de Barcelona, cobria els entrenaments de l'Espanyol, anava a rodes de premsa de les que mai es diu res d'interès i publicava declaracions sempre innòcues dels jugadors i, de tant en tant, m'encarregaven algun article d'opinió sobre qüestions esportives d'actualitat. Servia per a tot, jo, perquè escrivia bé, tenia aquesta mena de talent, i encara que se me'n fotia l'Espanyol i, en general, el món de l'esport, era una feina fixa en un diari de gran tirada, un treball rutinari que no requeria un gran esforç i em permetia fer bullir l'olla sense mirar-m'hi gaire. Tant me feia el contingut de l'article, la crònica o l'entrevista. M'agradava escriure i escrivia, i com que havia crescut obsessionat amb la literatura de Chandler, Hammett, Patricia Highsmith, Simenon i, més modernament, Mankell o Larsson, feia temps que ho intentava a estones perdudes, primer, i desesperadament més endavant, fins que vaig arrodonir la meva primera novel·la de lladres i serenos, que en deia el meu pare, que és qui em va aficionar a aquesta classe de lectura, la meva primera novel·la negra: *La clau que no obre cap porta*.

Els Falcó eren una nissaga d'apotecaris. Va ser l'avi qui va obrir la farmàcia del carrer Casanova, el Bartomeu Falcó, i a la seva mort se la van quedar, i la van portar a mitges, els dos germans, el que seria el meu sogre i la tieta Sònia, la seva germana, l'única persona assenyada i estable d'aquella enfollida família. La Lola, ja a meitat dels estudis de farmàcia, es va incorporar al negoci familiar, on continua treballant, i avui n'és la copropietària juntament amb la tieta Sònia, amb qui es tenen molta estima i amb qui han aconseguit estabilitzar el negoci després d'una colla de vicissituds familiars.

Mai vaig tenir una relació normalitzada amb la família de la meva dona, que un periodista que escrivia sobre l'Espanyol els semblava ben poca cosa per a una filla de farmacèutics de l'Eixample i culers enderiats fins a límits malaltissos. Tant vam estirar la corda, el seu pare i jo, que un mes abans del casament ens vam enviar a tomar pel sac i vam decidir casar-nos sense fer soroll a la plaça del Duc de Medinaceli, convidant només la dotzena i mitja d'amics més íntims amb qui vam anar a dinar, després de la cerimònia convencional, a un dels restaurants del Palau del Mar, allà a la Barceloneta. La Lola i jo vam decidir no convidar ningú de la família, el trencament amb els seus pares va forçar la situació, i com que la meva germana vivia a Tenerife i va entendre el conflicte i s'hi va conformar sota la promesa d'anar-la a veure abans d'un any, i la meva mare estava desada en un geriàtric en una fase molt avançada d'Alzheimer, només el Nitus, imposició obligatòria de la núvia, perquè era el seu germà preferit, imprescindible i ultratutelat, només ell va assistir a la cerimònia, i crec que va fer de padrí o de testimoni o jo què sé. Tenia vint-i-sis anys i el seu pare li va creuar la cara quan se'n va assabentar. Es veu que en aquella casa s'havia fet créixer els fills amb una disciplina casernària, de maltractaments físics per part del farmacèutic i psicològic per part d'una mare amargada, que es va casar a correcuita després que es petés el preservatiu en la primera embranzida; i la seva fe catòlica no li oferia alternatives; no fotia ni brot i matava l'avorriment amb xupitos de licor de préssec o Baileys i ruïnoses sessions de bingo. Un dia hem de fer una escapada a Montecarlo, li deia, a vegades, al marit, i al farmacèutic se li regirava l'estómac i li entrava una suor freda i, gairebé sempre, algun dels fills acabava rebent un mastegot.

Ara que hi penso i me n'adono, és curiós com aquí, a la mort, no hi fa ni fred ni calor, el silenci és ensordidor i perds la noció del temps... Coses de l'eternitat, suposo.

Vam passar dos anys de lluna de mel, la Lola i jo, al meu pis del Walden 7. El trencament amb els sogres ens va aïllar en una mena de bombolla protectora de felicitat, interferida només per algunes interessades visites del seu germà Amadeu, que venia a pispar calés en un descuit i la penyora, l'impost revolucionari que havia de pagar jo, tolerant la presència, molt sovint, del Nitus, el germà adorat, l'etern infant tutelat, el que de petit se suïcidava cada dos per tres. Entenc que el mal tràngol el passava la Lola, més que no pas jo, perquè, al cap i a la fi, el Nitus, en aquells anys, era un xicot amable, que sortia amb una noia, la Xènia, professora de psicologia, que el temperava i assossegava, mentre que la meva dona es trobava cada dia a la farmàcia amb el seu pare, perquè treballaven junts, és clar, i, encara que mai no me'n va voler parlar, m'imagino que la relació no va ser fàcil.

El juny de l'any següent va ser quan vaig guanyar el premi literari, i no puc dir que aquell fet extraordinari fos l'esperó de tot el que va anar venint després però, si més no, en va tenir tota la pinta. El farmacèutic, davant d'aquest fet, va tenir una reacció civilitzada —cal reconèixer-ho— i em va telefonar per felicitar-me amb un to cordial i de ganes de fer les paus. Es veu que l'onada de popularitat mediàtica que em va venir al damunt va fer pujar punts en la seva consideració i va descobrir que la seva filla no s'havia casat amb el pocapena que es pensava. En sentit contrari, el meu cunyat Amadeu i la meva sogra —pastats pel que fa a envejosos i mala gent— van iniciar una guerra d'insídies contra mi a partir del moment en què em vaig negar a la petició de la Lola que intercedís perquè el seu germà gran entrés a treballar al diari. Mitjançant un seu amic incrustat al PSC, va accedir a la secció d'esports de Barcelona TV per fer una substitució temporal, però se'l van treure de sobre abans d'hora per mangui.

La meva negativa en rodó a donar-li un cop de mà va obrir la capsa dels trons. A part de la meva mania personal envers aquest pocavergonya, el llarg currículum d'acomiadaments que hauria de lluir, si no els amagués, anava a favor meu.

—El teu germà gran és un xoriço, Lola, ningú que no es volgués suïcidar professionalment el recomanaria.

—Ets molt injust, Jonathan —em va respondre, dolguda, la meva dona—, només perquè ens agafava alguns diners quan era un nano...

—Un nano, dius? Tenia més de trenta anys. Lola, el van fotre fora de BTV per xoriço. I d'un bar de copes del Born, i de la botiga d'esports del teu cosí. I d'altres feines que no ens consten perquè no ens ha arribat la informació.

—Ell diu que no és cert —em replicava.

—Si tant us en refieu, per què no el col·loqueu a la farmàcia de la família?

—I què vols que hi faci a la farmàcia?

—El mateix que a tot arreu on l'han agafat: res, Lola, res, el teu germà és un bala perduda.

—Potser sí, no ho sé ni vull saber-ho, saps? És el meu germà.

I el fill dels teus pares, i el meu cunyat, vaig pensar. Però això no és cap argument per rebatre que és un xoriço, un insensat i un imbècil. Potser són els teus pares els qui s'ho haurien d'haver fet mirar en el seu moment. Ton pare és un maltractador i ta mare una alcohòlica ludòpata. Evidentment que no l'hi vaig dir, però m'ho vaig anotar i ho vaig fer servir anys després en la novel·la que els vaig dedicar per passar comptes: *Confidències d'una família embolicada*.

Converses del mateix to i de contingut semblant les havia mantingut amb la meva sogra després de fer les paus —ai las!— i amb el Nitus. Sempre acabaven fatal i jo notava que la meva cartera de greuges acumulats per aquella família anava augmentant. Aquella animadversió mancomunada es podia mastegar. Però el malparit del germà gran se'n guardava una de grossa a la màniga que explotaria uns quants mesos després, unes setmanes abans de la data prevista per al casament del Nitus amb la Xènia, que aquest sí que es faria amb capellà, flors, família i banquet, com Déu mana, que les dues famílies hi estaven molt disposades, a llançar la casa per la finestra. Els dos es guanyaven prou bé la vida, ella amb les classes a la universitat i col·laborant en un gabinet de psicòlegs i ell com a representant de productes per als sex-shops, joguines sexuals en deien, i a vegades havia tingut la gentilesa de regalar-nos-en alguna de ben curiosa.

L'Amadeu va aconseguir engalipar la tieta Sònia —el paio era molt hàbil i, quan volia, tenia grans dots de seducció— perquè li deixés peremptòriament 10.000 euros i l'endemà va desaparèixer, es va fer totalment fonedís. Ahir hi era i enredava la tieta i l'endemà se l'havia empassat la terra.

—No us amoïneu —vaig dir jo, gairebé pontificant i fruint la revenja al mateix temps—, que ben aviat, quan se li acabin els quartos, el tindreu aquí.

Però no la vaig encertar gens ni mica. L'Amadeu mai no va tornar. Passats uns dies sense notícies seves ni cap mena de pista, i després de fer les denúncies que pertocava, el seu pare va contractar els serveis d'un detectiu privat. S'acostava la data del casament del Nitus i tothom volia treure's de sobre aquell neguit, però ni el detectiu va aportar ni un indici de res, ni l'Amadeu va aparèixer, ni la tieta Sònia va recuperar els seus 10.000 euros.

2b. La investigació

El temple parroquial de Sant Sebastià, a aquella primera hora de la tarda, amb una temperatura agradable de començament de tardor, estava buit, com era habitual. Només un feligrès, fidel a la seva cita setmanal amb el capellà de la parròquia, assegut a l'últim banc, es fixava en la figura de sant Sebastià, que presidia l'altar major. Una icona dura d'observar: un jove gairebé nu, lligat a un tronc d'arbre i cosit a sagetes clavades que li provocaven un munt de ferides ensangonades. Però al Bosco Gomes, el feligrès de l'última fila, el que més el commovia i pertorbava era aquella mirada de la imatge, entre adolorida i plaent. Encara que ho atribuïa a la fe incorruptible d'aquell jove màrtir, no es podia treure del cap la pel·lícula anglesa *Sebastià* de l'any 1976, parlada en llatí, un llatí irrespectuosament anglicitzat, que va veure no fa pas gaire a la Filmoteca, com una curiositat cinèfila, i que d'haver-se rodat i estrenat ara, esdevindria una icona indiscutida del moviment LGTBI. Algú li va tocar l'espatlla.

—Estàs molt concentrat, Bosco. Resaves o pensaves? —va demanar-li el nouvingut, camisa grisa arremangada per damunt dels canells, pantalons negres.

—Oh, no, mossèn. Tenia la vista clavada en els ulls del teu Sebastià. Dolor i plaer al mateix temps, no?

—Home! Estàs insinuant que sant Sebastià era masoquista...

—Per l'amor de Déu...

—Doncs l'únic secret és la fe, carretades de fe, molta fe —va raonar mossèn Gaspar, el rector de la parròquia i vell amic de l'inspector.

—Sí, es clar. Has vist una pel·lícula dels anys setanta sobre el martiri del teu sant, rodada tota en llatí?

—Rodada en llatí? Ens l'haurien d'haver projectat al seminari, no?

—No sé, Gaspar, no sé jo... És una visió molt especial del martiri d'aquest noi.

—Què vols dir? —va preguntar encuriosit, molt encuriosit, el reverend.

—Deixem-ho per a un altre dia, mossèn, que avui et necessito com a conseller.

—Vols que parlem aquí o que pugem a la rectoria?

—El que tu diguis.

—Doncs pugem, que farem un cafè.

Mentre passaven de l'església a la rectoria, el Bosco Gomes va actualitzar-li els detalls de la investigació del mig assassinat del Walden 7. Li va parlar dels interrogatoris a la vídua, al cunyat, a la veïna propietària de la gata que es passejava amb naturalitat per la casa de l'escriptor, a la seva agent literària, a la seva editora i al parell de col·legues amb qui havia dinat el dia abans. D'entre les relacions de proximitat —família, col·legues, amics— només faltava rastrejar entre la gent del poble empordanès on tenien la segona residència: Palau de Santa Eulàlia.

Des de la cuina, on preparava un parell de cafès de marca no t'hi fixis, el mossèn escoltava les últimes novetats de la investigació que li explicava el seu vell amic policia.

—I què en pensa la teva sòcia, la Marquina?

—Que es tracta d'una conxorxa. Que la dona, amb la complicitat del germà petit i d'un altre que diuen que està desaparegut, han organitzat el crim. Bé, de moment, el crim fallit.

—I proves? En té, de proves?

—Cap ni una, mossèn.

—Aleshores? —va preguntar, estranyat, el capellà.

—A veure —El Bosco es va aixecar de la cadira i passejà

per la sala que el rector feia servir per rebre visites, rumiant els indicis que li semblaven importants a la seva sotsinspectora, mentre bevia, en petits glops, el cafè, o el que fos aquell suc espremut a través d'una càpsula miraculosa—. Sembla ser que la dona i el cunyat, que havien passat junts el cap de setmana a l'Empordà, no tenen coartada per justificar l'hora d'arribada. Ningú no els va veure arribar. En tot cas, ella, a l'hora aproximada de l'agressió, va passar per un súper pakistanès, però el dependent només la recorda a ella, no pas al seu germà. De fet, tota la família de la dona odiava el marit. El seu cunyat no se n'ha pas amagat.

—Ella també? —va preguntar de seguida el rector Morera.

—Per a mi, no està clar. L'he vist plorar molt i no s'ha apartat del costat del seu marit, que continua en coma a l'UCI, tots aquests dies. Per altra banda, la seva agent ens va dir que el representat havia deixat escrit per testament que tots els drets d'autor, que amb les vendes internacionals són una milionada, anessin a parar a la vídua... En cas de traspàs, és clar.

—Res, no teniu res, Bosco. Ni l'arma, oi?

—No, ni l'arma, tens raó —i es va tornar a asseure—. Però també t'haig de dir que el nas de la Marquina s'equivoca molt poques vegades...

—O no.

—Què vols dir? —es va sorprendre l'inspector.

—Que algunes instruccions que m'expliques que fa la teva sotsinspectora les trobo agafades pels pèls.

—Home! —va queixar-se el policia.

—I ja no et dic res si el cas cau al jutjat de la seva germana Valèria, la jutgessa.

—Crec que no ets just, mossèn, la Marquina és una bona policia.

—Deixem-ho córrer...

—Em sap greu que pensis això; crec que tu li tens una certa prevenció per la seva condició sexual... —va voler deixar-li clar el Bosco.

—No, home, no, que jo soc un capellà modern —i es va posar a riure.

—Tornem al cas, si et sembla. L'absència de l'arma homicida és un dels principals problemes. De trobar-la, ens podria facilitar algunes dades, potser l'ADN de l'agressor. A més, pel que ens han explicat els forenses, el van colpejar amb un objecte ple de relleus, no pas amb una massa o un bat de beisbol, o un piulet, com en Trotski.

—No va ser un cop net al clatell?

—No, no —va precisar l'inspector seglar—, el relleu de l'objecte en qüestió li va fer una pila de ferides profundes al crani. A més, pensem que va ser un esquerrà, perquè el cop va venir d'esquerra a dreta.

Es van donar uns instants de silenci per reflexionar.

—És que la teoria de la Marquina és massa òbvia i previsible; no em fa el pes —va insistir tossudament el mossèn.

—Sovint l'explicació més senzilla és la que preval.

—Quan hi ha proves, Bosco; però ara per ara no teniu res. Heu furgat en el folre de la vida del matrimoni? Amants d'un o de l'altre?

El policia va fer que no amb el cap.

—És que és un intent d'assassinat molt inexplicable, molt estrany —va resumir—, perquè no oblidis que el Jonathan Sau encara és viu, en coma, però viu. Una parella que es guanya molt bé la vida, que no es fan el salt l'un a l'altre. Ell és un paio esquerp i solitari, una mica malcarat i cregut, però com la majoria de gent que té èxit en la seva feina i, molt especialment, els escriptors. Qui el va agredir només buscava fer-li mal perquè no hi va haver robatori. Cap finestra ni porta forçada. L'únic que grinyola, i d'aquí la teoria de la Marquina, és el mal rotllo que sempre es veu que s'ha dut amb sogres i cunyats. Amb els sogres morts, queda la teòrica possibilitat que els germans de la dona intentessin pessigar l'herència i es conxorxessin amb ella.

—Si no hi ha res més, que no ho sabeu, em sembla, tot plegat, com a teoria, inversemblant.

—Sí, a mi també, mossèn.

No cal ni dir que l'intent d'assassinat del popular escriptor, número u de vendes la darrera diada de Sant Jordi amb la seva novel·la *En el nom del porc*, un altre cas de l'inspector Bosco Gomes, havia sacsejat no només el món cultural sinó tota la societat catalana, i el seu ressò mediàtic havia impactat en els nombrosos països on els seus llibres s'editaven amb èxit. I com que la policia ni tenia ni oferia dades de com avançava la investigació, i el tema donava per sucar-hi molt de pa pel que fa al morbo periodístic, algunes cadenes de televisió especialistes en remoure la merda i vendre infàmies a cabassos i alguns digitals del mateix tarannà, i no parlem de la xarxa, van anar construint teories sobre mòbils possibles de l'agressió d'un nivell tan inversemblant de bogeria que un conegut constructor d'obra pública, amb fama de subornador de polítics, es va querellar contra un digital per haver-lo assenyalat com a inductor de l'assassinat frustrat perquè, segons el mitjà, en l'última novel·la del Jonathan Sau se l'havia posat molt clarament en evidència, motiu pel qual s'hauria revenjat. I com que es van oblidar de posar «presumptament», la querella va tirar endavant. O potser encara està perduda entre la pila inacabable d'expedients del jutjat que li va tocar.

El registre de la casa de Palau de Santa Eulàlia i l'interrogatori a alguns veïns, a part de confirmar que l'especialitat del Jonathan Sau no era, precisament, fer amics, no va aportar gaire cosa, llevat de confirmar que el Goya que assenyalava el rector Gaspar com a probable arma homicida no es trobava en aquella segona residència. Va ser a partir d'aquesta constatació que el Nitus Falcó, que era qui havia afirmat que no faltava res al despatx del seu cunyat, va reconèixer que hi faltava el Goya i que no el trobava enlloc de la casa.

—I d'això no se'n va adonar des del primer moment? Miri que fa *bulto* un Goya, i no serà que n'hagi guanyat molts —va preguntar-li la sotsinspectora Marquina al Nitus Falcó.

—No, no hi vaig caure —va confessar—. Estava molt nerviós, jo, en aquells primers moments, sap?

—És clar —va dir ella sense convicció, gairebé d'esma, però es va anotar el descuit d'observació, o això els volia fer creure, de l'home.

El Bosco Gomes va sortir prou tocat del despatx del comissari. Havia passat una setmana de l'assalt al pis dels Sau i tenia les mans buides. Ni l'arma, s'havia trobat, l'escriptor continuava en estat de coma i amb poques esperances, els mitjans i la xarxa continuaven amb les especulacions, algunes delirants, i el seu cap li havia mostrat l'aspecte més aspre i exigent de la seva condició de superior.

—Saps, Marquina? Crec que hauríem de parlar amb l'exdona del Nitus Falcó.

—I això, inspector?

—És que si continuem amb la teva teoria de la conxorxa, que tu saps que no em convenç, però que no tenim res més, estic segur que ella pot aportar molta informació de l'entrellat familiar.

—Però si fa més de cinc anys que estan separats, i, pel que m'ha semblat entendre, les relacions amb la família són inexistents...

—Precisament per això, Marquina, per això. El seu punt

de vista serà diferent i ens pot ajudar a entendre moltes coses que ara no tenim clares.

—Doncs potser sí, Bosco. Anem a Bellaterra?

La Xènia Garcés i Vilanova no es va sorprendre gens de la visita dels dos policies.

—Trobo que encara han trigat prou a venir-me a veure —els va dir, després de rebre'ls educadament i fer-los passar a un petit despatx d'atendre visites del professorat a la Universitat Autònoma de Bellaterra. Era una dona jove que no arribava als quaranta anys, alta, morena, guapa i prima, tocada amb unes ulleres de pasta de muntura blau marí. El seu to era cordial i la seva actitud envers els agents, prepositiva.

—Per què diu que li estranyava que no l'haguessin visitat abans? —va començar preguntant la Berta Marquina.

—Dona, perquè per a mi aquest és un cas d'embolic familiar, n'estic segura, em conec molt bé els Falcó, pensi que fins i tot tinc una filla d'un d'ells, i estava segura que intentarien recopilar com més informació millor, sobretot si poden contrastar els punts de vista. Si el pobre Jon pogués parlar...

—Jon? —va sorprendre's la policia.

—O Jonathan, com vulguin dir-li. La víctima de tot plegat...

—Mantenia molta relació amb el seu exmarit, vostè? —va intervenir l'inspector Gomes.

—La mínima, d'aquella colla més val mantenir-se'n lluny, al més lluny possible. Estan tots tocats de l'ala. A mi no em queda més remei perquè el Nitus ve a buscar la Meritxell, la nostra filla, cap de setmana sí, cap setmana no, però hola i *adiós*, escolti, que feina tinc a vegades per immunitzar la nena de la influència del seu pare. I no li dic quan encara vivia la meva sogra. Una alcohòlica que muntava l'espectacle cada dos per tres. Davant de la nena i davant de qui fos, i això que jo vaig prohibir al Nitus que l'hi deixés a l'àvia...

—I amb la seva cunyada, la senyora Sau, s'hi feia? —va demanar-li la sotsinspectora.

—Ara no, és clar, però quan jo encara estava casada amb el meu marit, teníem una bona relació de cunyades. De fet, al principi de tractar-nos, quan jo em vaig casar, vaig pensar que era l'única persona sensata d'aquella casa, però després el Jonathan m'explicava que va arribar un punt en què ja no podia més, dels atacs d'histèria de la seva dona. Ella, ella i no ell, l'havia arribat a colpejar. I això que jo crec que la Lola va estimar molt el seu marit, l'estimava de debò, però aquella família destil·lava verí, i entre el pare, que era un maltractador, la mare alcohòlica i ludòpata i els embolics de la farmàcia i de calés que van succeir quan es va morir el pare, tot va anar pel camí del pedregar.

—I què ens pot dir, si és que ens en pot dir alguna cosa —va matisar el Bosco—, del germà gran, el que va desaparèixer i no va tornar? No sé si el va arribar a tractar...

—L'Amadeu? Un psicòpata, i d'això hi entenc. Segur que els ha arribat la llegenda de la seva desaparició.

—Llegenda? Què vol dir? —li demanà, sorpresa, la Berta Marquina.

—Que se n'hauria de parlar molt, d'aquesta estranya desaparició. Perquè l'Amadeu corre per aquí. Va tornar, va reaparèixer miraculosament fa cosa d'un any, després que enterressin la mare —la Xènia va copsar de seguida la mirada de sorpresa dels dos policies—. Ah, que no saben que ja no n'està, de desaparegut? Va sortir d'entre la boira per veure quina part li tocava de l'herència de la mare: del pis del costat de la plaça Molina, de la participació en la farmàcia, de si hi havien calés, que es veu que no n'hi havien, que la dona s'havia polit tot el que li va deixar el seu marit al bingo i les màquines escurabutxaques. Però del pis en va treure un bon pessic, i tant!

—I on creu que va estar amagat tot aquest temps? —va continuar burxant la sotsinspectora.

—Jo això sí que no ho sé, perquè, si més no, davant meu no parlaven mai del germà gran. Hi van aixecar com una llosa de silenci. Però jo penso que, d'una manera o altra, el meu ex hi mantenia algun contacte. No sé si directament o a través d'algú, però l'Amadeu tenia informació molt directa de tot el que passava a la família. El fet és que va reaparèixer en el moment precís.

La Berta i el Bosco, cadascú pel seu cantó, es felicitaven d'haver anat a trobar la Xènia Garcés, alguna mirada creuada entre ells ho corroborava. Aquesta dona era un pou d'informació nova.

—Mantenia algun contacte, vostè, amb el seu cunyat, el senyor Sau? S'ha fet alguna idea de qui desitjava veure'l mort?

—Ocasionalment, sí. Fa cosa d'un any i mig va venir a l'Autònoma per donar una conferència i, naturalment, el vaig anar a saludar. I des d'aleshores ens hem vist alguna vegada, sobretot per desfogar-nos contra els Falcó... Veuran, tots som humans. I pel que fa a qui el volia veure mort... No sé, no es pot dir mai si no en tens proves, vostès ho saben millor que ningú —la Berta va fer que sí amb el cap—, però jo estic convençuda que aquest ha estat un afer de família.

—És clar —va avançar-se la policia—, l'herència, els calés per repartir...

—No s'enganyin —la va tallar, molt seriosa, la professora—, jo no dic que la cobdícia dels tres germans no hi tingui a veure, però a davant de tot hi ha, per a mi, un problema de gelosia. Jo em vaig casar molt enamorada del meu marit, molt il·lusionada, i de seguida vaig quedar-me embarassada de la Meritxell. Però ben aviat em vaig adonar que de qui de veritat estava bojament enamorat el Nitus, o malaltissament enconyat, o diguin-li com vulguin, era de la seva germana Lola. I encara ho està.

3a. Als llimbs

Això no és vida.

És clar que sé que no és vida, si estic mort, però m'ho dic com a frase retòrica. De fet això no és vida... ni és mort. L'eternitat, la pau eterna, no pot ser així, de cap manera. És cert que em noto ingràvid, el temps és un element que no compta per a res en el meu estat, inexistent diria jo, la foscor és absoluta però no trobo a faltar la llum, i el dolor físic és una vicissitud llunyana en la memòria, quasi oblidada. És que si estigués mort de veritat deixaria de donar voltes, una vegada i una altra, a les circumstàncies que imagino que van propiciar el meu assassinat, i en canvi repasso, fil per randa, tot el desori familiar, sobretot des que el pare dels Falcó va traspassar. No, segur que no dec ser mort, però on cony soc? Què m'espera? Per què no em sento amoïnat, només encuriosit?

És clar, soc als llimbs.

El meu sogre, en el testament, va repartir la seva part de la farmàcia, que també ell havia heretat a mitges amb la seva germana Sònia, entre la filla, farmacèutica, i la vídua; un problemàtic destorb, en paraules premonitòries de la tieta Sònia. Al Nitus li va deixar un grapat de calés que va fer servir per pagar la generosa entrada del pis de Les Corts on encara viu. Bé, de fet, des de la separació de la Xènia passa més hores a casa meva que no pas a la seva. Cul i merda amb la seva germana.

La va encertar de ple (jo hi era), la Sònia, pel que feia referència a la seva cunyada. Més aviat que tard, les visites sorpresa de la meva sogra a la farmàcia del carrer Casanova es van fer habituals i tothom les temia perquè, ignorant absoluta del negoci, només servien per crear mala maror entre els empleats, quan no aprofitava per esprémer la caixa. O és que no em toca una part del calé que esteu guanyant a cabassos?, va deixar clar el primer dia que la van enxampar amb les mans a la caixa registradora. Tot i que la meva dona m'ho negava, jo tenia el convenciment que una part dels furts de la caixa acabaven a les butxaques del germà fantasma, l'Amadeu, el desaparegut amb 10.000 euros de la tieta Sònia poc abans del casament del seu germà. El seu pare no l'hi va perdonar mai i el va desheretar, però la mare, que va morir fa un any i mig d'una cirrosi hepàtica que no va sorprendre ningú, no va fer testament i, de manera miraculosa, el germà gran va ressuscitar per recollir la seva part del botí. A partir d'aquella reaparició, l'Amadeu sobrevolava Barcelona amb molt de perill, sobretot per a mi, que cada cop tinc més clar el complot familiar a tres bandes en el cas del meu assassinat.

Ben bé vivia a la inòpia, jo, exprimint-me el cervell per escriure la propera novel·la, viatjant amunt i avall per a la promoció en els països on s'acabava d'editar, anant a fires per signar llibres, fent conferències, acudint a algun club de lectura que la meva agent em procurava per mantenir viva la flama, sobretot entre el lector en català, que proporcionava xifres de consum ridícules comparades amb les dels altres països on les meves novel·les es publicaven. Algun simposi internacional. La participació en un jurat prestigiós d'un premi italià de novel·la negra. Ah, i l'article setmanal, un pessic econòmic interessant que es va treballar la Greta Barneda, que aquesta també és feina de l'agent. Li va vendre a una de les agències de notícies més potents la meva saviesa pel que fa a l'esport, perquè com he dit jo venia del periodisme —ho diu la Wikipedia—, i vet aquí que ara pontifico, bàsicament sobre futbol, cada setmana, en uns quaranta diaris, entre els de paper i els digitals, de tot Espanya. I mira que l'esport, sigui futbol o sigui olimpisme, me la porta fluixa, però em miro una mica els diaris, faig una repassada a internet, i amb ofici, penques i un parell d'hores tinc la feina enllestida. Bé, tenia, que ara no tinc res. Només temps per pensar en la meva patètica condició. Ni aquí ni allà. Quan hi dono voltes...!

És que jo, quan vaig guanyar el premi el 2009 i els 60.000 euros, no em vaig tornar boig i no vaig deixar el diari, que no m'imaginava pas que m'anés tan bé i tan de pressa tot això de la novel·la negra. I fins i tot quan van començar a arribar bestretes de les diverses reedicions i traduccions, vaig acceptar la proposta del diari de mantenir-m'hi com a col·laborador un cop per setmana, un mínim d'un any, compromís que vaig complir escrupolosament malgrat els retrets de la Barneda, que no entenia com acceptava cobrar aquella misèria per article.

—Un escriptor d'èxit, tan llegit, tan traduït i tan popular no pot acceptar almoines —em va renyar.

—Tu no saps com s'ha depreciat aquest ofici. Te'n faries creus, però no t'amoïnis que això també passarà per les teves mans —li vaig oferir.

—Has d'entendre que, a més a més dels diners, hi ha una qüestió de dignitat pel mig.

—Tu mateixa —li vaig dir, i vaig fer santament perquè, quan va haver passat el temps que ella va considerar prudencial, em va portar a signar el contracte amb l'agència de notícies per publicar un article setmanal en un fotimer de diaris. Un contracte on quedava clar que la dignitat s'havia multiplicat per molt.

Però ara què hi fa, tot plegat?

Soc als llimbs, segur, perquè tinc la sensació que encara puc anar a pitjor, la qual cosa vol dir que, a hores d'ara, no soc encara en la més extrema de les situacions, la situació en què no queda res, no es pensa res, no hi ha res. Si recordo, si reflexiono, si dedueixo, si encara dono voltes a qui podia tenir la clau de casa, és que hi soc. Penso que, a part de la meva dona, del Nitus, de l'Abigail, la noia que ens ve a fer la casa, jo no soc conscient que la tingui ningú més. És clar que l'Abigail ens les va tornar quan es va acabar l'estiu, que havia de regar les plantes. No, l'Abigail descartada. Però si hagués volgut, era ben fàcil fer-ne una còpia. El marit de l'Abigail és un manetes a qui cridem quan es tracta d'arranjar algun nyap de la casa. Però, quin interès tindrien l'Abigail i el seu marit en la meva mort? És clar, el robatori, obrir la caixa forta, no ho sé. Però són bona gent, fa més de dos anys que ella ve cada matí a netejar la casa i ell... a ell el conec menys però se'l veu un paio legal. No, no. La policia, en cas de robatori, són els primers que ho repassen de dalt a baix. No, no, aquesta sospita és xenòfoba i no em sembla justa. És clar que queda el cunyat fantasma, el que desapareix quan li surt dels collons i apareix, com un voltor, quan creu que hi ha coses per rampinyar.

Qui té claus de casa és la Xènia, és clar, les hi vaig donar jo quan, aprofitant un creuer que la meva dona va fer l'estiu passat amb el Nitus i la seva filla Meritxell, va entrar i sortir de casa tant com va voler, tant com li vaig demanar. La Lola i jo fa més de dos anys que no tenim cap mena de relació, més enllà que la que pot generar la coexistència pacífica entre persones que han anat traient bona nota en relacions humanes. La Xènia, a qui no havia vist des de la separació del Nitus, la vaig retrobar a la Universitat de Bellaterra quan em van convidar a donar-hi una conferència. Sempre m'havia caigut bé i sempre l'havia trobat molt atractiva (i qui no!). Ens distrèiem, més que no pas ens divertíem, que la nostra dissort no n'era gaire, de divertida, esmicolant l'embogida nissaga Falcó. Tancat obsessivament amb els meus personatges, els meus crims, la meva parella d'inspectors, els meus alambinats arguments agafats sempre pels pèls, l'hora del pati ocasional amb la Xènia m'oxigenava, em distreia per una estona de les meves obsessions literàries que, com molts escriptors, s'acaben per creure la realitat paral·lela que han creat i, fins i tot, s'hi submergeixen, però, sobretot, em feia oblidar el sidral que tenia a casa.

M'agradava, m'agradava molt la Xènia, cada cop més. Potser com el nàufrag que no pot triar i s'agafa a l'únic objecte flotant que té a l'abast amb l'objectiu desesperat de sobreviure. Potser no, potser la Xènia m'havia captivat i jo sol m'havia anat entortolligant en la seva teranyina. I després de llevar-nos junts moltes vegades, després de retrobar amb escreix el plaer i el deliri, li ho vaig dir:

—Em tornes boig, Xènia, tu ja ho saps.

—Boig? Et torno boig? No ho sé, Jon, perquè no soc a la teva pell, però jo més aviat tenia la impressió que cada cop que ho fèiem era com si passessis comptes amb els Falcó —va dir-me, posant una mica de seny a la meva rauxa.

—No, no, Xènia —crec que vaig mentir una mica, però no gaire—, estic completament boig per tu. Fugim, deixem els Falcó enrere amb la seva... com en dius, psicopatia?

—Depèn, cada cas és un món.

—M'és igual, que els bombin a tots plegats. Desempalleguem-nos d'ells. Tu i jo junts, Xènia.

—Ai, Jon, que em sembla que no ho entens.

Érem en un bar innocu de la dreta de l'Eixample. Un bar d'esmorzars, carajillos i tapes tristes i passades de moda i de caducitat. Un bar per passar desapercebuts. La Xènia s'havia acabat de posar les ulleres de pasta de professora d'universitat i parlava molt seriosament. A mi m'agafava de sorpresa.

—No ho sé, Xènia. No sé què vols dir-me.

—Mira: un parell de coses elementals. En primer lloc que, jo, la càrrega feixuga del meu marit, bé, del meu ex i de tota la seva puta parentela, fa temps que me l'he tret del damunt amb el divorci, cosa que tu no has fet, Jon, i aquest és el teu problema i la teva neurastènia. I segon: això nostre és un divertimento. T'ho has de prendre així, ens ho passem bé, no? Té el morbo de la clandestinitat, de jugar a fet i amagar però follant. A més a més, quan descarregues, descarregues una dosi de revenja. Què més vols, excunyat?

I aleshores la vaig cagar.

—És que jo et vull a tu, Xènia —li vaig dir amb un posat seriós i sincer.

—Ai que no anem bé —va dir amb un mig somriure—. Jo no vull ser de ningú, Jon, carinyo. Ni ho necessito, ni em ve de gust. M'ho passo de conya al llit amb tu, ets molt bo, de veritat, i tinc uns orgasmes estupendos, dels bons, però a part d'això, que es molt valuós, no et necessito per a res més, t'ho dic pel broc gros, tal com ho penso, i no voldria ofendre't. Fas de puta mare el paper de mascle... per què espatllar-ho?

Més clar, l'aigua. Des que vam començar la nostra relació ningú no va parlar mai d'anar més enllà del clau ocasional i furtiu, és veritat. I ara resulta que jo anava pidolant... amor? Des d'aquella conversa al bar de la truita de patates enrancida, la nostra aventura va començar a canviar: culpa meva. Reconec que em vaig anar tornant un pesat que la buscava a totes hores i que li exigia el que de cap manera estava disposada a donar-me. La Lola va començar a sospitar, tot i que mai es va imaginar amb qui li feia el salt, això segur.

Em vaig passar. Molt. La Xènia es va convertir en una obsessió. L'anava a buscar a la facultat o l'esperava a la porta del carrer del gabinet que assessorava dos dies a la setmana.

—Prou, Jon, s'ha acabat. Estàs malalt. Em persegueixes a tota hora i jo m'estic ofegant. Prou. Oblida'm d'una puta vegada o te'n penediràs. Parlo seriosament, Jonathan. Ara ets una nosa.

Això va ser al carrer, a la sortida del gabinet de psicòlegs, fa uns mesos. M'ho va dir molt enutjada i mirant-me fixament als ulls.

—Prou!

Però es va quedar les claus de casa.

3b. La joguina

Encara que amb el seu rostre de sempre, seriós com si la vida anés inevitablement pel camí del pedregar, l'inspector va creuar la mirada amb la Berta i ella li ho va notar de seguida.

—Ho tens, Bosco —li va dir.

—Em sembla que sí. El germà desaparegut...

—O no —va fer broma la sotsinspectora—, que si està desaparegut o aparegut mai no se sap amb aquest paio.

—El germà desaparegut —va insistir el Bosco— acaba d'aparèixer i ha parlat per telèfon amb el Nitus Falcó i li tenim controlat el mòbil. Han quedat per trobar-se demà per esmorzar al Velódromo.

—Què fem?

—Esperem a demà i els portem cap aquí. En principi detenim el gran i tu t'encarregues d'interrogar-lo. On ha estat aquests anys, on viu, a què es dedica i, sobretot, es tracta de saber si tenia coartada el vespre que van atacar en Sau. Tu portaràs l'interrogatori, jo us estaré observant i, si cal, entraré.

—No caldrà, *jefe*, no caldrà. I si no té coartada, cap a dins?

—Sí, acabem la instrucció i el portem al jutge.

—Ja estàs convençut de la meva tesi? —va preguntar una altra vegada la sotsinspectora.

—La veritat? Doncs no, Berta. No en tenim proves fefaents, a no ser que aconsegueixis que el germà gran es faci un embolic i confessi. Però és l'únic viarany que té una mica de lògica...

—Sí, ja ho sé: és una cas que no té ni cap ni peus, ni així de lògica. Confia en mi, Bosco, confia en mi —va insistir-li.

—Déu t'escolti.

—Entesos —va dir convençuda, perquè sabia que quan el seu company citava Déu era que se'n refiava.

És clar que també podia dir, i deia, «que Déu hi faci més que nosaltres», quan se'n refiava poc, de la feina feta. «Valga'm Déu», «Déu n'hi do», «Alabat sigui Déu», «Oh, Déu meu» o «Necessitar Déu i ajuda» eren altres expressions que el Bosco Gomes sabia fer servir en el moment més escaient. Però mai «Redeu» ni «me càgum Déu», i Déu nos guard que ningú de rang inferior les fes servir, que no el salvava ni Déu de l'esbroncada. També deia molt «Adeu!», quan plegava de la feina, més que no pas «fins demà», «bona nit» o «a reveure». I detestava especialment l'esnob «ciao!», que moltes agents joves feien servir amb una certa coqueteria italianitzant. A la comissaria s'explicava que el que més li agradava, quan anava alguna vegada a Madrid, era escoltar com els vells funcionaris l'acomiadaven amb un «*vaya usted con Dios*». Això és el que es deia, però el cert és que ningú dels seus companys podia acreditar que li ho havia sentit dir de la seva boca. Ja se sap que a les oficines, i als llocs de treball en general, no hi ha res pitjor que et pengin una etiqueta, perquè acaba essent de per vida, i això passava amb l'inspector Gomes, exactament això.

En síntesi, des de la perspectiva de la sotsinspectora, i a falta de res més sòlid, descartada qualsevol altra via d'investigació per absurda (fins i tot una gairebé impossible confusió de víctima per part de l'executor), l'intent d'assassinat de l'escriptor Jonathan Sau va ser fruit d'una conxorxa entre els tres germans Falcó per aconseguir tota la pasta de l'autor i, molt especialment, la cascada de drets d'autor, perquè amb l'impacte d'una mort per assassinat en el seu moment més àlgid podia generar una riuada de royalties incalculable. Nocives i malaltisses influències per part de la trastocada família que van girar el cervell de la seva dona que, per confirmar encara més les sospites dels policies, adoptava un paper exagerat de tristesa i desolació. L'autor? Podia ser el cunyat més jove, el Nitus que, a l'hora de l'assassinat, no tenia coartada, perquè el súper pakistanès, on deien que s'havien aturat per comprar pa i Nescafè, només recordaven haver vist la Lola. Probablement la Lola havia deixat el Nitus a la porta de casa i, mentre ella es deixava veure al paki, ell cometia el crim. Però a la investigació li fallava només un subtil detall tècnic: el Nitus no era esquerrà, cosa que els forenses tenien molt clara. Una altra possibilitat sospitosa consistia que la feina bruta li toqués al germà gran, el fantasma que desapareixia i apareixia en el moment més oportú per als seus interessos. L'arma homicida? El Goya desaparegut del despatx: els forenses, després de les sospites que els encomanà l'inspector influït pel seu amic mossèn, van trobar una estatueta i van constatar que les rugositats del popular i pesat trofeu cinematogràfic podien ser les que li produïren aquella munió de ferides i talls irregulars en la regió occipital del crani. El mòbil? Tot apuntava a la cobdícia que la Xènia Garcés, l'ex del Nitus, complementava amb una malaltissa gelosia, i els policies ho tenien en compte però que no ho compartien gaire a causa de l'actitud enfonsada i adolorida de la dona de la víctima. Tot plegat, un embolic agafat amb pinces, segons l'inspector, un embolic que la Berta Marquina, convençuda de la seva tesi, estava segura que es confirmaria fil per randa tan bon punt pogués interrogar l'Amadeu Falcó, cosa que podria succeir l'endemà mateix. Una variant que salvava la Lola de la complicitat apuntava que la conxorxa assassina fos cosa exclusiva del Nitus i l'Amadeu que, traient del mig el cunyat, i quedant la Lola com a hereva universal, segur que en recollirien un bon pessic, perquè el Nitus se la tenia ben treballada, la seva germana.

—Tal com ens ensenyen a l'acadèmia, abans de res, busca a l'entorn de la víctima —repetia.

—Doncs demà ho comprovarem —li va dir, amb un cert to de resignació, el comissari Ferrerons a l'inspector Gomes—. I més val que la sotsinspectora Marquina l'encerti, que jo ja no puc aguantar més la pressió de les especulacions de la premsa. El mateix Conseller s'ha interessat per la investigació i m'ha fet veure que es tracta d'un escriptor català molt conegut fora de casa nostra.

Al capvespre, a casa, la Lola Falcó s'havia preparat un gintònic amb ratlladures de llima i uns grans de cardamom, la seva especialitat, s'havia encès una cigarreta —fumava molt de tant en tant, però de tant en tant fumava— asseguda a la butaca on solia reposar el seu marit. Feia poc que havia tornat i abans d'asseure's amb la beguda s'havia posat roba còmoda: una samarreta blanca amb la llegenda Armani Jeans sobre el pit. A la tauleta del costat, la fotografia emmarcada d'un home de cinquanta anys, amb el cabell rapat, un aro penjat al lòbul de l'orella esquerra, el rictus tens i contingut i la mirada de demanar explicacions (una fotografia indubtablement estudiada, de fotògraf professional, de transmissió d'una imatge inquietant d'escriptor de novel·la negra). La Lola se'l va mirar una bona estona amb la mateixa intensitat i duresa que el tipus de la fotografia la mirava a ella i només li va dir, sense cridar, però amb molta ràbia:

—Fill de puta.

En aquell moment el seu germà petit entrava per la porta amb una capsa de regal de mida mitjana, rematada amb un gran llaç color de rosa que va deixar a la petita tauleta del rebedor. Se li acostà per darrere i li va fer un petó al front.

—De relax, germana? —li va dir amb un to que volia contagiar bon rotllo.

—M'ho he guanyat a pols —va dir, i va sospirar profundament—. Vinc de l'hospital, com vam quedar, com cada dia, vinc de fer el paper de semivídua trista i enfonsada. Haig d'aguantar el tipus, tinc dos periodistes enganxats al cul que crec que ja no saben què preguntar-me.

—I què en saps del Jonathan?

—Oficialment, segons m'expliquen els metges, tot està igual, la seva evolució està estancada, però una infermera de l'UVI amb qui ja ens hem agafat confiança m'ha dit que per la seva experiència en casos semblants, l'estat del Jonathan, si no es produeix un miracle, és irreversible.

—O sigui —va deduir el germà—, que s'apaga.

—O no, Nitus, o no. Irreversible també vol dir que es pot tirar així anys i panys.

—Hòstia! —va fer l'home.

—Això mateix dic jo —va reblar la semivídua—. Hòstia!

Va semblar que una llàgrima volia fer-se evident. La Lola es fregà l'ull, deixà la copa, apagà la cigarreta i s'alçà.

—Abraça'm, Nitus, abraça'm ben fort, ho necessito...

El Nitus obeí i plegats es van fondre en una abraçada intensa, llarga i estreta. Una abraçada de socors entre dos germans que s'estimaven.

—És que ja no puc més, no puc més —va dir la Lola desesperadament.

—Confia en la sort —l'animà el seu germà mentre li besava els cabells—. Aviat passarà tot plegat, ja veuràs.

Mandrosament van desfer l'abraçada. La Lola agafà el gintònic i begué.

—Vols que te'n prepari un de carregadet? —li va proposar.

—No, potser després —va respondre el Nitus—, perquè ara tinc una idea millor: t'he portat un regal.

—Ai, quina por que em fan els teus regals sorpresa —li va dir amb to irònic—, però vinga, què és? Necessito treure'm el mal rotllo de sobre.

El seu germà agafà la capsa que havia deixat al rebedor i li lliurà. Els dos s'assegueren al sofà i, amb una certa parsimònia, a manera de ritual, la Lola va anar desfent el llaç de color rosa i va treure el paper vermell d'embolicar. Una bossa de ras de color negre, sense etiquetes, noms ni referències (un embolcall discret per eludir qualsevol indici) contenia una capsa de color gris on ja es podia llegir el nom del fabricant, Lelo, i el del model que hi havia i que es veia a través de la finestra de cel·lofana del continent: Sona 4 Pro Banana Cruise. «Sona 4» en lletres més grans i destacades i la resta, a sota, amb un cos tipogràfic més petit. Es veu que Lelo i Sona era la referència buscada pels entesos.

—Això és una de les joguines que representes, oi Nitus?

—Millor que això, és el primer exemplar que ens ha arribat del nou model d'aquesta marca sueca, la millor, Lola, la millor.

A través de la cel·lofana es podia veure un estri de color groc plàtan que amb una longitud d'uns dotze centímetres imitava una banana. A la part de dalt i en un extrem de la part còncava de l'arc hi sortia una protuberància cònica, com un volcà de silicona amable acabat amb un forat d'uns dos centímetres de diàmetre.

—Però què és aquesta mena de plàtan?

—És la felicitat, Lola. Dues hores d'autonomia. Un carregador USB. La més alta tecnologia per a un xuclador de clítoris.

—Que animal que ets, Nitus! —va fer veure que s'avergonyia.

—Ja m'ho diràs quan el provis, si soc animal. En dos minuts arribes al cel... I fins i tot hi passes de llarg!

—Però Nitus, si l'any passat ja em vas regalar un Satisfyer en forma de pingüí, venent-me que era la bomba i, la veritat, allà on hi hagi l'escalf humà...

—Això és una altra cosa —va fer de venedor contundent i experimentat, el seu germà—. És l'orgasme estratosfèric, tecnologia punta. Va amb ones sòniques suaus i a mesura que te'l prems contra el clítoris va pujant d'intensitat de manera natural. És la rehòstia. Probablement ets la primera persona que ho té a Barcelona. És el primer que rebem.

—O sigui que pretens que faci de conillet d'Índies... —va insistir, com una manera de fer-se la desmenjada.

—Millor una conilleta del Playboy.

L'objecte en qüestió, del qual el Nitus, gairebé en el seu paper de comercial, cantava les excel·lències, cabia perfectament dins la mà. Era discret (si no fos pel color groc plàtan amb què li havia tenyit la carcassa). El va treure de la capsa i el va posar a la mà de la Lola.

—Creu-t'ho, Lola. És la més sofisticada de les joguines sexuals, i si l'untes amb el gel del tub que l'acompanya, arribaràs a l'èxtasi, ja m'ho diràs. Tu saps l'èxit que va tenir el Satisfyer l'any passat, oi que t'ho vaig dir? Els xucladors han estat la revolució de les joguines sexuals. Doncs això serà la bomba. La bomba.

—Aquests estris que a vegades em portes, sempre temo que m'enrampin.

—Potser encara donarien més gust —va bromejar el Nitus mentre li prenia l'estri.

—Que animal que ets!

—Veus? No té ni comandaments. Tu només te l'acostes al punt i ell mateix es posa en marxa. Te l'allunyes i s'atura, i com més el prems contra tu, amb més intensitat xucla.

—Com si fos un aspirador?

—M'he expressat malament; encara que d'aquest tipus de joguina en diuen xucladors, aquest model, com t'he dit, va amb ones sòniques, i el que puja d'intensitat són les ones, fins a fer-te embogir de gust. És ben senzill de fer anar, encara que porta instruccions en espanyol. Penso que serà la joguina de la temporada —va dir amb un to de professional— Mira, ja ho veuràs, a més és molt silenciós.

—No voldràs pas que ara jo... —va dir la Lola jugant a ferse l'estreta.

El seu germà li va acostar l'embocadura de l'estri fins al cim del pit esquerra, el que tenia més a prop, i ella va notar l'esgarrifança. A poc a poc va anar apujant la intensitat de la vibració, fins que la Lola, amb la mirada una mica perduda, va agafar la mà que movia la joguina i l'hi va apartar.

—És una bogeria —va dir ella, sense dissimular l'excitació.

—I això que t'ho he posat per sobre del sostenidor i la samarreta, que aquesta silicona en contacte directe amb la pell és espectacular.

—I m'ha posat a cent —va acceptar la germana gran del Nitus.

—Relaxa't, Lola, i deixa'm fer.

I la Lola es va relaxar i es va deixar fer. La joguina va ser el preludi exòtic i innovador d'una sessió de sexe embogida entre els dos germans que s'estimaven i desitjaven més enllà de la fraternitat convencional. Una sessió al límit dels sentits sense moure's del sofà.

Quan la Lola va retornar del setè cel on s'havia perdut enmig de panteixos i gemecs, udols i onomatopeies extremes, va dir, gairebé per a ella mateixa:

—Estem bojos, Nitus.

—No, Lola, no —li va voler aclarir—, el que estem és de puta mare sense el teu marit... Ah, no t'ho he dit perquè no et volia espatllar la vetllada, però demà he quedat per esmorzar amb l'Amadeu.

—I ara, què vol aquest? —va preguntar, tornant de cop al món real.

—Ja t'ho pots imaginar: calés. L'Amadeu sempre vol el mateix: calés.

—I què et sembla que hem de fer, Nitus? Perquè això és un pou sense fons.

—Sincerament? —va preguntar a ningú el germà petit—. No en tinc ni idea. L'escoltaré i després t'ho explico i decidim. I no se t'acudeixi dir res a la tieta Sònia, sents? Ni a la tieta Sònia ni a ningú.

La Lola, encara mig vençuda per l'excitació frenètica de la llarga sessió de sexe extrem, va encendre una cigarreta i va tombar de cap a la taula la fotografia del seu marit que, amb aquell posat sever d'escriptor de novel·les de sang i fetge, ho havia vist tot. Impertèrrit.

Bastant més tard, ja de matinada, la infermera de l'UVI on mantenien en estat de coma el famós escriptor Jonathan Sau va cridar urgentment el metge de guàrdia. Les constants vitals del pacient estaven caient. La seva vida s'apagava.

4a. Merda!

Ara sí que sí. No és una intuïció, és una sensació. La foscor, intensa i contundent, s'apaga. La sensació d'ingravidesa va desapareixent per esdevenir el no-res, i no pas a poc a poc. La capacitat de recordar i analitzar els fets s'esvaeix, ja no atrapo cap record. No puc odiar! No noto els sentiments... El que tenia, que no sé què era però ho tenia, s'esmuny. Noto que faig figa. Les imatges es fonen quan intento enfocar-les en la ment. Ara sí que sí. Ha arribat l'hora. M'apago, m'apago...

Merda!

4b. La confessió

El telèfon del Bosco Gomes va sonar passades les cinc del matí. El del comissari Ferrerons, més o menys a la mateixa hora. I també el de la Lola Falcó, senyora de Sau.

—Senyora Sau?

—Sí, soc jo.

—Miri, senyora, li truco de l'hospital on està ingressat el seu marit —va dir una veu de dona que procurava barrejar l'asèpsia professional amb un punt d'empatia compassiva.

—Sí, sí, digui'm —respongué a mig despertar-se.

—Sento comunicar-li que el seu marit ha empitjorat i que el doctor de guàrdia voldria parlar amb vostè. Convindria que vingués com més aviat millor.

—Sí, és clar, ho entenc, però són les cinc del matí —la Lola estava ben adormida i li costava fer-se una idea del que li estaven explicant, però de cop i volta ho va comprendre—. Senyoreta, perdoni una pregunta, i respongui'm amb la veritat, sisplau. El meu marit és mort, oi?

—Senyora Sau, a mi m'han dit que...

—Senyoreta —va desvetllar-se de cop—, deixem-nos de fer comèdia. El meu marit és mort, no em faci ballar el cap.

—Sí, senyora Sau, el seu marit és mort. L'acompanyo en el sentiment. Però el doctor voldria parlar amb vostè per la qüestió de l'autòpsia i perquè s'haurien de reunir amb la policia.

—Entesos, senyoreta. Vindré de seguida que pugui. Gràcies i bon dia.

Va penjar i va despertar el Nitus, que jeia al seu costat.

Només les edicions digitals dels diaris i, és clar, tot els informatius de les televisions i de les ràdios, es van poder fer ressò de la notícia de la mort del Jonathan Sau per culpa de les ferides rebudes per l'intent d'homicidi a casa seva quan estava treballant el vespre del diumenge anterior en la correcció de la seva última novel·la, a la qual auguraven un rècord de vendes. Tots els mitjans van obrir amb la notícia per la qual la policia encara no tenia una explicació plausible. I aquesta era l'exigència mediàtica a què els Mossos no responien: una explicació coherent sobre les investigacions pel que feia al crim. Titular principal i trending topic: el misteri no resolt de l'assassinat del Jonathan Sau.

Mentre la Lola era a l'hospital parlant de l'autòpsia i amb els senyors vestits de negre, professionals funeraris, el seus germans, a les deu del matí, que l'Amadeu no n'era, de matiner, encara que fos per parlar de coses del seu interès, feien un cafè amb llet i un croissant en una taula del Velódromo.

—*Muerto el perro, se acabó la rabia* —va dir, irònic i amb una mirada il·luminada per la satisfacció, el germà gran.

—No posis cara de satisfacció, burro, ni diguis res més, que tenim la policia que està venint cap a nosaltres.

—La poli? On? — es va girar com un llampec.

El Bosco Gomes i la Berta Marquina, vestits de paisà, ell impecable, ella no, es van acostar discretament a la taula on pretenien esmorzar els dos germans Falcó. Van saludar educadament el Nitus i es van presentar al seu germà.

—Suposo que vostè és l'Amadeu Falcó. Nosaltres som la sotsinspectora Marquina i l'inspector Bosco Gomes, el seu germà ja ens coneix. Imagino que ja saben que el seu cunyat és mort i a vostè especialment li voldríem fer unes preguntes.

—A mi? Per què a mi? Jo no tinc res a veure amb la família, fa molts anys que visc fora —va justificar-se l'Amadeu al mateix temps que, de reüll, buscava una sortida per on fugir.

—Mirin, hi ha dues maneres de fer-ho —va dir amb molta sang freda la sotsinspectora—. Ens asseiem, vostès s'acaben l'esmorzar, paguen i sortim plegats, tranquil·lament, cap a comissaria, sense fer escàndol, o...

No va tenir temps d'acabar la frase que l'Amadeu, d'un salt, va intentar la fugida. Preveient-ho, la Berta, amb increïble agilitat el va placar i un cop a terra el va emmanillar. En la ràpida maniobra només es va tombar una cadira. Gairebé ningú se'n va adonar, però el cambrer es va quedar amb el tiquet de la consumició als dits.

—Perdonin, el compte! —va dir a ningú en concret sense gaire esperança de cobrar.

La llarga història de les aventures viscudes per l'Amadeu Falcó durant els anys de la seva desaparició provant tota mena de feines van fer badallar la Berta. L'explicació del seu retorn per cobrar la seva part de l'herència de la mare ja va començar a despertar-li la curiositat. La relació mantinguda l'últim any amb els seus germans encara va generar més preguntes. La incapacitat d'explicar com es guanyava la vida va convertir l'avorrit interrogatori en interessant, i quan va explicar que la nit de l'assassinat de l'escriptor era al cinema veient l'última de les pel·lícules de la sèrie *Fast & Furious*, tot i que va explicar l'argument amb pèls i senyals, no va poder ensenyar l'entrada ni un pagament amb la targeta —«és que jo vaig treure l'entrada a la taquilla», va informar desesperadament—, i la taquillera d'aquell vespre no va ser capaç de recordar aquell home de mitjana edat, de cara angulosa i ulleres barates de pasta: «És que els diumenges això és un no parar de gent i *Fast & Furious* és la que més demanaven».

Quan l'Amadeu va signar la declaració amb l'esquerra, la Berta Marquina va confirmar les sospites i va enviar l'Amadeu Falcó a la garjola, preventivament, fins que el jutge decidís.

El comissari Ferrerons va poder sortir a donar una explicació una mica coherent encara que potser agafada pels pèls, la premsa es va llançar com hienes sobre la presumpta conxorxa dels germans Falcó; a la sotsinspectora, malgrat que les seves intuïcions i teories havien anat a missa, com diria el Gomes, li va quedar a la consciència un gust amarg d'insatisfacció. Tot havia estat massa fàcil, les peces havien encaixat amb una previsibilitat exageradament elemental. I encara que, per a ella, el més important era fotre un sospitós a la garjola, encara que tot estigués embastat amb fils, aquesta vegada tenia la mosca al nas. O aquests germans eren uns babaus que els havien brindat el desllorigador amb safata de plata o bé els policies s'equivocaven de mig a mig i quan el cas passés al jutjat es desfaria com un glaçó en un cafè calent.

—Et felicito, Berta, el teu nas, un cop més, no t'ha fallat —li va dir el seu company amb un somriure poc habitual.

—Em sap greu tallar-te el rotllo, però el meu nas em diu que això no s'ha acabat, Bosco.

—Doncs deu ser la primera vegada...

—Sí, és la primera vegada, *jefe*, i per això li faig cas.

—Va, oblida-ho i no te'n facis mala sang, que el comissari vol fer-te un monument.

I mentre la Berta Marquina continuava amoïnada pel cas, que considerava mal tancat, i el comissari Ferrerons fantasiejava sobre com posaria el monument de la sotsinspectora en un lloc que hi cabés (i ell mateix reia de la bestiesa masclista que acabava de passar-li pel cap), la Lola i el Nitus Falcó contactaven amb un advocat per tal de treure del calabós, al més aviat possible, el seu germà, tot i que consideraven que un bon escarment no li aniria malament. El Bosco Gomes, com cada setmana, es va acostar a la parròquia de sant Sebastià.

Mossèn Morera es va sorprendre prou de veure'l sense el seu tern habitual: ni camisa, ni corbata, ni mocassins: vambes, jeans, samarreta i caçadora lleugera de pell.

—Que vas d'excursió? —li va preguntar el seu amic rector.

—Què ho dius, per la roba?

—Home, un canvi radical!

—És que soc un Bosco nou, no crec que m'hi vegis més, amb vestit i corbata… —va dir amb un cert orgull d'home nou.

—Deveu estar contents a comissaria, no? Cas tancat.

—D'això et vull parlar, però vull fer-ho en confessió.

—El que necessitis, Bosco…

—Però ara, mossèn, ara —va reblar el policia.

—Doncs som-hi, comença quan vulguis.

—Aquí? No anem al confessionari? —va preguntar el policia, estranyat.

—Si et fa més patxoca… però la litúrgia és la faramalla, el sagrament és una altra cosa, o no?

—El que tu diguis, mossèn.

—Doncs aquí mateix, que estem completament sols. Apa, comença, de què et vols confessar?

—Encara que estàs acostumat a sentir de tot, agafa't fort que aquesta és grossa —va dir-li mirant-lo molt seriosament.

—Està bé, està bé, contra quin manament has pecat? Contra el… sisè? —Però de seguida va rectificar—. Heu fet una trampa per encolomar-li l'assassinat a algú.

—No em vinguis amb formularis, tu, ara. Què cony importa quin manament? Jo he matat el Jonathan Sau.

El capellà es va quedar mut de cop. La sang se li va congelar a les venes. No. No es creia el que sentia.

—Tu ets boig, Bosco. M'ho estàs dient de veritat? Tu has assassinat el teu autor?

—No podia més. S'ha acabat ser un titella.

—Però, com ho has fet?

—Per un policia, obrir un pany dels més senzills, a més, sense passar-hi la volta, que ell era a casa, és bufar i fer ampolles. Vaig agafar el Goya, com bé vas dir tu, i li vaig fotre dos viatges amb les dues mans, d'esquerra a dreta, i no sé com encara va sobreviure uns dies…

—I què n'has fet, del Goya, ximplet?

—El vaig netejar a fons, sense ni una empremta, t'ho pots ben creure, i el tinc a casa; és un trofeu, Gaspar.

—Déu meu! Déu meu! —es va lamentar el capellà, que encara no havia superat l'atzucac de la confessió del seu amic—. I el pobre home que la Marquina ha engarjolat? És que no tens cor?

—La instrucció de la Berta no s'aguanta per enlloc. Dues nits al calabós i el jutge el deixarà anar, cap problema.

—I aquella família que heu deixat als peus dels cavalls de la premsa, hi has pensat?

—Crec que d'això els experts en diuen danys col·laterals —va aclarir-li amb una fredor que va fer estremir el capellà.

—Bosco, Bosco, però tu ets ben bé conscient del que has fet? És que t'has begut l'enteniment?

—És clar que sé el que he fet, i tant! Saps el que he fet, mossèn? He matat Déu. I això no té perdó ni penediment, això és un fet excepcional fora de tota norma i de qualsevol mesura moral. M'he carregat qui em va crear i qui ha estat determinant, fins no fa gaire, de tot el que havia de fer, qui eren els meus amics o els meus enemics, què havia de pensar, què havia de dir, on havia d'anar, quines eren les meves manies, quins els meus costums, fins i tot el que em posava a la boca o els gestos que havia de fer davant de cada circumstància. El que et deia a tu o a la Marquina. M'havia penjat a l'esquena la sospita de si m'havia carregat la meva dona, la pobra Maribel, que ni vaig conèixer, perquè quan em va fer sortir del no-res ja m'havia encolomat aquest pecat original esgarrifós sense jo haver dit ni ase ni bèstia, sense tenir-hi res a veure. M'entens, mossèn? Si és que ni tan sols sé si n'ets, de mossèn. Ho siguis o no, que tant me fa, soc un ésser lliure, Gaspar. Ja no soc una titella ni un personatge, soc un ésser i puc anar cap a l'esquerra o cap a la dreta, pujar o baixar, segons em vingui de gust, que no ho entens?

—Jo crec que el que no ho has acabat d'entendre ets tu, Bosco. Que no veus que no pots fugir de la voluntat del teu creador? T'ha fet així i així seràs.

—I una merda! —va cridar el Bosco, i el seu crit va ressonar per tota la nau de l'església de sant Sebastià— M'ho havies sentit a dir mai, això? I una merda! I una puta merda! —va repetir enfollit, esgargamellant-se.

—Ets un sacríleg, Bosco —li va dir el capellà amb to inquisitorial.

—Puja aquí dalt i balla! —li respongué, burleta, estirant el dit polze de la mà esquerra—. Jo era un personatge fruit de la imaginació d'un escriptor, oi? No era responsable dels meus actes perquè seguia un guió que havia fet un déu de pa sucat amb oli. Un esclau sense capacitat de decisió ni voluntat pròpia és el que era jo, perquè estava concebut al servei de les manies, capricis o revenges del meu amo. Em feia servir per passar comptes, és així o no? Doncs qui no et diu que l'assassinat de l'autor no el va escriure ell? Qui no et diu que estem formant part d'un argument nou, d'una història ficcionada, d'una altra novel·la d'aquest paio sense escrúpols que mata, crea patiment o condemna impunement?

—Ets boig, Bosco, t'has begut l'enteniment —li repetia obsessivament el capellà, que continuava desconcertat amb la confessió del seu amic—. I ara, què penses fer? Confessar-ho al comissari?

—Estàs de conya —va respondre, desvergonyit—. T'ho he explicat a tu en secret de confessió. Tu tens unes normes que no pots trencar, jo puc fer el que em surti dels collons. Així que ja et pots espavilar. Dona'm l'absolució, que és la teva feina, i imposa'm la penitència.

—La condició és que et penedeixis i tinguis el propòsit de no tornar-ho a fer.

—Cony! I tant: em penedeixo com a bon cristià i prometo no tornar-ho a fer mai més.

—Bosco, que això és molt seriós —li va insistir el capellà.

—És clar que sí, nano. Vinga, imposa'm la penitència i digues que me'n vagi en pau, que estic perdonat i a córrer.

Alleugerit del feixuc pes del pecat i del remordiment, un Bosco Gomes nou va sortir de l'església de sant Sebastià. Va passar de llarg de l'estació del metro i va decidir passejar fins la següent parada, havia de ressituar tots els ingredients que el conformaven com a persona de carn i ossos. Però la pregunta que es feia, i que l'amoïnava, era si realment havia esdevingut un ésser humà. Si era tan fàcil passar de personatge de ficció a ésser humà. Si la línia entre la ficció i la realitat era traspassable. Si la gent amb qui es creuava, si el paisatge urbà que l'envoltava, si aquell asfalt que trepitjava era real o era un món de fum inventat pel malparit del Jonathan Sau, un món virtual que s'estirava i encongia en funció de les exigències dels relats que imaginava el Sau. Sense ell, sense l'autor de tot plegat, quant de temps duraria aquella gent, aquell paisatge, aquell entorn? De seguida es va adonar que molt poc. El primer que es va esvair en la llunyania però ben perceptiblement va ser la torre Nouvel. Una boira, que ben aviat es va escampar, va esborrar aquell immens supositori de colors. Després va ser un bus turístic de dues plantes que circulava per l'altra banda de la Diagonal. No va caldre ni boira, es va esborrar com si li haguessin passat una goma Milan per damunt. La clientela d'una terrassa de la Rambla de Catalunya es va fer fonedissa en un tres i no res. I la Rambla sencera, i els cotxes aturats al semàfor, i dos ciclistes dels contractats com a falsos autònoms que creuaven en vermell per on no tocava. I tot plegat. Suaument tot es va anar difuminant. L'entorn s'esmunyia irremeiablement. El Bosco es va trobar sol, completament sol, enmig d'un blanc absolut, lluminós i infinit. Però per poca estona. Com que no quedava ni un aparador que li pogués fer de mirall, no es va poder adonar que ni ell s'hi reflectia.

PERSONATGES PRINCIPALS

Jonathan Sau: Escriptor de novel·la negra, assassinat
Bosco Gomes: Inspector
Berta Marquina: Sotsinspectora
Lola Falcó: Dona del Jonathan Sau
Nitus Falcó: Germà petit de la Lola
Amadeu Falcó: Germà gran de la Lola
Xènia Garcés: Exdona del Nitus
Mn. Gaspar Morera: Confessor del Bosco
Greta Barneda: Agent literària del Jonathan Sau
Paco Ferrerons: Comissari

La dona que considerava que havia follat poc

Jo sempre havia pensat fer-ho; si més no, intentar-ho. Arrossegava aquesta dèria des de feia molt de temps, massa, perquè en l'ofici d'escriure, quan les coses no surten d'una manera fluida i natural, encara que es trigui més del compte val més deixar-ho córrer, penso jo. Però em feia ràbia llançar la tovallola, perquè es tractava d'un repte del qual molts col·legues se n' havien sortit, fins i tot amb molt d'encert i d'èxit, i aleshores em preguntava: i jo, per què no?

Em sorprenia a mi mateix fent aquest paper de cagadubtes, no gens habitual en mi (o potser sí, però són els altres els qui ho haurien de dir). Va ser el meu editor el que em va donar una empenta i una esperança.

—Prova-ho, prova-ho amb un conte.

—És que no m'hi veig, Bertrand —li vaig respondre—. M'hi he posat moltes vegades, ho he provat i no me'n surto, saps?

Es tractava d'escriure una història, en primera persona, des del punt de vista d'una dona. No tinc clar si hi ha literatura de gènere, històries per a homes i històries per a dones. Bé, sí que n'hi ha, només cal llegir estadístiques i conèixer el rerefons del món editorial i la concepció del negoci que tenen els especialistes a construir best-sellers. Seria de babaus no adonar-se'n, encara que jo m'he entossudit a no voler acceptar-ho. Un bon relat narrat per una dona o per un home serà sempre un bon relat a ulls de tothom. Una bona història, recolzada sobre un bon personatge, sigui home o dona, ha d'interessar per igual els uns i les altres. Vull concloure que no hi ha històries per a homes o per a dones, però el que sí que estic segur que hi ha són punts de vista i matisos de gènere (i tant!), i sempre que havia intentat transvestir-me fallava per aquesta banda. Una puta merda em sortia, que no colava per enlloc, que queia de les mans, i, descoratjat, llençava el document a la paperera de l'ordinador, que no volia pas deixar cap rastre del vergonyós desfici.

Tenia el nou llibre de relats gairebé enllestit, però jo també notava que em faltava una peça del tipus que l'editor m'insistia que intentés. Vaig rascar un cop més, amb desesperació aquesta enèsima vegada, el fons de l'olla de la memòria i, socarrimada, em va venir al cap una aventi que em va explicar una amiga meva que havia residit molts anys a Manhattan. Un fet real, és clar, que és el que m'agrada com a punt de partença, una espurna de realitat de la bona per fer una foguera d'absoluta ficció.

La cosa anava així: Al mateix replà on vivia la meva jove amiga amb el seu marit i la seva filla, en una clàssic gratacels de la Big Apple novaiorquesa, a la planta 8, s'hi estava una amiga seva de veïnatge que era a punt de fer els seixanta anys, però que ningú no ho diria. Rica i addicta al quiròfan de l'eterna joventut, la senyora es veu que feia molt de goig.

Tres plantes més avall de la vuitena, a la cinquena, hi residia l'advocat que li havia portat tota la burocràcia de l'herència quan es va quedar vídua, feia cosa de quatre anys. Era un professional de prestigi, ben conegut a Nova York, catòlic de soca-rel (em va insistir la meva amiga per dibuixar-me el personatge amb precisió), casat i amb tres fills, amb qui s'havia creuat al vestíbul alguna vegada. Des que van enllestir els afers professionals que els van posar en contacte, l'advocat prestigiós, posem-hi W., per entendre'ns, sortia a les set del matí del portal de l'edifici luxós que habitaven, perfectament abillat amb un xandall i unes sabatilles de running, arrancava a córrer amb bon estil, però en lloc d'anar cap a Central Park, que era a tocar, agafava el camí contrari, tombava pel carreró de la dreta i pujava diligent les escales d'incendi de l'edifici fins a la planta 8, on accedia a l'apartament de la clienta vídua i hi deixava la seva empremta sexual. Això passava cada dia de l'any només a excepció dels dissabtes, diumenges i festes de guardar, que solia marxar amb la família a la casa de l'est de Long Island, a la zona residencial exclusiva anomenada Els Hamptons.

Quan duia una mica més d'un any immers en aquest insòlit trajecte de footing, van començar uns treballs de reparació i embelliment de la façana de l'edifici del costat que feia cantonada amb el carreró. Es veu que es tractava d'una feinada complexa perquè hi havia molt a reparar, la brigada de treballadors va trigar gairebé un any a enllestir-ho.

Al principi els va sorprendre, l'estranya excursió diària d'aquell home de més de cinquanta anys, però amb el pas dels dies es van acostumar a creuar-se'l. L'advocat i els reparadors de façanes se saludaven amb un bon dia a les set, quan començava a escalar l'accés d'incendis, i li deien adeu i fins demà —o fins dilluns— quan descendia a falta de cinc minuts de les vuit, que eren paletes i pintors educats i els feia molta gràcia la constància i força de voluntat del jurista enconyat. Van ser molts mesos de coincidència diària i el costum, un cop superats els intents de l'advocat per passar desapercebut, va portar a creuar-se més paraules que les de salutació i cortesia. La vídua veïna de la porta de l'apartament del davant li explicava, divertida, a la meva amiga, les moltes anècdotes que generava la diària ascensió de l'advocat al vuitè cel i la relació amb la brigada d'operaris restauradors de façanes.

El cert és que aquest punt de partença donava molt de joc per a escriure un conte entretingut i prou cosmopolita. M'hi vaig posar de seguida, narrant-ho des de la perspectiva de la meva amiga. Però malgrat que jo, durant els anys d'estudiant, vaig passar-me tot un curs a Nova York —no pas a Manhattan ni en les circumstàncies socioeconòmiques d'ella i dels seus veïns rics—, mai vaig acabar de trobar el to adequat ni la versemblança, i les poques pàgines que vaig aconseguir omplir més aviat resultaven una mala imitació d'un conte o un guió de Woody Allen, un treball d'aficionat, un Manhattan vist des de l'*streetview* de Google. Sí, estava fent un Woody Allen de pa sucat amb oli. Un fiasco del qual em vaig avergonyir immediatament, i ho vaig deixar córrer.

Estava molt emprenyat amb mi mateix per la meva manifesta imperícia. Malgrat la poca confiança que em tenia m'ho vaig agafar amb moltes ganes, m'ho vaig currar molt. No només aquest estrany experiment novaiorquès, sinó tots els contes del nou llibre. Solia treballar els personatges tenint ben clar el seu físic. Ben poques vegades un físic trobat navegant per la xarxa m'havia procurat un personatge, però sí que esmerçava moltes hores a la recerca de la fotografia d'un actor, o d'un model o d'una persona anònima que quadrés amb la idea que jo tenia del personatge. Un cop trobat i convençut, en treia còpia en paper i el penjava amb una xinxeta al suro de la paret, amb un retolador escrivia al peu de la foto el nom de ficció i el mantenia penjat al suro, tant a ell o ella com als seus companys de repartiment, tot el temps que em durava l'escriptura de la història. Però per aquest darrer treball vaig modificar substancialment la tècnica. Em vaig oblidar d'internet i vaig sortir al carrer i vaig caçar amb la càmera fotogràfica del mòbil les pintes que m'inspiressin l'aspecte dels herois dels meus contes. Em resultava entretingut i divertit, aquest nou ofici de director de càsting de novel·les escrites. La pinta de la gent que passava pel carrer m'enriquia, en molts casos, la concepció que jo tenia dels personatges. També haig de dir que a vegades em costava déu i ajuda trobar un físic que quadrés amb el que jo tenia molt clar al cervell, però la cacera pel carrer va esdevenir apassionant i, tot sovint, narrativament enriquidora.

En aquells dies de la crisi d'imaginació literària em va telefonar la Judith, una dona amb qui havia travat una amistat per sempre durant els anys que vàrem treballar plegats en una agència de publicitat. Una dona coratjosa que havia tirat endavant malgrat una pila de circumstàncies adverses, molt adverses, i amb qui mantenia una viva amistat intermitent, alimentada a base de trobades irregulars per dinar o sopar i posar-nos mútuament al dia. Després de la sobtada mort del seu marit, que va ser una tragèdia per a tots els qui els coneixíem i estimàvem, va enfonsar-se en una profunda depressió, en un pou d'alcohol, sense una sortida fàcil. És que més mala sort, impossible. El Rafael, el seu marit, o Rafa, que és com li dèiem tots, pujava amb una certa pressa a primera hora de la tarda pel carrer de Jaume I venint de la Via Laietana perquè arribava tard a una reunió a l'Ajuntament. No havia tingut temps ni de dinar i anava devorant, més que mastegant, un biquini, un entrepà calent de pa anglès, pernil cuit i formatge fos. En arribar a la plaça de Sant Jaume, esbufegant —estava passat de pes i duia una vida molt sedentària— es va voler empassar de cop l'últim mos del sandvitx, un tros descomunal, que tenia l'accés de l'Ajuntament a tocar i no volia entrar mastegant ni amb engrunes de formatge desfet adherides al bigoti. Es va ennuegar, aquella bola de molla de pa industrial, tall i formatge no anava ni amunt ni avall, ni cap amunt ni cap avall. S'ofegava, li faltava l'aire. Repenjat a la paret que dona a la parada de taxis, amagat al darrere, va fer tota mena d'esforços per vomitar la mandonguilla d'argamassa biològica. Intentava cridar, demanar l'ajut dels taxistes que parlaven de les seves coses, entre dos cotxes, a pocs metres d'on ell s'asfixiava, però ni el veien ni el sentien; era invisible, també, a la resta de vianants que creuaven la plaça. S'estava morint, ofegat, enmig del bullici d'una de les zones més concorregudes de la ciutat i ningú s'acostà a salvar-lo, ningú s'adonà de la seva desesperada situació. I quan els taxistes, que van ser els primers a fixar-s'hi, se li van acostar a veure què li passava, ja va ser massa tard, va caure desplomat sobre l'asfalt a causa de l'asfíxia. Mort.

Va ser un cop molt fort per a la Judith. Feia dos anys que s'havia acomiadat de l'agència perquè volia tenir cura del Pol, el seu fill, i ara, de cop i volta, el destí la deixava sola, sense feina i amb un fill petit. Tots els amics vam ser al seu costat perquè ens vam adonar que, sola, no es veia amb cor d'aixecar el cap, de vèncer tanta dissort, de tirar endavant. La meva dona va instal·lar-se a casa seva un parell de setmanes, vetllant pel Pol i, sobretot, procurant fer-la reaccionar, perquè es passava les hores asseguda en una cadira mirant fixament la fotografia del seu marit i sense parar de sanglotar.

Quan va passar la primera onada de dolor, un vespre, sopant a casa, ens va dir la frase que molt anys després, en la meva crisi de creativitat a què feia referència, em va venir a la memòria per arrancar la història que necessitava escriure.

—No ho sé, però al marge de la desgràcia que m'ha tocat viure, considero que he follat poc.

Tant la meva dona com jo no vàrem saber què dir. Podíem haver dit, dona, no t'amoïnis per això, hi ha més dies que llonganisses. O bé, el poc o el molt, sempre és relatiu. O qualsevol altra collonada, però ens vam quedar callats i vam continuar sopant.

—Amb tota confiança, us ho dic de debò —va reblar.

Nosaltres vam posar cara de circumstàncies i ella ho va deixar estar, no va insistir més.

També haig de dir que em vaig allitar amb la Judith una vegada a casa seva, més per amistat que per altra cosa. Interessant-me per què faria amb la seva vida. I d'una cosa vam passar a l'altra, i vam acabar, no sé com, al llit. No és que ens atraguéssim especialment, d'això en vam parlar passat prou temps, però en un moment de feblesa ens vam deixar anar, ja se sap.

—Tu creus que calia? —va dir-me la meva dona quan li ho vaig explicar.

—Dona... —és l'únic que se'm va ocórrer en aquell moment, i ens vam posar a parlar d'una altra cosa.

Més endavant, quan la Judith ja havia reprès la seva vida, no ho sé, potser un any després, va tornar a sortir el tema i la meva dona es va tornar enigmàtica:

—Tal faràs, tal trobaràs —va dir, que jo no sé a què venia, havent passat un any.

La Judith tenia un pare col·leccionista. Durant tota la vida s'havia dedicat a descargolar de les parets mig derruïdes d'antigues construccions en les carreteres comarcals espanyoles i del sud de França aquelles llaunes que anunciaven begudes, però no només begudes. En tenia dels neumàtics Michelin i Firestone, per exemple. Moltes de Ricard, Pernod, Coca-Cola, Pepsicola, Trinaranjus, Canada Dry, Cubitos Gallina Blanca, flam Potax, moltes de cervesa, Anís La Castellana, Machaquito, Anís del Mono, Cacaolat *el alimento número uno*, el clàssic de Netol, amb el majordom de les galtes exagerades i del Cerebrino Mandri. Era publicitat estampada en una llauna dels anys cinquanta, seixanta i setanta del segle passat. Alguns cartells de «*Se prohíbe escupir*» i fins i tot un, es veu que molt valuós, de llautó, que advertia «*Se prohíbe la blasfemia y la palabra soez*». El pare de la Judith assegurava que tots els havia despenjat ell —n'hi havia més de cent cinquanta—, encara que ella estava convençuda que un bon nombre eren comprats, probablement, als Encants. Tant li feia d'on els havia tret, l'important és que eren autèntics *affiches* de llauna representatius d'una època. Aquesta col·lecció, arrebossada amb pols i amb taques de rovell, que la família emmagatzemava al garatge de la torre de Fontpineda, li va donar la idea. No es tractava de fer d'antiquària ni de brocantera, sinó d'oferir il·lusions nostàlgiques per a decoració. Amb aquesta idea va obrir una botiga al carrer Banys Nous que va batejar com AUTÈNTIC (Rampoines de luxe), un nom que explicava fefaentment de què anava el negoci. Dedicant molt d'esforç, moltes hores i molta imaginació a proveir-se d'estoc, la Judith va sobreposar-se a l'adversitat amb un negoci modest però exitós. Jo mateix li vaig comprar, quan es va inaugurarla botiga, un telèfon negre de baquelita dels anys cinquanta que encara faig servir i que la meva dona va odiar fins que el va perdre de vista arran del divorci. Però el que volia venir a dir és que quan enmig de la meva crisi com a escriptor vaig rebre la trucada de la Judith per quedar, em va venir al cap, de cop i volta, la seva frase: «Considero que he follat poc».

Aquella nit la vaig portar a sopar al Koy Shunka del carrer Copons, un restaurant japonès que l'entusiasmava tant com a mi m'avorria sobiranament i em desplaïa l'esnobisme de la cuina del peix cru i el sol ixent. Li vaig plantejar amb franquesa la crisi de creativitat literària que estava patint i li vaig dir que la seva frase, ressonava en el meu cervell en fer memòria, des que m'havia telefonat, com la taula de salvament que arriba en l'instant precís.

—Pensa que em vas agafar en un moment de total depressió —em va començar aclarint, mentre bevia sake calent en un gotet de porcellana—, el meu marit s'havia mort d'aquella manera tan estranya i absurda i jo em quedava sola amb el Pol, que només tenia dos anys. Mira, jo de cap manera us volia dir que la meva vida sexual era insatisfactòria, no, sinó que era escassa. Considerava que havia follat poc —malgrat el molt que la coneixia i estimava, em sorprenia aquest to fred i distant a l'hora de revelar la seva intimitat—. Confesso que el Rafa no era precisament un depredador sexual, perquè hi havia altres coses que potser li agradaven més, però també haig de dir que quan s'hi posava, s'hi posava, i jo en sortia satisfeta, de veritat. Vist en perspectiva penso que l'error va ser parlar-ne molt poc, o gens, jo li havia d'haver plantejat la meva necessitat davant de la seva indolència. Segur que ens hauríem entès, però passa que jo era massa jove.

Compassiva amb la meva necessitat professional i comprensiva amb la meva pressa, la Judith va dedicar tot el sopar i el gintònic que ens vam prendre després al bar de l'hotel Neri a explicar-me amb pèls i senyals els detalls que determinaven la seva opinió d'escassesa carnal i, amb la mateixa riquesa de matisos, va narrar com ho havia intentat compensar, fins i tot amb escreix, a partir d'aquell moment.

Jo seguia literàriament seduït pel seu relat, ple de detalls fascinants, per ficar-me dins l'ànima d'aquella dona que havia cardat poc. Animat i excitat pels matisos i les reflexions amb què enriquia la seva història, li vaig demanar permís per enregistrar-la amb el mòbil. Aquella nit, o més aviat matinada, a casa, no vaig aconseguir agafar el son. Només arribar vaig sintetitzar en paper el que no havia pogut enregistrar i em vaig passar un parell de vegades les gairebé dues hores de gravació de la veu generosa de la Judith. Ho tenia! Segur, segur. Tenia la història i estava convençut que li havia caçat l'ànima: podia fer el relat que em faltava per acabar el llibre i el podia fer tal com l'havia idealitzat. L'endemà i l'altre els vaig dedicar a passejar pels carrers i buscar, sense gaire fortuna, el rostre literari de la Judith, i el del seu difunt marit, i de tots i cadascun dels seus amants. El tercer dia em vaig posar a escriure:

Tinc trenta anys i una filla de dos, acabo de quedar-me vídua després del llarg calvari que ha patit el meu marit, ferit de mort per un càncer contra el qual va lluitar inútilment durant un any, i quan de nit em quedo sola a casa, amb la meva amargor i amb la meva pena inconsolable, penso, entre moltes altres coses que em passen pel cap, que jo he follat poc, massa poc. I no és que amb això vulgui dir que considero que anava mal follada, expressió masclista que detesto, usada a bastament per cretins incapaços d'entendre una dona ni tan sols plantejar-s'ho. Francament, he conegut molts més homes mal follats que dones, només cal fixar-s'hi bé. És clar, afirmar que has follat poc o molt és sempre una qüestió relativa, ja ho entenc. Has follat poc en comparació amb qui? Amb una determinada companya de feina que es vanta sempre, toqui o no toqui, del nombre d'homes que s'ha fet? En comparació amb la meva germana, que viu permanentment en una lluna de mel, perquè es veu que el César, el seu home, està sempre a punt i és insaciable, i ella m'ho explica perquè està orgullosa del seu mascle i encantada de la vida? En comparació amb la Glòria, la meva veïna, acabada de divorciar, que un bon dia se li va girar el cap i va caure en una depressió de cavall perquè es va adonar que l'havia espifiat amb el seu matrimoni, i això que el marit, l'Aitor, era un bon home, ella ho reconeixia, i la portava així, però mira, es va beure l'enteniment, se li va girar el cervell com un mitjó, ves per on («Se m'ha regirat el cap, Esther», em deia, molt amoïnada, «què vols que hi faci? És que no puc, no puc, li he agafat fàstic, m'entens?, fàstic!»), i m'ho deia plorant, pel Dídac sobretot, que només tenia vuit anys i aquest era el que li tocava fer la comunió (ella en deia cumanió*) i no ha encaixat gens bé la separació, que, al començament de la crisi, quan el seu marit la requeria (que ella, de follar, en deia fer ús del matrimoni) feia el cor fort i fingia l'orgasme («és que era fer-li un lleig, si no»), però en acabar es veu que li venien arcades i se n'anava al quarto de bany a vomitar; és amb la meva veïna Glòria amb qui m'haig de comparar?*

No, de cap manera. L'única comparació plausible és la que puc fer amb mi mateixa, jo soc la unitat de mesura exclusiva. I em reafirmo, considero que he cardat poc. Ho puc dir amb aquesta seguretat, amb aquest convenciment, perquè sé que m'hauria agradat follar molt més, què hi farem!

Vaig escriure gairebé d'una tirada aquesta primera pàgina del conte «La dona que considerava que havia follat poc», amb el canvi subtil de les causes de la mort del marit, sense aturar-me a fer esmenes ni revisions. Sempre ho faig així, jo. Vaig de cara a barraca, no fos cas que se t'escapi el nucli del que vols explicar. Després, ja m'entretinc molt i molt a perfeccionar, omplir forats buits de detalls necessaris, retocar tossudament els adjectius, confirmar les dades reals, de posicionament històric i físic del que explico, però el primer dia vaig escriure només això, extret de les notes que vaig prendre al principi de la conversa i que vaig corroborar a casa, aquella nit que, excitat per les sinceres revelacions de la Judith, vaig passar en blanc escoltant l'enregistrament.

L'endemà vaig decidir fer un salt en el temps narratiu, que ja escriuria el nexe més endavant, i com que ho tenia molt detallat en l'arxiu de veu, molt clar en el meu cap, vaig entrar de ple en la primera vegada.

T'han inflat tant el cap, i no només les monges del Xalet on jo estudiava, les Madres Dominicas de la Presentación, des que eres una criatura, amb la pèrdua d'allò tan apreciat, tan únic, tan exclusiu de dona, que ho has idealitzat en els teus somnis adolescents, barrejant els contes de princeses i prínceps blaus de Walt Disney amb la quimera d'un amor vertader i ensucrat, romàntic a més no poder i, per suposat, etern. Però no va ser res de tot això. Ni de lluny. Va ser, més aviat, una febrada d'estiu, un rampell de nit de borratxera, fet amb imperícia i a correcuita, d'un egoisme estremidor per part seva que només buscava sense miraments on ficar-la.

No em va costar gens reproduir quasi mimèticament les paraules gravades per la Judith (Esther en la meva ficció) per construir aquest paràgraf. Tal com el va referir, així va quedar escrit. És que em semblava d'una cruesa i d'una versemblança absolutament literàries. Després ja vaig tenir temps i espai per a la recreació ficcionada.

Els pares tenien una casa a la Selva de Mar, a l'Alt Empordà, un poble molt petit, molt ombrívol, molt bonic, gairebé un pessebre enclotat a la muntanya i a un quilòmetre del Port de la Selva, que era on anàvem a peu, en bicicleta o amb ciclomotor, a banyar-nos al mar. De fet la colla d'estiu era bàsicament barcelonina i repartida entre El Port i La Selva. Les nits estiuenques, quan la tramuntana salvatge no ho impedia, solíem acabar-les, atapeïts d'alcohol dolent o de cervesa de litre, amb uns porrets a repartir, asseguts a les roques, mirant la negror del mar, a excepció de les nits de lluna plena. Encara que moltes vegades ens enxampava la sortida del sol, que, col·locats com anàvem de maria, era una passada observar com s'encenia el dia. Jo tenia setze anys. Aquella nit, a la Bolera, un indret a l'aire lliure, punt de trobada d'adolescents i borinots amb la canya de pescar sempre ben a punt, ens vam ajuntar amb una colla de pescadors joves de Llançà, alguns d'ells amb les nòvies, d'altres no. Els gintònics i mojitos anaven que volaven, bevíem el que no està escrit. Hi havia un dels pescadors desaparellats, alt, bronzejat pel sol del golf de Lleó, de braços fornits d'estirar les xarxes d'arrossegament, que em va triar. Guapo? Sí, un noi guapo d'uns dinou o vint anys. El vaig veure venir, és clar que sí, abans d'ofegar-me en mojitos, però no em va importar. Mentre encara hi veia clar, vaig donar un cop d'ull a la munió de gent que omplia la Bolera a rebentar i em va semblar que era el més guapo. I, curiosament, no feia aquella sentor de peix que, malgrat que es dutxessin amb un fregall i s'ofeguessin en colònia, sempre els traïa en un moment o altre. Vaig pensar que potser no era pescador, sinó amic de la colla i, enmig dels efluvis boirosos, el vaig imaginar poderós, penjat de la vela de windsurf. Anàvem molt borratxos i descontrolats, em van dir les amigues, l'endemà. Ell tenia quatre mans a l'hora d'explorar-me corbes i escletxes, o així m'ho semblava. Jo, adherida com una paparra al seu cos, el deixava fer mentre passejava per la meva boca la seva llengua entremaliada. I vam rodolar pel terra dels horts del costat de la Bolera, que es veu que era on anaven a parar els amants de nova fornada per compenetrar-se. Em feia mal, l'hi vaig cridar dues vegades, però ell anava a la seva, delerós, molt begut i molt encès.

Entre aquell primer esglai dolorós, els panteixos, els gemecs, la seva empenta compulsiva i frenètica i la meva boirosa percepció, recordo que vaig passar por. Quan el noi de Llançà va quedar sa-

tisfet em va ajudar a aixecar-me i a buscar les meves calces, que amb aquella foscor va resultar en va. Vam tornar cap a la Bolera, però jo, adolorida, col·locada i molt emprenyada, sobretot, amb mi mateixa, vaig passar de llarg d'on era la colla i vaig tornar a peu a la casa dels meus pares de La Selva de Mar, vomitant de tant en tant, repenjada en algun arbre i caminant de tort.

La història real de la Judith, encara que mimètica, que això sí que ho vaig respectar, passava a Altafulla, però jo la vaig situar al Cap de Creus —una llicència literària de les moltes que em permetria— perquè jo soc més de la mar d'amunt que de la mar de baix. Tinc la zona molt més apamada.

El cinquè dia vaig donar descans al teclat: ens ho mereixíem. Vaig dinar amb el meu editor i li vaig explicar què havia passat perquè jo recuperés la confiança i recomencés el conte pendent d'acord amb els seus suggeriments. Se'n va alegrar i quan li vaig llegir les dues pàgines inconnexes que havia escrit també em va animar. «Anem bé», va dir. Dues taules més enllà, dinava, suposo que amb el seu marit, una dona morena i guapa, amb molta classe, d'uns quaranta anys, que em va semblar perfecta. «Tens l'Esther asseguda darrere teu, no et giris», li vaig desvelar al meu editor. «L'Esther? Quina Esther?», va preguntar-me, desconcertat. Cony, la dona del conte que estic escrivint, li vaig dir, i li vaig demanar que em mig ocultés mentre jo la retratava amb el mòbil fent servir el zoom. Disposava d'un amagatall tan bo que vaig gosar gravar un vídeo. La tenia, parlant, movent les mans, posant-se i traient-se les ulleres, somrient, flirtejant i fins i tot besant furtivament amb una moixaina ràpida el seu marit, o amant, o qui fos que dinés amb ella. La tenia!

El sisè dia vaig tornar a la feina. Vaig llegir-me amb ulls molt crítics el que havia escrit, vaig fer-hi tres correccions i, convençut que ja li havia posat el peu al coll al puto relat, vaig continuar escrivint-lo gairebé d'una tirada, repassant sovint el vídeo de la dona que havia gravat al restaurant per tal de ser precís en els detalls físics.

Em va costar molt de temps refer-me del trauma que em provocà aquella primera vegada que em vaig rebolcar amb el pescador o el surfista o el que fos, de Llançà. Tenia por de tornar-lo a trobar en alguna de les excursions nocturnes i aquell estiu em vaig apartar de la colla amb l'excusa que havia d'estudiar i repassar. Ningú no s'ho va creure, però tampoc ningú no em preguntà res, eren bons amics. Per altra banda, jo traspassava tota la culpa, l'odi i la responsabilitat al pescador, o surfista o el que fos de Llançà pel seu egoisme, imperícia i borratxera sense assumir cap ni una coresponsabilitat. Vaig fer-me a la idea que havia patit una violació, quan en realitat va ser una experiència horrible, un malson inesborrable, un error de circumstància i decisió, però jo no devia considerar-me'n aliena. No només la vaig consentir, sinó que la vaig buscar, la vaig desitjar i en cap moment, per l'alcohol i la curiositat, em vaig fer enrere. Però aquest mar de contradiccions, aquella boirosa percepció de tot plegat i aquell dolor físic que no se n'anava de la memòria em va forjar una mena de por pel que fa als nois del meu entorn que crec que em va singularitzar i mig apartar de la colla d'estiueig. Fins i tot la meva germana gran m'ho va esmentar: que li havien arribat veus sobre el meu comportament estrany, girat com un mitjó de cop i volta.

—I a tu què t'ha passat aquest estiu, que tothom diu que t'has tornat tan esquerpa, que ja no surts, ni beus ni et fas gairebé amb la colla?

Vaig buscar i trobar mil excuses per escapolir-me de les preguntes directes de la Xesca, que de cap manera volia contestar.

—T'has enamorat d'una tia que no li van les ties —em va arribar a dir.

Vaig aguantar l'escomesa fins on vaig poder, però va arribar un moment que vaig arrancar a plorar.

—Però Esther, què se suposa que has fet, que no tens el coratge ni la sinceritat per explicar-li a la teva germana? —em va preguntar amb tendresa i ganes evidents d'ajudar-me.

No vaig aguantar més, vaig abaixar la guàrdia i li vaig explicar fil per randa allò que m'amoïnava i em consumia. Allò que m'havia sacsejat la vida. I la Xesca em va abraçar i em va entendre i fins i tot va plorar amb mi, i em va fer unes reflexions de germana gran i em va donar uns consells d'amiga sobre la meva condició de dona que mai no he oblidat. Però, malgrat això, no va aconseguir treure'm del damunt el terror fàl·lic, i vaig continuar un parell d'anys sense sortir amb ningú fins que a la universitat vaig conèixer el Víctor i al cap de molt de temps de ser amics, d'estudiar junts, d'anar a la filmoteca i passar-nos tardes senceres parlant de llibres, sobretot, degut a la seva tenacitat, delicadesa i paciència, ens vam prometre i encara vam festejar una colla d'anys abans de casar-nos, i em fa vergonya, fins i tot, explicar que, malgrat que fos així, va passar molt de temps fins que vam fer l'amor per primera vegada.

Sí, crec que definitivament tenia el conte apamat, encara que, malgrat el meu optimisme, calia fer molta feina. Havia de construir un relat versemblant de la mort del Víctor, que jo l'havia transformat en un càncer dolorós, en una agonia d'un any per fer més paleses les dificultats de l'Esther a l'hora de poder fer ús del matrimoni, el punt de partença de l'argument del meu relat.

Per això el setè dia vaig descansar.

PERSONATGES PRINCIPALS

L'ESCRIPTOR
JUDITH
RAFAEL: Marit de Judith
ESTHER: Judith en la ficció
XESCA: Germana d'Esther
BERTRAND: L'editor
I la col·laboració especial de Woody Allen

Al cel sia

Vuelvo a casa,
Vuelvo pronto a casa,
No sé lo que pasa
Pero noto algo especial.
Hay pelea,
Creo que hay pelea,
Mi mujer jadea
Y se estremece como un animal.
Con el cuerpo alborotado,
Entregada y sin pudor,
Se la está beneficiando
Un señor.
Yo me enojo y me rebelo
Y me voy sin molestar
Al bar.

«*Vuelvo a casa*»,
bolero d'Oswaldo Fuentes

És complicat d'explicar i molt difícil d'entendre, ja ho sé. Per això estic com estic i em trobo com em trobo, però no perdo l'esperança que algun dia pugui demostrar que el que dic que va passar és completament cert per molt inversemblant que sembli. La veritat ja ho té això: a vegades és més inexplicable i estrambòtica que una narració fal·laç dels fets, però carregada de lògica. I és que la vida i l'esdevenir dels successos no sempre en tenen, de lògica. Una mala percepció del que passa pot provocar una reacció que, analitzada fredament, s'entengui a l'inrevés del que havia d'haver estat i aleshores tot s'embolica, tot canvia de sentit, tot es veu des d'una altra perspectiva, i la innocència, la més lògica de les maneres d'obrar en ocasions com aquesta, esdevé, estranyament, impossible de demostrar. És el meu cas. És el gran contrasentit de la meva història. La meva dissort.

La meva dona, la Marina, i jo, som dobladors. Ens guanyem la vida posant veu i sentiment a les actuacions dels actors i actrius estrangers de pel·lícules i sèries de televisió i a vegades, també, a artistes d'aquí que el director considera o que no vocalitzen prou bé i no se'ls entén o que no interpreten amb el to adequat o que el so directe obtingut durant el rodatge de la seqüència no era homologable. En fi, hi ha mil motius que justifiquen la nostra feina, gràcies a Déu. Un cop, a tall d'anècdota, perquè es vegi com és d'estrany aquest ofici, vaig haver de doblar l'Antonio Banderas en una pel·lícula seva feta a Hollywood i que ell no podia doblar a l'espanyol perquè tenia un altre rodatge als Estats Units. A mi em sonava estrany però val a dir que tothom em va felicitar, inclòs el propi Banderas, l'e-mail del qual guardo amb molta cura a l'ordinador.

A vegades coincidim la Marina i jo en alguna sèrie o pel·lícula, però el normal és que cadascú tingui la seva i no ens vegem en tot el dia. La Marina és molt bona, tant és així que també ha començat a dirigir doblatges i està molt ben considerada en la professió.

Jo soc la veu de Willy Roberts —entre molts altres actors estrangers, és clar— però aquest potser és el protagonista més emblemàtic de tots els que m'han donat. La primera temporada de la sèrie *Blow by blow* es va doblar a Barcelona, probablement per això jo soc la veu del protagonista, però les següents —i en portem sis— es dobla a Madrid. És una sèrie d'investigació en què tot el pes de la història recau sobre el personatge que interpreta Roberts, i la resta del càsting, amb molt poques i irrellevants excepcions, canvia constantment a cada capítol, per tant són dobladors de Madrid els qui han substituït les veus de Barcelona, però la productora original americana va exigir que fos jo qui continués posant veu al detectiu Hammett —el personatge de Roberts— perquè consideraven que li anava com l'anell al dit. Així que de tant en tant passo algunes setmanes seguides a Madrid, quan arriba una nova temporada per doblar. Acostumo a agafar l'últim AVE de diumenge, perquè les sessions comencen a primera hora de dilluns, i torno en l'últim tren de divendres. Però va passar que la sisena temporada, que ja li teníem agafat el tarannà, vam acabar la tarda de dijous i vaig decidir no quedar-me ni una nit més i tornar amb l'últim AVE que sortia a les nou i vint-i-cinc de la nit i arribava a Sants quan faltaven cinc minuts per a la mitjanit. Puntual, com sempre, a la mitjanit ja era en un taxi camí de casa, a Les Tres Torres, un dúplex en un àtic del carrer Castellnou. Vaig obrir la porta i tots els llums de la planta baixa eren apagats. O la meva dona havia sortit a sopar en saber que jo no tornava fins l'endemà o havia tingut alguna sessió de publicitat, que a vegades també en feia. La veritat és que tenia molta feina, la Marina, probablement més que jo. Vaig obrir el llum del rebedor, vaig deixar la maleta de viatge allà mateix i quan començava a pujar les escales per anar a l'habitació per canviar-me i posar-me el pijama vaig sentir uns sorolls estranys, entre panteixos i gemecs, cada cop més pujats de to, cada cop més estridents. Podia ser algú que forcejava o algú que... Sens dubte era la veu de la Marina. Amb la mosca al nas vaig pujar les escales sense fer soroll. Quan els meus ulls eren a l'altura del terra de la planta de dalt, des d'on es podia veure la nostra habitació de matrimoni, perquè la porta era oberta i la llum de la tauleta de nit encesa, em vaig quedar glaçat, petrificat, immòbil: un tio que no vaig reconèixer s'estava tirant la meva dona amb una violència i una excitació extremes a les quals la Marina corresponia de la mateixa manera, amb una mena de furor salvatge, com si tots dos responguessin a aquella consigna de «folleu, folleu, que el món s'acaba». Era veritablement un clau salvatge, de dos embogits deixant anar tota la luxúria que duien a dins. No sabia què fer, jo. Em plantava a l'habitació i muntava una escena? Buscava a la cuina un ganivet dels grossos, el d'esquarterar el gall dindi per Nadal, i me'ls carregava tots dos? Què cony podia fer? De tan engarrotat com estava no era capaç ni de treure un tros de veu ni fer un pas endavant o endarrere. Vaig intentar respirar a fons perquè fins i tot l'alè se m'havia estroncat. Quan ho vaig aconseguir vaig anar baixant els graons d'esquena, a poc a poc, vaig sortir al replà de l'escala, vaig tancar la porta sense fer soroll, vaig baixar a peu, per les escales, els tres pisos, amb les articulacions fluixes i el cervell esvalotat com un boxejador grogui. Vaig sortir del portal i vaig voltar sense rumb pels carrers de l'entorn com un somnàmbul, intentant d'entendre el que havia passat, de constatar fefaentment el que havia vist, de posar la meva ment en ordre. No sé l'estona que vaig estar caminant per aquell barri tan familiar. Carrer del Roser, Nena Casas, Maria Auxiliadora, Sant Joan Bosco, Vergós, plaça Artós, Rafael Batlle, Doctor Roux, Gósol, Alta Gironella. Donava voltes com un enze, m'aturava, retornava sobre les meves passes. No m'ho podia creure, no ho entenia. No sabia pas que estigués en crisi el meu matrimoni. Mai m'havia dit res, la Marina. Mai s'havia queixat. Érem una parella envejada, ens estimàvem. Ens guanyàvem bé la vida. Jo no li regatejava cap desig. Viatjàvem junts cada any a un país nou i cada cop més exòtic. Sopàvem sovint al Set Portes, que era el seu restaurant preferit. El nostre. Ens ho explicàvem tot. No ens alçàvem mai la veu. Feia dinou anys que érem casats i la Dana, la nostra filla, estava estudiant a Edimburg i venia molt sovint a passar el cap de setmana amb nosaltres, sobretot amb la seva mare, que era la nineta dels seus ulls. Què més vols, Marina, collons?, vaig cridar a mitjanit enmig del carrer buit, però ningú no em va sentir. Per sort, a la plaça de Joaquim Pena, pràcticament buida, hi havia oberta la cocteleria Margarita's —inaugurada, es veu, no feia gaire—, que no només es deia així pel clàssic còctel de tequila sinó perquè la mestressa i *bartender* experta en combinats se'n deia. De fet, el Margarita era una especialitat que havia multiplicat per sis: Margarita, Margarita Strawberry, Margarita Blue, Margarita Sunrise, Margarita Blackberry i Margarita Orange. Havia de rumiar i digerir el que havia passat i necessitava veure-ho clar. I vaig demanar-los tots sis. La mestressa, una dona prima, morena, amb el cabell curt i vestida impecablement amb esmòquing, com un bàrman dels bons, es va fer un fart de riure.

—Segur, senyor, que es beurà sis Margaritas?

—Les necessito. I la setena Margarita, tu. A tu també se't beuria.

Com a experta *bartender* em va donar tota la conversa necessària per fer-me oblidar momentàniament el meu drama. Vam parlar de música, de viatges, de futbol, fins i tot, però mai de política ni de religió, això els bons professionals ho tenen ben interioritzat.

—Margarita —vaig dir ja amb la veu subtilment perjudicada—, posa'm una altra ronda de sis!

Era molt tard quan vaig tornar a l'àtic encara no sé pas com, amb una merda com un piano al damunt que no em deixava veure-hi, ni orientar-me, ni suposar que potser arribaria a casa i en el meu lloc del llit, roncant al costat de la meva dona, hi hauria un altre home. Vaig pujar les escales del dúplex com vaig poder i al llit vaig trobar la Marina en un bassal de sang. Ho recordo molt malament, tot plegat, perquè jo estava en les pitjors condicions, molt perjudicat, però em sembla que em vaig asseure a la butaca perquè no m'aguantava dret, me la vaig quedar mirant per entendre alguna cosa de tota aquella empastifada vermella i em vaig quedar adormit com una soca.

Em van despertar els xiscles de la Jenny, l'hondurenya que feia les feines de casa, que tenia clau, i que arribava a les vuit del matí. Xisclava com un garrí el dia de la matança. Jo tenia un mal de cap insuportable i els seus crits em destrossaven les neurones.

—Para de cridar, noia! —li vaig dir—. I truca a la policia.

Jo no em podia aixecar de la butaca de l'habitació de malament que em trobava. Intentava recordar què havia passat, què havia fet la nit anterior, i, quan va entrar a l'habitació la inspectora, jo encara estava intentant de recompondre'm físicament, anímicament i mentalment.

L'havia cagat. L'havia cagat molt. La meva dona no gemegava de plaer, sinó de dolor, de les punyalades que li clavava aquell malparit mentre la violava. Suposo. Perquè jo, des de l'escala estant, quan vaig arribar a casa a mitjanit, no ho vaig entendre així. La casa estava plena de policies de tota mena i la inspectora em va demanar que sortís d'on estava escarxofat, sisplau, que ells necessitaven treballar. Jo vaig anar al quarto de bany d'una altra habitació i em vaig dutxar i em vaig canviar i em van donar un parell de gelocatils per a la ressaca i em van dir que em quedés al saló, que no marxés, que havien de parlar amb mi. I els vaig obeir mentre, entre sanglots, la Jenny em servia un cafè ben carregat.

Pobra Marina!, em deia jo, molt afligit. I maleïa el meu error d'apreciació, que li havia costat la vida. Burro de mi, com podia sospitar ni així de la fidelitat de la Marina. Em vaig precipitar en el meu judici de valor. I la vaig cagar, ja ho sé, però que no m'ho diguin més, prou dolor tinc, prou mala consciència, prou penediment.

Ja sé que a la policia li agrada buscar tres peus al gat i començar pel pitjor dels supòsits, però el que estan fent amb mi no té nom ni justificació. No em diuen que jo no vaig anar a Madrid aquell dia infaust? No m'asseguren que jo no soc el doblador de Willy Roberts a *Blow by blow*? Que ho vaig fer la primera temporada però que quan es van endur el doblatge a Madrid van canviar la meva veu per la del Pepe Cano, que és molt bo i molt professional, però que no té res a veure amb la meva i que no escauria gens al Roberts, feu la prova. Que truquin a Madrid, que parlin amb l'estudi de doblatge on m'he passat les últimes setmanes. Que ho comprovin, collons!, que ho comprovin que per això els paguem. Han trobat la meva maleta al rebedor, no? La Margarita els ha confirmat que em vaig posar fins al cul d'alcohol la desgraciada nit de l'assassinat de la Marina. Han comprovat les hores. Em van trobar borratxo i adormit als peus del nostre llit de matrimoni, encara no refet del xoc. Què més necessiten per demostrar la meva innocència en un cas tan clar? Però si he admès l'error, inspectora Conesa, deixi'm anar. Ja ha trucat a l'estudi de Madrid? I què, i què? Són tots bojos, com em poden estar dient que jo no he estat doblant les últimes setmanes allí... Què he fet jo a Madrid? Visitar el Museo del Prado? Posar-me fins al cul d'ous estrellats a Casa Lucio i de cocido al Lhardy? Va, dona, va, siguem seriosos, recony!

I ara amb què em surt? Però què està passant aquí? Qui m'ha posat el dit a l'ull? No senyora, no, jo no tinc cap ordre d'allunyament, ni de fa tres anys ni de fa quatre dies, jo visc a l'àtic del carrer Castellnou. Com podria viure-hi si tingués una ordre d'allunyament, aquí hi ha una equivocació molt lamentable, inspectora. Per agressions físiques, jo? Au vinga, senyora, vostè s'ha equivocat d'expedient.

Maltractaments físics i psicològics, sí, és clar. I què més? Em dic Iago Lamela, jo. Miri-ho bé, Iago Lamela, i tinc una filla estudiant a Edimburg, comprovi-ho. Tenim una filla, la Dana Lamela. Bé, la pobra Marina ara ja no té res... Que jo vaig perdre la pàtria potestat sobre la Dana? Però què diu, ximpleta! ...Sí, perdoni, perdoni, és que estic molt nerviós. He entrat en el laberint de Kafka i no sé com sortir-me'n. Truquin a Edimburg i preguntin-l'hi a la Dana.

Ho han fet? Segur? I...? I una merda! La Dana no pot dir que no vol saber res de mi, però a què juguen? Necessito un advocat, és clar. Un professional que m'ajudi, que tot això se m'està fent una muntanya. Que vingui el meu advocat, dona, l'Óscar Bernad. Sisplau, cridin l'Óscar Bernad. A veure, a veure... Cony, l'Óscar Bernad, al carrer Balmes, a tocar de la Diagonal. Aquell bufet que hi ha tants advocats.

Això se m'està fent costa amunt, oi que m'entenen? Necessito pensar, entendre el que està passant, per què vostès m'estan dient tot el que em diuen. Vagin, facin venir el meu advocat, sisplau, amb ell ho aclarirem tot d'una puta vegada... perdó, senyora. És que ja no sé el que em dic. Saben alguna cosa de l'assassí de la meva dona? L'han trobat? L'han detingut?

Van sortir els dos de l'habitació. La inspectora Conesa i un altre policia, m'imagino, perquè com que ara els policies de paisà fan aquesta pinta de trinxeraires... Des de la porta, l'individu em va fer que sí. Que sí que l'havien trobat i que sí que l'havien detingut, l'assassí de la Marina.

Em van deixar sol però una mica més tranquil per la seguretat amb què va dir que sí a les meves preguntes de si l'havien trobat i si havien detingut l'assassí. Sol en una estranya sala buida. Una taula, quatre cadires. Cap quadre a les parets, només un gran mirall en una d'elles. Cap decoració. Poca llum i zenital. Un got d'aigua sobre la taula. Tenia set i vaig estirar el braç cap al got, però el braç dret va arrossegar l'esquerre: estava emmanillat! Vaig cridar fort: Eh! Eh! Vaig anar fins a la porta i vaig provar d'obrir-la. Impossible, estava tancada amb pany i clau. Vaig colpejar-la amb els punys però ningú no em va respondre. Quan em vaig cansar de colpejar la porta de ferro vaig tornar a seure i em vaig preguntar per enèsima vegada què estava passant. Em vaig pessigar, fins i tot, amb l'esperança de no notar-ho, perquè això demostraria que estava enmig d'un malson. Però em feia mal el pessic i com més retorçava la meva pell, més dolorós em resultava. Era un malson, és clar, però un malson real, que m'afectava i em perjudicava.

Em van donar molta estona per pensar, potser un parell d'hores, no ho sé, perquè m'havien pres el rellotge i se m'havien quedat el mòbil. També vaig notar que no duia cinturó. Tenia el cap fet un garbuix però intentava ordenar les idees, col·locar els esdeveniments al seu lloc, en l'ordre en què van succeir, i mirar d'entendre el que estava passant i el que em deien: una mentida darrere l'altra.

A manera de consol vaig pensar que s'havien fet un embolic en trobar-me a l'habitació plena de sang al costat de la Marina i en un impresentable estat de borratxera. Que s'havien pres poques molèsties en la comprovació del que els deia perquè, potser, si ja havien detingut l'assassí, consideraven que no calia esmerçar més temps en el cas. Si tenien l'assassí, com deien, cas tancat i suposava que em deixarien marxar. Necessitava respirar, trobar-me amb la Dana i pensar en el futur sense la Marina, que aquest era un altre problema. I en caure-hi, em vaig entristir molt i els ulls se m'humitejaren, ho juro. Estava sol en aquella estranya sala en penombra i necessitava treure enfora el drama que duia a dins.

Van trigar, els malparits. No sé si del que es tractava era de pressionar-me psicològicament o és que tenien altres feines o que, de veritat, havien anat a buscar el meu advocat, però el cert és que van aconseguir posar-me nerviós, molt nerviós: necessitava la medicació com fos i em vaig dedicar a clavar puntades de peu a la porta, enfurismat, enfollit, perquè cada vegada em feien més mal els artells de tant colpejar-los contra tot. Finalment van obrir i van entrar la inspectora Conesa i el policia amb pinta de trinxeraire.

—Calmi's, Iago —ara ja no em deia senyor Lamela, la molt filla de puta, l'hauria escanyat—. Calmi's i segui, que li hem d'explicar tota la pel·lícula, a veure si ho entén d'una vegada.

—Entendre? Què haig d'entendre? —vaig respondre molt alterat—. Quina pel·lícula?

—La de l'assassinat de la seva dona —va dir ella.

—El primer que han de fer és treure'm les manilles. Em volen explicar per què estic emmanillat?

—Perquè està detingut —em va contestar el paio.

—Detingut? Que jo estic detingut? Per què estic detingut?

—Per l'assassinat de la seva dona, la Marina Reverter.

—Però... —no entenia res, jo—. No m'han dit abans que ja havien localitzat l'assassí?

—I tant —va dir sense posar-se gens nerviosa la inspectora—. Localitzat i detingut: el tinc davant meu. És vostè.

—Jo? Que jo he assassinat la meva dona? —kafkià, tot era

inversemblant, absolutament kafkià—. Que s'han tornat bojos, vostès? I on és el meu advocat? Exigeixo el meu advocat, sense ell no diré res de res, s'hi poden posar fulles.

—Miri, Iago, més val que es calmi —em va recomanar la Conesa.

—I segui un altre cop, sisplau —va aconsellar-me el policia de paisà, alt i fort com un roure.

De nerviós i excitat que estava, m'havia posat dret. Vaig procurar calmar-me i li vaig fer cas. Vaig seure i vaig beure un bon glop d'aigua.

—No s'amoïni —va començar la inspectora—, que no necessita l'advocat. No pensem pas interrogar-lo. És vostè qui ens ha d'escoltar, perquè soc jo la que tinc una llarga història per explicar-li. A més a més, el Sr. Bernad no ha estat mai el seu advocat, era l'advocat de la seva dona en el procés de divorci.

—Divorci, quin divorci? De què em parla? —li vaig demanar, confús.

—Del seu, de divorci, Iago. Vostè i la Marina portaven més de dos anys divorciats.

—Au, vinga! —vaig fer, incrèdul, davant de tanta mentida—. Si la Marina i jo estiguéssim divorciats jo ho sabria... I no viuria a l'àtic de Castellnou.

—És que no hi viu pas al carrer Castellnou, vostè. Miri, calli una estona i l'hi podré explicar tot —em va ordenar aquella gossa policia—. Em farà cas i s'estarà calladet?

Vaig fer que sí amb el cap. Jo era el primer interessat a conèixer la farsa que m'havia muntat la policia. Era qüestió de callar i escoltar atentament per descobrir els punts febles d'aquella conxorxa i poder-me'n escapolir. Haig de dir que jo soc català, i tant, però també em sento espanyol i soc dels que creu en la unitat d'Espanya. És que estava rebent una revenja política dels Mossos per culpa de la meva manera de pensar? Una venjança per les meves idees? Tot plegat feia molta pudor de conxorxa. Eren dies molt complicats i confusos en la política i encara que no m'havia significat mai, jo, pel meu ofici, era una persona prou coneguda. Doblava en català i castellà, havia fet d'actor secundari en més d'un culebrot a la tele, però si coincidien dues feines sempre escollia primer el castellà, perquè tenia molta més difusió, i aquestes coses que no haurien d'interessar ningú es fan córrer entre els col·legues i mai no saps de quin peu calça el que tens al costat fent un cafè o treballant en sessions de moltes hores. La veritat és que a la feina, sempre que podia em passava al castellà, perquè perfeccionar-lo i treure'm l'accent de sobre era una cosa primordial per a mi. És que si et passes el dia parlant en català, quan vols parlar en castellà et traeixen l'accent i els girs, les catalanades, i en aquesta feina això t'enfonsa la carrera... La cosa devia anar per aquí: una purga política.

—Escolti, miri —va dir, després de fer veure que agafava embranzida i es decidia a explicar-me què estava passant—: d'entrada vostè ni ha anat a Madrid ni ha doblat cap pel·lícula ni sèrie en els últims tres anys. Tres anys, que és el temps que porta tancat a Sant Boi, on el va enviar el jutge, prèvia consulta amb l'equip de psiquiatres després que el jutgessin per maltractament físic i psicològic a la seva dona, o sigui que no continuï pel camí de la negació i de la bestiesa perquè tenim informes molt complets que ho proven i, és clar, les sentències, les fotografies de les ferides i hematomes de les agressions i l'ordre d'allunyament, així com la pèrdua de la pàtria potestat sobre la seva filla que, per cert, aquesta setmana ha estat a Barcelona per assistir a l'enterrament i no vol saber res de vostè.

—Després de tot el que acabo d'escoltar —vaig intervenir sense alterar-me—, i com que no volen avisar el meu advocat i m'han pres el mòbil, exigeixo un advocat ni que sigui d'ofici, si volen continuar aquesta sessió, que a mi no me la foten.

—Ja li he dit que no li cal cap advocat, això no és cap interrogatori, no pensem fer-li cap pregunta, només li estic explicant la seva situació i resumint-li els fets —va insistir la inspectora, tossuda i tramposa—. El dia de l'assassinat de la seva ex, vostè va fer la maleta i es va escapar de l'hospital on estava reclòs, vigilat dia i nit i molt medicat. Cap a les deu de la nit va anar a casa de la seva dona, al carrer Castellnou, amb un ganivet de cuina que es va endur del Centre Psiquiàtric, va amenaçar la Marina, la va violar i mentre ho feia la va degollar. Després es va treure la seva roba tacada de sang, la va llençar al cistell de la roba bruta i es va canviar amb peces que duia a la maleta. Vostè és un dement, però té moments de lucidesa, o sigui que quan es va adonar del que havia fet va marxar de la casa i va passejar pels carrers de l'entorn, que encara que vostè, enfollit com estava, no els veiés, alguns antics veïns seus el van reconèixer, pocs, perquè era tard, i es van sorprendre de veure'l perquè tots sabien per les tafaneries del barri que tenia una ordre d'allunyament. I tots els testimonis coincidien que vostè estava desnortat, desorientat, com si anés perdut pels carrers del voltant. Passada la mitjanit va entrar a la cocteleria Margarita's i, segons explica la mestressa, se la va beure gairebé sencera. Imagino que va tornar a casa com va poder, amb una borratxera descomunal, i es va deixar caure al sofà de l'habitació, que és on el va trobar la noia de fer feines l'endemà. Les proves de l'ADN i de fluids han donat positiu, com no podia ser d'altra manera, el ganivet l'hem trobat entre els llençols i la seva roba ensangonada al cistell.

Mentides i més mentides per fer quadrar la conxorxa. Aquesta mala bèstia dels Mossos s'ho havia preparat tot detalladament, fil per randa, per construir un puzle que fes patxoca i encomanés al jutge la seva animadversió en contra meu.

—Li explicaré el que farem —va dir amb aquella tranquil·litat i fredor que només els policies ben ensinistrats posseeixen—: ens l'endurem un altre cop a Sant Boi, el reclourem en una habitació vigilada i amb atenció psiquiàtrica les vint-i-quatre hores, l'atiparem de medicació, li posarem vigilància nit i dia fins el dia del judici. I nosaltres haurem acabat la feina, senyor Lamela. Allà s'esperarà, ben vigilat, fins el dia que el jutgin i dictin sentència. Espero que ho hagi entès tot perfectament. Oi que ho ha comprès, tot el que li he explicat? Oi, Iago?

—No havíem quedat que no em faria cap pregunta? Exigeixo un advocat, si vol que li contesti, mala puta —vaig escopir-li a la cara amb mala llet.

—No s'amoïni —va dir mentre es netejava amb un kleenex l'escopinada—. Demà li farem un interrogatori, l'interrogatori, amb l'advocat al davant.

***

A aquesta hora de la tarda entra un sol d'hivern per la petita finestra de la miserable cel·la on em tenen tancat i barrat, que m'escalfa i m'alegra. No puc veure res del paisatge de fora perquè, d'alta que està, no hi arribo. Tampoc no sé el temps que fa que soc tancat aquí, n'he perdut el compte. Només sé que m'inflen a pastilles, encara que, sempre que puc, faig veure que me les empasso però les amago a la geniva i quan se'n van les llenço. Que es fotin, que prou fotut que estic, jo, aquí tancat esperant no se sap què. El que més em dol de tot plegat és haver perdut la meva filla per culpa de les mentides que li han contat aquests fills de puta. No l'he vist mai més. Ni una visita, ni unes ratlles. Ves a saber el que li deuen haver dit, pobreta. I la mort de la Marina, d'aquella manera tan brutal. És que aquella imatge, morta al llit, enmig d'un bassal de sang, no me la puc treure del cap... Com me l'estimava jo, la Marina! Amb bogeria. Va ser un amor *fou* des del primer moment, des d'aquella primera escena d'amor que vam doblar junts. Ens van felicitar per la intensitat (el Cubedo, el director del doblatge). Era la primera vegada que treballàvem junts, ens vam conèixer aquell dia, i la vam brodar, la seqüència. Bé, jo l'havia vist pels passadissos de l'estudi, una dona molt guapa i molt, no ho sé, molt com cal. Amb la seva timidesa i la seva modèstia. Però en aquella escena d'amor salvatge que vàrem doblar es va destapar com una dona apassionada i sensual. Me'n vaig enamorar des del primer *take*. I mira, fins avui. Bé, fins avui no, fins aquell dia maleït que la van assassinar... Quan ho penso... L'estimava tant! És clar que teníem, a vegades, alguna trifulga, ja se sap, com totes les parelles del món. Però sempre, sempre, després de la tempesta venia la calma. I d'això dels cops i maltractaments que diu la policia, no res. Però si soc incapaç de matar una mosca, jo. Tinc el meu caràcter, com tothom, i reconec que tinc un punt de zelós, sí, ho reconec. No és que la Marina me'n donés cap motiu, se'n guardaria ben bé prou, a més ella no era així, com aquestes noies que coquetegen permanentment, que sembla que se't mengen amb la mirada. Les tens a un pam i no et miren als ulls, no, et miren el cervell. Això fa por, una dona així. No era el cas de la Marina, és clar que no, però sí que em passava una cosa amb ella que, a vegades, em treia de polleguera, ho sé. I ella també ho sabia, perquè era superior a mi. No suportava anar al cinema i sentir-la en una escena d'amor amb un altre home. És clar que sé que era ficció, que jo soc de l'ofici, i, a més a més, només hi posava la veu, però sentir-la gemegar o sospirar o panteixar amb un home al damunt que se la feia, això sí que no ho podia aguantar. I si anàvem al cinema amb amics i sortia una escena d'aquestes porques i, després, a la sortida la colla encara hi feia conya, ja la teníem organitzada. En arribar a casa és que jo no podia més i esclatava i es muntava la mundial. Culpa meva, ho sé, la meva gelosia, sí, sí, però era superior a mi, no em podia controlar. No em podia controlar davant d'una situació com aquesta. L'hauria matat, ho juro. Perdia el control, jo, i l'emprenyada em durava dies, setmanes fins i tot... No, però això que li va passar no s'ho mereixia. Morir d'aquesta manera, degollada com una garrina, dessagnada.

Pobra Marina..., al cel sia.

PERSONATGES PRINCIPALS

IAGO LAMELA: Doblador de cinema i televisió
MARINA REVERTER: Dobladora i dona de Iago Lamela
INSPECTORA CONESA Investigadora de l'assassinat de la Marina
MARGARITA: Mestressa de la cocteleria Margarita's
I la col·laboració especial de l'actor Antonio Banderas

El discret hostal del fanalet vermell

(Inspirat en *La Ronda* d'Arthur Schnitzler)

No em puc creure que no li soni el nom de l'Hostal del Fanalet Vermell. No pretenc que em confessi que hi ha estat, que cadascú se sap el que fa amb la seva vida privada, la que es pot explicar i la que no, però estava segur que no hauria trobat ni un barceloní o barcelonina, i molts forasters i passavolants, que no hagués sentit a parlar mai del més luxós i sofisticat i, per tant, ben notori, i, fins i tot, mític, *meublé* de Barcelona dels darrers temps (*love hotel*, em sembla que en diuen, modernament, d'aquest tipus d'establiment). Encara que no ho crec, potser li sigui més familiar el nom autèntic, no el que li va posar la gent, L'Hostal de les Delícies... Tampoc? En fi, lector, lectora, què hi farem! La veritat és que no li és imprescindible, no s'amoïni, que conegui l'existència de l'indret, prengui-s'ho amb imaginació, fet i fet es tracta d'un relat de ficció, però entenc que ajudaria una mica que en tingués alguna referència. L'hi donaré.

Els Puigneró, una antiga nissaga barcelonina d'hostalers que en els últims quaranta-cinc anys s'han especialitzat a crear petits però luxosos i singulars hotels a Barcelona, Girona i l'Empordà, van fundar aquest hostal d'especials característiques a començaments del segle XXI, quan ja circulaven rumors sobre el possible tancament de la mítica

Casita Blanca del costat de Lesseps i els *meublés* de tota la vida estaven preparant o efectuant la reconversió cap a la modernitat, tot i que els més coneguts han mantingut alguna habitació amb la decoració clàssica, que és a la que tenen acostumada la clientela més antiga i fidel.

L'Hostal de les Delícies o, popularment, l'Hostal del Fanalet Vermell, va mantenir l'aspecte de casa senyorial que tenia l'edifici original amb el famós fanalet modernista al costat de la porta, que ells van deixar il·luminat de vermell nit i dia, com a senyal d'identitat, i van refer i actualitzar tota la decoració sota la direcció de la interiorista italocatalana Donatella Santos-Schiafino, i van aplicar les últimes tecnologies per garantir el súmmum de seguretat i privacitat, imprescindibles en uns acollidors nius d'amor d'aquesta categoria. Les setze suites de l'establiment, tot i que cadascuna tenia la seva pròpia personalitat ambiental, comptaven amb les mateixes comoditats, tecnologia i sofisticacions. Els clients podien modificar al seu caprici la intensitat i la coloració de la il·luminació, l'orientació dels miralls, tant del sostre com dels laterals, escollir entre una pila d'atmosferes musicals, entre les quals la música clàssica, en què sonava inexcusablement el *Bolero* de Ravel, una obvietat, i en el gran plasma de televisió hom hi podia trobar també una bona col·lecció de canals propis de l'Hostal: erotisme, pornografia soft, manga pornogràfic, porno hardcore, cinema porno vintage, amb les corresponents variacions segons les inclinacions sexuals dels clients i, fins i tot, un últim canal molt curiós, que a la gent no saps mai el que l'excita, de les pel·lícules inicials de Walt Disney, amb especial selecció dels contes de princeses. No cal ni dir que totes les cambres comptaven amb jacuzzi i un *room service* de primer nivell. És clar que el preu de tot plegat no era pas de ganga, ans al contrari.

Parlo en passat d'aquest famós *meublé* perquè fa cosa de dos anys, potser una mica més, va ser notícia —i potser per això, finalment, els vingui a la memòria—: un matrimoni homosexual d'escriptors francesos s'hi va anar a suïcidar tallant-se les venes. Els van trobar dessagnats al jacuzzi i l'escàndol mediàtic va ser tan monumental que els Puigneró van decidir tancar l'establiment i deixar passar el temps fins que el ressò de la sagnia s'apaivagués. Hervé Borowski, novel·lista hiperrealista, i Basile Mathieu, poeta postsurrealista, desconeguts a casa nostra però figures emergents de la jove literatura francesa, van ser notícia als mitjans del seu país tant de temps com el que va durar la investigació. Aquí tot es va tancar amb la notícia de la darrera bogeria comesa per dos gais francesos amb ganes de notorietat. Malgrat això, algunes editorials es van interessar, sobretot, per l'obra de Borowski i, crec que l'editorial Meteora va publicar una traducció de *La belle chanson du malheur*, que va passar per les llibreries amb més pena que glòria. Ni com a detall esnobista, va atraure l'atenció de la crítica.

Fa poc he llegit que l'hostal se l'ha quedat una cadena internacional de molt prestigi i anomenada, i amb l'Ajuntament n'estan negociant la transformació, no pas gaire complicada, en un hotel també de luxe. El lloc és molt tranquil, en un trencall de la carretera que va de Vallvidrera al Tibidabo, amb unes vistes magnífiques sobre Barcelona que, de ben segur, els clients de l'Hostal no havien contemplat mai, ni tan sols s'ho devien plantejar.

Tot i que la crònica d'aquell malaurat succés en què una parella de joves escriptors francesos que no arribaven als quaranta anys va venir a dessagnar-se al conegut Hostal del Tibidabo té molt de morbo per captar l'atenció del lector, jo no vull pas parlar-li d'això. Em sap greu decebre'l, potser. Perquè la història que vull narrar és més antiga, de fa deu anys. Deu? No, no, més. Penso que tot plegat va començar catorze anys enrere i que, entre una cosa i l'altra, els esdeveniments es van succeir en el decurs d'un parell d'anys en una de les habitacions més emblemàtiques, l'11, que a la porta lluïa el cartell de La Garrotxa, i de les parets de la qual penjaven pintures autèntiques de l'escola olotina. Val a dir que els Puigneró cuidaven moltíssim aquestes subtileses ornamentals i el seu conegut catalanisme es feia palès en els mil i un detalls de l'establiment. Hi havia una suite, la 2, la que anomenaven Cap de Creus, plena de marines d'aquell paisatge agrest, i un quadre de grans dimensions de Carles Bross, un pintor local prou conegut al territori que pintava desconstruccions de peixos i xarxes de pescador amb un ús exagerat del traç gruixut i els colors primaris. També hi havia una suite, la 16, dedicada a Barcelona, que si t'hi entretenies, cosa que la clientela no solia fer, hi podies contemplar una interessantíssima col·lecció fotogràfica de racons de la ciutat abans que la constructora Núñez i Navarro i l'alcalde Porcioles endeguessin el procés d'aniquilació d'emblemes arquitectònics o establiments de solera, una gran esborrada de memòria que continuà en anys i alcaldies posteriors, de manera que Barcelona va esdevenir una de les ciutats del món més ultratjades per aquest costum infame.

Fa aproximadament catorze anys, l'editor de llibres en català Oliver Gironès volia celebrar de manera distinta i original el desè aniversari del seu casament amb la Frida Pujolà. Havia de ser especial, diferent de les nou celebracions anteriors en què l'Oliver s'havia escarrassat a trobar hotels d'indrets amb encant que sorprenien la seva dona i els proporcionaven una nit de plenitud i un record de felicitat inoblidable. A més a més, el vespre anterior, el president de la Generalitat li havia lliurat, al costat de trenta-dues més, entre persones i institucions, la Creu de Sant Jordi, honor màxim al qual pot accedir un català, per la seva contribució a la cultura, el descobriment de nous talents literaris com la Jana Benejam o el Ciprià Delort i la creació d'una empresa editorial diferent i renovelladora, molt renovelladora. Per tot plegat l'Oliver Gironès va reservar la suite número 11 del discret Hostal del Fanalet Vermell on pensava sopar amb la seva esposa i passar una altra nit inoblidable fent ús i abús, fins i tot, del matrimoni. Una gran i excitant idea la de celebrar l'aniversari de bodes en un *meublé*, com si es tractés d'un encontre fortuït, gronxats per la música de Billy Paul, Donna Summer, Patti Labelle o bé The Temptations.

L'Oliver Gironès tenia quaranta anys. Ni molt alt ni molt prim, el seu aspecte d'intel·lectual, amb ulleres de pasta i el cabell llarg, lleugerament rossejat i deixat anar amb un acurat desordre, li conferia un notable atractiu. Des que va enllestir, ben jove, la llicenciatura de filologia catalana, es va posar a treballar en el món de l'edició i dotze anys enrere va fundar la seva pròpia editorial: L'Estaca. De ben jove havia llegit la biografia de Zino Davidoff, el mític suís d'origen jueu, fabricant d'un dels cigars més anomenats del món, escrita per José Luís de Vilallonga, i d'aquella biografia, inflada amb enginy per l'escriptor aristòcrata espanyol, en va treure la idea que va ser la clau del seu èxit en el competitiu i precari món de l'edició catalana. A part d'elaborar bons cigars havans, valorats per la seva regularitat, que feia que un Davidoff fos sempre igual a un altre Davidoff, si el conservaves en les condicions d'humitat adequades (cosa que no garantien les grans marques, que després de fumar-te l'excel·lència podies trobar-te un tió encès mediocre a la boca), a Davidoff se li va ocórrer batejar els diferents formats que fabricava a Cuba amb el nom dels gran vins francesos: Château Yquem. Château Margaux, Château Laffite, Château Latour, Dom Perignon... Aquest acord amb els fabricants dels grans crus li va proporcionar una campanya de màrqueting i un posicionament d'excel·lència en el mercat del cigar havà. El Gironès va fer seva aquesta idea i va cercar un cas paral·lel entre el catalanisme per tal d'anomenar tant la seva nova editorial com les col·leccions dels seus llibres. Sí que va donar-hi unes quantes voltes, a la idea d'anomenar les col·leccions com algunes D.O. catalanes com Priorat, Costers del Segre, Penedès, Empordà o Montsant. Però ni els vins catalans eren prou prestigiosos per fer la còpia literal de l'operació de Davidoff ni suggerien cap relació amb el món literari. Calia trobar una col·lecció de noms ben arrelats en la pàtria i la cultura. Li va donar moltes voltes, va viure uns mesos obsessionat i amb el projecte aturat per manca de la idea precisa més adequada. I un dia es va creuar per la Diagonal amb una manifestació d'estudiants que després de cridar diverses consignes es van asseure al bell mig de la calçada i es van posar a cantar «L'estaca». Hòstia, ja ho tinc! I li va entrar un tremolor per tot el cos: les cançons de Lluís Llach. Hi ha alguna cosa més patriòtica i popular? Dit i fet. Després de complicades negociacions amb els advocats del cantautor de Verges, es va sortir amb la seva. A l'editorial la va anomenar L'estaca i a la primera col·lecció que va treure, barreja de literatura universal i d'escriptors consagrats catalans, li va posar el nom de «Cop de destral». Després va anomenar «País petit» la col·lecció de novel·la i relats d'autors novells de casa nostra. Amb «Campanades a morts» va tenir l'encert de batejar la seva acurada col·lecció de novel·la negra, farcida d'excel·lents traduccions d'autors nòrdics i italians. Per als assajos polítics, una de les col·leccions de més èxit avui dia, imitada per la resta d'editors, va escollir la cançó «I amb el somriure, la revolta». Un altre dels seus encerts editorials va ser la sèrie dedicada al col·lectiu LGBTI, tant en voga i tan aficionat a la lectura de gènere, per aquesta missió en Llach tenia una cançó el títol de la qual li anava com l'anell al dit, «Per un tros del teu cos» i, finalment, amb la tendra cançó «Nin non» va batejar la col·lecció de llibre infantil. És evident que l'Oliver Gironès tenia ben guanyada la Creu de Sant Jordi que li acabaven d'atorgar.

Però malgrat els molts motius del Gironès per estar exultant, per esperar excitat aquella nit d'intimitat, celebració i plaer a l'Hostal del Fanalet Vermell, estava amoïnat. La Frida, la seva dona, portava uns mesos estranyament llunyana. Perdia la mirada en un horitzó intangible. Defugia la conversa més enllà de qüestions domèstiques o laborals i el seu comportament a l'alcova era fred, gairebé indiferent, desapassionat, i amb l'atenció posada en un altres punts del globus terraqüi, no pas en aquella habitació on havien fruït del goig de l'amor durant tants anys. Hauríem de parlar, no creus? De què vols que parlem? Què et passa, Frida, on ets? Quina ximpleria, soc aquí al teu costat, o és que no em veus? No em passa res, que no, que no em passa res. Si tu ho dius... Però la Frida no deia la veritat, deduïa l'Oliver. S'estava transformant en una dona estranya i esquerpa que ell no reconeixia. El temps d'oci se l'omplia de spinning. S'aïllava amb pany i clau dintre d'un llibre, però cap dels que publicava L'Estaca. Era com si aquesta Estaca que l'havia omplert de vida i dedicació conjugal tants anys, ara li molestés només de sentir-ne el nom o notar-la dintre seu, dintre del seu cervell d'intel·lectual reconeguda. De fet, onze anys abans d'aquesta nit que havia de ser de comunió estreta de cossos i ànimes, va ser Lluís Llach qui els va unir. El Gironès no ho oblidaria mai i pensava que la Frida tampoc. Però no sabia si la Frida ho tenia tan clar, ni tan present. No sabia si la Frida estava al cas.

La Frida Pujolà, trenta-cinc anys, llicenciada en filosofia, era una dona jove i molt atractiva, amb uns ulls foscos, la mirada dels quals, intensa, inquisitiva, et podia sacsejar l'ànima.

Els seus pares tenien una llibreria de reconeguda professionalitat i prestigi a la Travessera de Gràcia que van anomenar Itaca, amb l'accentuació que li va donar Lluís Llach en la gravació del disc del seu viatge mitològic, accentuació a la qual van haver d'endarrerir una síl·laba (a la i, Ítaca*) quan els clients més primmirats els van fer palès l'error que brandava orgullós al seu rètol del carrer. Els va saber greu que el seu admirat Lluís cometés una falta ortogràfica d'aquesta magnitud, que a ells també els va deixar amb el cul a l'aire, però mai no l'hi van tenir en compte, ans al contrari, la seva admiració pel músic i patriota de Verges va anar en augment dia a dia i les seves cançons, fins i tot les menys conegudes, eren repetides de manera incessant al reproductor del cotxe de Joaquim Pujolà, el seu pare, i amb elles en els cinc sentits va créixer la Frida, cofoia de catalanisme i música excelsa. Quan, malauradament, el pare va morir d'un atac de cor, ella, que era a l'últim curs de carrera, amb l'ajut de la seva mare que, potser pel fet de ser filla d'aragonesos era més serratiana que no pas llachiana, es va fer càrrec de la llibreria que, malgrat que la vídua era partidària de canviar-li el nom pel de Llibreria Mediterrània, el convenciment rotund de la Frida i el respecte envers l'obra del llibreter difunt va prevaldre i* Ítaca *va mantenir-se orgullosa al rètol del carrer. Fins que un dia va creuar la porta l'editor Gironès, que solia visitar establiments per comprovar com eren tractats i exhibits els seus llibres, sobretot en els primers anys de l'editorial, i la mútua i fervorosa coincidència en l'admiració profunda pel cantautor de Verges que engendrà aquell apassionat amor a primera vista va portar, un any i mig després, la parella de lletraferits fins al jutjat on es van casar.*

Veritablement, la Frida Pujolà no estava per efervescències ni celebracions d'aniversari de bodes. El darrer dia de Sant Jordi li havia canviat la percepció de la vida. Ja se sap la bogeria que sol ser aquella festa del llibre i de la rosa. Editors i autors van com bojos, amunt i avall, a les onze a una parada, a les dotze a una altra a quilòmetre i mig de distància, a la una la tercera i així, d'Herodes a Pilat, tot el dia. El Gironès ja tenia perfectament distribuït el seu equip per acompanyar els autors de la casa en la bogeria de les signatures quan el dia abans el va telefonar l'Arnaldo Luque, el seu distribuïdor a Madrid, anunciant que li feia molta il·lusió viure la Diada amb ell. M'has de donar un cop de mà, Frida, que aquesta no l'esperava. Però si jo no el conec. Però te n'he parlat moltes vegades i ens fa una gran feina en el mercat espanyol, que ja saps com de complicat és col·locar-hi llibres en català. És que jo també tinc feina a la llibreria. Però hi són la teva mare, el teu germà i la seva dona, no em pots fallar, és que no sé com fer-ho. Hem quedat a la Casa del Llibre del Passeig de Gràcia i després tu te l'endús a dinar. Et demano un parell d'hores, Frida. Et faré reservar a l'Igueldo, que queda a prop de tot el mullader. Aquesta me la deuràs, Oliver, que ja m'explicaràs què hi faig, jo, amb un paio de Madrid que no conec. Però si és un encant, ja m'ho sabràs dir. I no és madrileny, que és nascut a Buenos Aires. Pitjor m'ho poses. Que no, ja veuràs com no.

Efectivament, la Frida Pujolà va veure que no als lavabos de l'Igueldo, després d'una explosiva barreja de vi, Lluís Llach, Frida Kahlo i Jorge Luis Borges, que el persuasiu i seductor Arnaldo va administrar amb molt de tacte, habilitat i experiència, tot plegat rematat amb un castell de focs artificials al cervell de la llibretera i un indescriptible esclat de plaer en les seves entranyes. I des d'aquella diada, probablement la diada més diada de totes les diades que havia viscut, la vida, per a la Frida, ja no va tenir el mateix sentit.

—Què tal amb el Luque? —li va preguntar l'Oliver, al final

del dia esgotador, mentre es treia les sabates i es calçava les sabatilles, que ja no podia més.

—La veritat és que prou bé —va dissimular l'entusiasme la Frida—, és un home molt educat i té una conversa molt interesant...

—Veus com jo ja t'ho deia?

Si no fos que ja s'ho podien esperar, el sistema de seguretat per preservar la discreció dels clients de l'Hostal de les Delícies, l'estratègia d'ocultació dels cotxes i de portar els clients a la suite escollida sense que mai, però mai, les parelles es poguessin creuar i reconèixer-se, era impecable, com dissenyada pels serveis secrets britànics.

—Com se t'ha acudit? —va preguntar encuriosida, no pas emprenyada, la Frida, mentre compartien les ostres gallegues i l'ampolla de Roederer.

—No ho sé... Es tractava del nostre desè aniversari i em feia gràcia portar-te a un lloc especial, singular... No t'ho sembla?

—I tant que m'ho sembla! No ho sé, se'm fa estrany... Em sento una mica... puta, potser?

—Què dius, Frida! No era aquesta la meva intenció —va dir-li amb un bri d'esverament, amb la por d'haver-la espifiat, ell que s'havia construït al cervell la idea d'una nit de retrobament, per redreçar les seves estranyament malmeses relacions conjugals.

—No, no t'ho retrec, no t'ho pensis, però t'haig de confessar que estic sorpresa... Coneixies aquest lloc?

—No, no —va dir l'Oliver de seguida, amb rotunditat, no fos cas—, però es veu que el coneix tothom; no et diré el nom perquè no cal, però va ser un editor que sabem tots dos, qui em va suggerir la idea, i me'n va parlar amb coneixement de causa.

—El Figueras —va dir immediatament la Frida, com volent jugar a les endevinalles.

—No t'ho diré.

—El Vallès. El d'Edicions de l'Àtic.

—Que no, que no t'ho diré —es va tancar en banda l'Oliver sense perdre el somriure—, és un secret professional, Frida, ho has d'entendre. Vinga, brindem. Brindem per nosaltres i tindràs una sorpresa...

—Una altra? Quina por que em fas...

Per dins, l'Oliver estava content. Considerant el mal rotllo dels últims mesos, la nit semblava que canviava la fesomia de la relació. I van brindar per ells dos. I la Frida, fluixet, va dir:

—Per tu i jo.

Aleshores ell es va aixecar de la cadira, va rodejar la tauleta on sopaven i li va lliurar una capseta luxosament embolicada.

—És el meu regal d'aniversari.

Ella el va obrir i es va quedar d'una peça. Ni s'ho podia creure ni creia que s'ho mereixés. En un estoig característic de Bulgari hi havia la parella d'arracades que sempre havia somiat. Dos aros d'or blanc que se cenyien al lòbul de l'orella, amb les majúscules de Bulgari resseguint l'aro i amb un brillant espectacular ocupant el forat del dònut d'or. I la Frida es va emocionar —les imatges que li van passar pel cap!— i va deixar anar una llàgrima. L'Oliver, dret darrere seu, la va abraçar i a cau d'orella li va dir que l'estimava, que l'estimava molt.

—Jo també t'estimo, Oliver... —va respondre fluixet, i va continuar més fluixet encara— No m'ho mereixo, Oliver, no m'ho mereixo.

Ella s'aixecà, ell la va abraçar. Fosos en l'abraçada, l'Oliver li va abaixar la cremallera del vestit negre. La seva dona no va oposar cap mena de resistència. No es mereixia el seu menyspreu. La seva actitud havia estat molt injusta, n'era conscient. I es va deixar abraçar, besar i arrossegar fins al gran llit de la suite dedicada a la Garrotxa del discret Hostal del Fanalet Vermell. Tampoc va oferir resistència a la tasca delicada que va fer servir l'Oliver per despullar-la mentre continuava repetint que l'estimava. I quan nus i encarats, l'home damunt d'ella, excitat i dominador, va iniciar la cerimònia de l'amor, la Frida no va poder, no es va veure amb cor de tenir-lo cara a cara, i com amb un gest, un moviment natural de feminitat, es girà d'esquena i li oferí el darrere, i l'Oliver, com succeïa en els últims mesos (ell no n'era gens conscient, que això passava des de la diada de Sant Jordi), la va muntar com un gosset. La Frida, com solia fer les altres vegades, va escenificar amb convicció un orgasme.

Ell, relaxat, humit per la suor que li havia provocat l'esforç amorós, nu damunt del llit, admirava la bellesa del cos d'ella a través del mirall del sostre. Al seu costat, també suada després del lliurament, encara panteixant, a la Frida la va trair una llàgrima. Ell s'hi va fixar.

—Però... Frida, estàs plorant... —li va dir.

—Ho sento, perdona... Saps? És la primera vegada en molt de temps que faig l'amor cara a cara, veient-te —va confessar la dona—. Mai no podries entendre el que això significa per a mi, Rubèn.

Estirats al llit, nus i reflectits en el mirall còmplice, el Rubèn li va passar el braç per les espatlles, l'acostà cap a ell i li va besar els ulls plorosos.

Rubèn Maristany i Espinosa, seixanta anys, impecablement vestit amb roba i corbata d'Armani i sabates de Prada, prim, canós, una mica més de metre setanta, enginyós en la dialèctica, obstinat i meticulós seductor, ric, era l'advocat que duia el divorci de la Frida Pujolà. El Maristany estava considerat un dels ad-

vocats matrimonialistes més acreditats des que a finals de la dictadura es va especialitzar, amb tanta intuïció com èxit professional, en les anul·lacions beneïdes per l'Església. El bo i millor dels matrimonis en crisi de l'alta societat barcelonina va aconseguir, a través dels seus bons oficis, l'expert coneixement dels laberints eclesials, les febleses del funcionariat clerical i un feix enorme de bitllets, l'escletxa oportuna per fer saltar pels aires, amb senyoriu i arguments imaginatius, la famosa indissolubilitat del sagrament. Franquista aprofitat a les darreries del franquisme i els primers anys atzarosos de la transició, se l'havia vist participar en manifestacions de Fuerza Nueva quan estava en joc la pervivència del monument a José Antonio a dalt de tot de l'Avinguda de la Infanta Carlota, avui Josep Tarradellas. Cínic entre els advocats cínics, va anar donant la volta a la jaqueta i va acabar per pronunciar conferències en les primeres organitzacions feministes dels anys de l'esperança, a finals dels setanta. Això i la col·laboració com a consultor legal en magazins radiofònics del matí, li va anar llaurant un nom que, amb el èxits laborals en les separacions, va consolidar. Citar el Maristany era invocar la patum que et garantia la victòria en el plet matrimonial. La seva manca d'escrúpols, professionals i de consciència, l'havien portat a col·leccionar amants de curta durada entre la seva selecta clientela femenina que, enxampada en hores baixes i anant fluixa d'autoestima per mor de les circumstàncies, se li lliurava confiada tant professionalment com sentimentalment. De la qual cosa es vantava sense cap mena de contenció dins el seu cercle més íntim d'amistats masculines, al Nàutic i al Club de Polo. Casat i amb dos fills ja grans, la Flàvia i el Borja, la seva dona que, a més a més de guapa i elegant era llesta, n'estava prou al cas, dels embolics del seu marit amb les clientes més atractives o més febles. Però s'hi havia acostumat després del primer disgust, la primera discussió i la primera promesa que això no tornaria a passar. A la Mireia Palau me la tenia com una reina i ella, amb els anys i la paciència, ben consolidat l'estatus, havia recuperat el seu inoblidable amor d'adolescència, amb qui es consolava furtivament de tant en tant.

El dit índex de la mà dreta del Rubèn, dibuixant camins amb revolts sobre la pell nua de la Frida, es va entretenir a jugar amb els mugrons i va notar com s'estremia. Fluixet, llunyà, sonava el trèmolo de Charles Aznavour.

—Així que al teu marit li anava això del coit anal... —va dir com si li parlés de la salsa de roquefort a les endívies, sense parar d'acariciar-li suaument el cim dels pits.

—No, no, no m'has entès, Rubèn, era jo qui li donava l'esquena mentre ell intentava fer-me l'amor. No podia mirar-lo a la cara, era més forta que jo, aquesta sensació barrejada de vergonya i fàstic. Saps? M'era igual el que em fes pel darrere, sobretot el que jo no suportava era creuar-nos la mirada mentre em creia seva.

El Rubèn, jugant, jugant amb el seu entremaliat dit índex, perseverava en la ruta cap a l'escletxa vaginal.

—Si et sembla —va dir el Rubèn, sense parar de jugar amb el dit agosarat—, podem fer servir, com un argument més en la vista per al divorci, que t'obligava a practicar el coit anal. Aquestes perversions impressionen a segons quins jutges.

—Però això no és veritat... —va dir la Frida, excitada, agafant la mà de l'home que començava a burxar en l'objectiu—... Oh, Rubèn, em tornes boja... Para, para...

—Vols que pari, segur? —va preguntar amb fictícia innocència, mentre li acostava els llavis a la sina.

—No, no... No sé què vull, Rubèn... —i li agafà la mà juganera que havia assolit l'objectiu del full de ruta i la va prémer contra el seu sexe amb força, orientant-lo en la recerca del moviment precís.

El Rubèn, experimentat amant que, malgrat l'edat i el lliurament apassionat en cites que tant se li en fotien, fruïa enormement d'aquests moments quan l'estimada ocasional que sí que l'atreia deixava caure tot el pudor i la vergonya i es rendia al seu poder sexual. Estava segur de la seva capacitat per fer-les embogir, i encara més en els casos com el de la Frida Pujolà, que portava tant de temps sense tendresa ni alternatives de plaer. Fer pujar l'autoestima a les clientes ho considerava una obligació indiscutiblement professional, no especificable en la minuta.

No van parlar més d'estratègies judicials de cara al divorci. Van passar la tarda rebolcant-se en el llit immens de la suite número 11. Gairebé exhaust, el Rubèn va aconseguir el que havia estat buscant des que havia sortit a la conversa i que tant l'havia excitat: un coit anal de comiat. Traca final.

Espatarrat al llit després de l'acte, el Rubèn va encendre una cigarreta aprofitant que ella havia anat al quarto de bany. Incapaç de deixar la ment en blanc, donava voltes a la proposta deshonesta que havia rebut per telèfon a primera hora del matí. Una proposta llaminera, molt llaminera, traduïda en calés. Quan estava a punt de fer l'última xuclada de fum americà, l'Elisenda va obrir la porta del bany i accedí a la cambra, un bé de Déu de senyora. S'estirà, nua, al seu costat, i li robà la darrera pipada.

—Vols que prepari un jacuzzi, Rubèn? —li preguntà tendrament.

L'Elisenda Jordana de la Riva, descendent d'una coneguda família de l'aristocràcia catalana, tenia quaranta-cinc anys quan va anar al despatx de l'advocat Maristany perquè es fes càrrec del seu divorci. Després de presentar-se i explicar-se molt per sobre —és clar que conec la seva mare, Elisenda, qui no coneix la Comtessa De la Riva?— la dona es va ensorrar, com si hagués arribat, amb penes i treballs, al límit de la seva capacitat de resistència i a l'últim instant s'hagués deixat caure al còmode seient del despatx del que volia que fos el seu advocat. I tot seguit esclatà en un plor desconsolat que el Rubèn no sabia pas com aturar. I no ho va fer, va deixar que gairebé se li assequés el llagrimall i va escoltar en silenci la descàrrega de greuges que l'Elisenda va bolcar damunt la taula. El seu marit, el petit dels Vilavella —cony, el Jeroni Vilavella! I tant que sé qui és aquest cràpula, el veig al Nàutic, es va dir l'advocat a si mateix— era un multimilionari per herència que des de sempre havia viscut enmig de cotó fluix i que l'únic esforç laboral que li exigia la vida era acudir periòdicament i puntual a la munió de consells d'administració dels quals formava part. Un cop signades les actes, la vida se li obria com un temps de hobby permanent. Navegava amb perícia, cardava amb habilitat, treia la seva dona a passejar o a veure món, controlava que es fessin les transferències a la universitat americana on estudiava el seu fill gran, embogia pel golf que practicava en els més acreditats tapissos verds del món, obsessió esportiva que, primer a contracor, va aconseguir encomanar a l'Elisenda, pel desig que ella tenia de compartir amb el seu marit alguna cosa més que les estovalles i el llençol. Però el que més feliç el feia no era pas el golf, malgrat la seva obsessió per millorar el seu hàndicap, ni la selecció d'amants que tenia; el que de veritat l'enfollia fins al deliri era el caprici que es permetia quatre cops l'any: reunia la seva penya d'amics —tres d'aquí, dos francesos i un suís— per pilotar el seu propi cotxe de fórmula en algun gran circuit. En llogaven un durant dos dies —Montmeló, Paul Ricard, Xerès i d'altres— i s'hi desplaçaven amb el camió de cadascú carregat amb el bòlid, els recanvis, tota l'artilleria de manteniment i reparació i l'equip de mecànics. El circuit els proporcionava l'assistència sanitària obligatòria, ambulància medicalitzada i doctor, i els set amics només havien de pitjar l'accelerador i controlar una conducció al límit, complicada i excitant. Coses de milionaris. Però a Montmeló es va cardar una hòstia contra els neumàtics de protecció que, si bé el van protegir bastant, no van poder evitar el sinistre total del cotxe de carreres —una milionada de la qual l'assegurança només cobria una part— ni el trencament de les dues cames. Allà a la clínica és on va conèixer una doctora quinze anys més jove que l'Elisenda, pubilla d'una família tant o més poderosa que els Vilavella, de qui es va enamorar fins al moll de l'os. Hem de parlar, he conegut algú, va ser el tret de sortida del procés de divorci que va endegar el Jeroni, sense cap possibilitat de marxa enrere, i que a l'Elisenda l'havia arrossegat, aconsellada per una amiga de confiança que abans havia passat pel mateix tràngol, fins al despatx de l'advocat Maristany i Espinosa feia un mes, i que feia tres setmanes que l'assessorava amb hores extres i tota mena de carícies i jocs entremaliats a la suite número 11 de l'Hostal de les Delícies. Un cop per setmana, si més no.

Ves per on, li agradava molt la dolçor de la veu de l'Elisenda. I els seus ulls blaus, d'un blau molt clar, malgrat el color bru del seu cabell brillant, tallat a mig camí entre l'orella i l'espatlla. Però el que impressionava de la dona que jeia al seu costat, sobretot si tenies, com ell, l'oportunitat de veure-la totalment nua, era el bronze excitant de la seva pell, que ni el sol ni la lluna havien alterat. L'Elisenda era, dels físics posseïts, probablement el que més l'havia colpit. O sacsejat. O estimulat. O excitat. Per això, mentre s'omplia el jacuzzi, s'hi va abraonar i la va besar i la va llepar tendrament amb tot el respecte de què va ser capaç per no tenir la sensació de profanar aquella pell de somni. L'Elisenda gemegava fluixet —cada cop menys fluixet— a mesura que la llengua sàvia de l'amant li descobria escletxes de plaer. Si ell era un piròman de l'amor, ella era una teia encesa que gemia a batzegades ansioses, demanant més. I més. I més.

—Oh, Rubèn... Rubèn... Rubèn... —i no deixava de repetir el nom de l'home que l'embogia—. Soc tota teva, Rubèn... Menja'm sencera, per Déu... No t'aturis.

I, definitivament enfollida, li agafà el cap amb les dues mans i l'enclastà entre les cames exigint-li sense paraules, només amb panteixos, que la portés al cel. El Rubèn, per uns segons, va notar que li faltava l'aire, incrustat com estava en el racó prohibit de l'Elisenda, però amb un petit moviment, gairebé imperceptible per ella, va recuperar un bri d'alè i va prosseguir la tasca demanada per la dama, cavaller experimentat i complidor com era.

Els jacuzzis de l'Hostal del Fanalet Vermell eren d'una mida generosa; ben bé hi cabien tres persones, perquè era lògic imaginar que per aquest tipus de situacions triangulars també hi estaven dissenyats. Distesos i relaxats, l'Elisenda i el Rubèn compartien una cigarreta, conscients que s'arribava al final d'aquesta nova sessió contínua.

—Ja sé que vam quedar que aquí dins no parlaríem de la teva feina pel que fa al meu divorci... —va començar a obrir el tema la clienta.

—Però... —va entomar l'advocat.

—Però em tenen preocupada les fotografies. Les has vist? Són tan definitives com esperàvem? Serviran?

—I tant que sí —va contestar ell amb seguretat—, tinc plena confiança en el Colomer, el nostre investigador, que és qui s'ha encarregat de la feina.

—Però tu les has vist, Rubèn, o no? —va insistir ella.

—No, jo encara no, la veritat, però ho veuré tot aquesta tarda. I me'n refio totalment, del que el Colomer m'ha explicat. És finíssim treballant, creu-me. Els ha gravat sortint de l'hotel entrellaçats per la cintura, pujant al cotxe, aturant-lo davant de la clínica i ell baixant del cotxe amb ella i allà, a peu dret, acomiadant-se amb un petó llarg com els de les pel·lícules americanes dels anys cinquanta, em va dir el Colomer.

—Que per a mi no va de broma, Rubèn —va protestar sense alçar la veu, ella.

—Tinc total confiança en la feina del nostre investigador. Fa vint anys que treballa per a mi. Més de vint anys.

—I ja no dic res més, però... Quan has quedat amb el seu advocat?

—Demà passat, estigues tranquil·la. Li traurem el que tu em vas demanar i jo crec que més. Té.. —no sabia si dir-ho o no— ...té molta pressa per casar-se amb la doctora, està molt enconyat.

Ella es va deixar lliscar fins a enfonsar-se en l'aigua del jacuzzi perquè el seu amant no li notés la ira en el seu rostre bellíssim. No havia paït ni gens ni mica la darrera putada, la punyalada definitiva del seu marit, el capriciós Jeroni Vilavella, i quan va tornar a surar, el Rubèn, savi entre els savis en la relació amb les dones, li va agafar la cara entre les mans i va iniciar un intens i llarg petó.

Intens, sensual, llengua contra llengua... Les dues boques es van separar. Es van mirar als ulls i l'Elisenda, ulls blaus, cabell bru, pell ombrejada, va esclatar d'ira.

—És un fill de puta, un fill de puta!

—Tranquil·litza't, Elisenda —va aconsellar-li la Vanessa.

—És que no es pot ser més fill de puta, encara no m'ho puc ni creure, Vane. No m'imaginava que pogués haver-hi gent així —l'Elisenda estava realment enutjada—. Però si no fa ni quinze dies estàvem follant en aquesta mateixa habitació.

I mentre la dona dels ulls blaus i pell de bronze no parava de treure foc pels queixals, maleint la família sencera del Rubèn

Maristany, la Vanessa sortí del jacuzzi, s'embolicà amb el barnús blau nit i ajudà l'Elisenda a posar-se el seu.

—Me l'havien aconsellat com el millor advocat de divorcis de Barcelona, saps? —continuava amb la queixa— El més gran estafador de Barcelona, això és el que era. Un corrupte, de veritat, Vane, un delinqüent!

Assegudes una a cada banda de la tauleta de la suite, es van servir dos tequiles.

—Això t'anirà bé —li va explicar a l'Elisenda—, fa oblidar les penes i et posa en forma, que fa anys que no ens veiem, oi?

L'Elisenda s'ho va empassar d'un glop. Ni per set, ni per desig alcohòlic: només per la mala llet i la ràbia que duia a dins.

—A veure, dona, què és el que ha passat?

La Vanessa Oliveras tenia la mateixa edat que l'Elisenda Jordana. Eren amigues des que van coincidir de ben petites a la mateixa aula del col·legi de monges teresianes del carrer Ganduxer de Barcelona, juntes van créixer curs rere curs i juntes es van matricular i van estudiar a l'escola de disseny Elisava, uns estudis genuïnament barcelonins, com tothom sap prou bé. La Vanessa va deixar-ho a tercer curs per un esfondrament de l'economia familiar, per causa del traspàs dels pares degut a un accident d'automòbil provocat per una esllavissada tornant d'esquiar de la Vall d'Aran. Ella i el seu germà petit hi havien de ser en aquelles petites vacances, en aquella esquiada en família, en aquell cotxe, en aquell accident mortal, en aquella esquela del diari. Però la tossudesa de la noia per quedar-se a Barcelona, que era la festa d'aniversari d'una de les seves millors amigues —mamà, és que és el cumple *de l'Elisenda, sisplau, sisplau—, li va salvar la vida, la seva i la del seu germà petit, però la va deixar en mans del destí i amb la necessitat d'espa-*

vilar-se per ella mateixa. Sortejant la mala astrugància i fent el cor fort tantes vegades com fes falta, patint junts les inclemències de la dissort, ella i el seu germà adolescent van tirar endavant. La seva habilitat natural per seduir, per fer veure el cercle quadrat, per relacionar-se amb qui calgués i com calgués la va colar entre els àmbits socials decisoris de la Catalunya de finals del segle passat. Però mai es van deixar de veure. S'estimaven de debò. I l'Elisenda no ha oblidat mai aquella primera i única relació, intensa i que li deixà una forta empremta, amb una dona. La Vanessa es va haver de buscar la vida des de ben jove i aquí els camins van divergir. Mentre l'Elisenda Jordana de la Riva va respectar el lliri que li van posar a la mà el dia que es va casar, molt enamorada, amb Jeroni Vilavella, la Vanessa Oliveras va fer de la seva vida un nyap, sense escrúpols ni manies, per aprofitar les ocasions que se li presentaven. Se'n va sortir, i tant que sí, però pel camí es va deixar bocins de consciència, d'honorabilitat, d'enteniment i del seu propi orgull. Com ja he dit abans, les dues velles amigues s'estimaven molt i la Vanessa va córrer al seu costat tan bon punt la va cridar ben amoïnada, malgrat que feia alguns anys que no es veien. Completament ensorrada. Desfeta i enfurida, amb la rancúnia a flor de pell. Curiosament va ser l'Elisenda qui, en recollir-la amb el cotxe, li va proposar la discreció i el secretisme de l'amagatall del Fanalet Vermell. Com si amb les carícies i els consols de la dolcíssima Vane pensés esborrar els mals records de les cites ocultes allà mateix amb l'advocat que la va trair.

—Fill de la grandíssima puta... —continuà amb la fixació l'Elisenda, embolicada amb el barnús i empassant-se un altre glop de tequila.

—I tu no ho vas veure venir, tan llesta que ets? —s'estranyà la Vanessa, després d'escoltar pacientment la causa del desconsol de la seva amiga.

—Jo, Vane? Però si jo, amb els homes, sempre he anat amb el ciri a la mà...

—El ciri, Eli? En què estàs pensant? —la va corregir, divertida—. Vols dir el lliri, no?

—Sí, és clar, el lliri, el lliri! —i es va posar a riure, més per nervis histèrics que no pas per altra cosa—. Però no té cap gràcia tot plegat, saps? És que no només era el meu advocat, la persona a qui pagava per defensar els meus interessos, sinó que durant gairebé dos mesos hem estat amants. I me l'he cregut, Vane, he cregut que estava de part meva, que fins i tot hi havia alguna cosa més que sexe en la nostra relació —i s'aturà com mirant enrere—... Tendresa, potser.

—Ai, Elisenda... —es compadí la seva amiga.

—És que és molt gros, molt gros... Es va deixar comprar pel meu ex, que, evidentment, té molts més diners que jo. Mentre feia veure que duia el meu cas estava treballant al seu favor, cobrant de tots dos, però molt més dels Vilavella. La custòdia compartida dels nanos, saps què vol dir això? ...I la meitat de la meitat de la meitat del que em va assegurar que en trauríem.

—Dona, tampoc deu ser ben bé així —va mirar de racionalitzar els tractes, la Vane.

—Una puta merda és el que em queda, després de tots aquests anys i d'aguantar el que he aguantat.

—Si ho vols, conec gent de la junta del col·legi d'advocats...

—Al Maristany no hi ha qui el pesqui, en sap molt i tothom ho sap, n'he parlat amb un advocat amic de la meva germana, un penalista influent, i ens ha dit: compte amb el Maristany, el pitjor del món que et pot passar és tenir-lo en contra.

—Puc parlar amb algun polític que conec... —va proposar la Vanessa com a darrera solució.

—T'ho agraeixo, Vane, i si no et fa res ho intentarem, però ja et dic jo que aquest malparit ho té tot molt lligat perquè mai no l'enxampin. Es veu, pel que he anat esbrinant, que n'ha fet de molt grosses. És un trampós, dona, una autèntica mala persona. El pitjor que m'he trobat a la vida.

—Estigues tranquil·la, que alguna cosa podrem fer —li va respondre bevent el que quedava de tequila en el got.

Mentre l'Elisenda es va quedar penjada amb els seus pensaments, mirant l'horitzó limitat d'aquella cambra, la Vanessa es va treure el barnús i, nua, s'acostà als pensaments i al cos de la seva amiga.

—Ara oblida-ho i pensa només en mi, si et plau.

La va alçar de la cadira, li va treure el batí blau de tovallola amb suavitat de dona i, nues i dempeus, es van fondre en una abraçada i en un petó ple de dolços records, mentre sonava fluixet la veu esquerdada de Chavela Vargas.

Adherida al cos de l'amant, pell amb pell i plec a plec, i mirant pel damunt de l'espatlla, la Vanessa es fixava en el cartell, prou gran, perquè es veiés bé des de qualsevol racó de l'estança, que deia, ben explícit: «Cardeu en català, si us plau». Estava segura que el suggeriment emmarcat no formava part de la decoració habitual de la suite, que el conegut catalanisme dels Puigneró no arribava fins al gest de penjar consells tan surrealistes, sinó que es tractava d'una gentilesa de la casa per a un client tan habitual i singular com l'home que tenia entre els seus braços i amb qui estava a punt de fotre un clau antològic, com sol passar entre dos embogits del sexe.

—Això de cardeu en català, si us plau, ho posen en honor teu, oi, Arnau? —no se'n va poder estar, de preguntar-l'hi.

—En honor meu, n'estàs segura? —va demanar ell, entre sorprès i sorneguer.

—Au, vinga, Arnau, que ens coneixem...

—Doncs jo estava segur que es tractava d'un decret de la Conselleria de Comerç i Turisme —va informar-la.

—Sí, home, esteu de conya els polítics!

—Tens raó —va dir prement-la contra el seu cos, que gairebé li tallava l'alè—, som uns somiatruites. Però quan aquest país sigui lliure ja veuràs com només cardarem en català.

A la Vanessa li va venir un atac de riure tan sobtat i tan fort que es va deixar anar dels braços de l'Arnau i es va doblegar sobre ella mateixa tement que es faria pipí a sobre. Del fart de riure incontenible i incontrolable que s'estava fent.

L'Arnau Munné, un parell d'anys més jove que la Vanessa Oliveras, amb qui mantenia una amistat que venia de lluny, possiblement de veïnatge de barri, si és que Sant Gervasi es pot considerar un barri en el sentit convencional dels barris menestrals de Barcelona. Una amistat complexa de favors per sota la taula, de negocis poc transparents i de fornicació intermitent però estabilitzada. L'Arnau, advocat en exercici, va ser diputat al Parlament per CiU les dues últimes legislatures, la darrera de Jordi Pujol i l'única de Pasqual Maragall. El seu nom havia sonat molt com a probable Conseller, però ell mai no va voler tancar el bufet per on canalitzava els fruits dels negocis i/o tripijocs aconseguits gràcies a les seves relacions polítiques. Havent abandonat el Parlament per pròpia voluntat durant la legislatura presidida per José Montilla continuava essent un personatge clau en el partit perquè controlava la funció entre bambolines i ho sabia tot de tothom. Un intocable. Dormia poc, cinc o sis hores, però sempre estava despert i amb els ulls ben oberts, desplegant una intensa activitat. Una característica que la Vanessa li havia copiat era la de funcionar simultàniament amb dos telèfons mòbils que ell anomenava l'A i el B, l'A de carcassa blanca i el B de carcassa negra, que no se sap si en feia un ús aleatori o bé els utilitzava segons el color dels tractes dels que parlava amb cadascun. El cabell negre, espès i exageradament arrissat, alt, passava del metre vuitanta, gairebé tan musculat com en l'època en què jugava a rugbi, anava sempre amunt i avall amb una moto de gran cilindrada i molts cavalls, la seva gran passió, que renovava tot sovint. L'Arnau Munné estava casat amb una dona molt guapa onze anys més jove, l'Aitana Irazoqui, dels Irazoqui de les llanes, tenia un vaixell atracat a Llafranc, un apartament amb vistes a Calella de Palafrugell, una casa al costat d'un golf a la Cerdanya i una filla de tres anys anomenada Laia. L'Aitana estava de sis mesos i ja sabien que seria una altra nena. Nacionalista fins al moll de l'os, l'Arnau notava dintre seu un rum-rum independentista cada cop més difícil d'apaivagar, això malgrat els bons negocis que continuava fent amb empreses de Madrid. Que la pàtria és la pàtria, però la pela és la pela, s'ho recordava ell mateix, tot sovint, per si en algun moment de feblesa es notava amb mala consciència.

En el repòs assossegat després de l'èxtasi, que de reüll encara continuava llegint el cartell de «Cardeu en català, si us plau», la Vanessa li va explicar el problema de la seva amiga Elisenda i la putada que li significà la deshonestedat de l'advocat Maristany.

—Hosti, tu —la va advertir—, amb el Maristany més val no tenir-hi tractes, i molt menys posar-te'l en contra. És un gat vell amb els millors contactes amb l'Església, però a dalt de tot, eh?, i amb la gent del PP a Madrid.

—Sí, però el que li ha fet a l'Elisenda és molt gros. No creus que se'l pot denunciar al Col·legi d'Advocats?

—I tant que se'l pot denunciar al Col·legi —va dir, tapant-se amb el llençol—, però no t'ho aconsello pas. No t'hi emboliquis. Pensa que la teva amiga té tot el pes dels Vilavella al damunt... Són pesos pesats, Vane, pesos pesats!

—Cony! Però tu també ets advocat, Arnau, i saps que hi ha coses i coses, i això que ha fet aquest fill de puta no es pot fer.

—Doncs no et pensis, no és de les coses més fortes que he sentit que ha fet.

—Ah, no? —va preguntar (santa innocència!)—. Digues, què més saps que ha fet?

—Nena, això és secret professional. Muts i a la gàbia...

—Quins collons que teniu els advocats —va alçar la veu, indignada—. Secret professional? No em vinguis amb històries, d'això en dic jo corporativisme. Us tapeu i protegiu els uns als altres.

—El que vulguis, Vane —va concedir l'Arnau.

—I pel cantó de la política —va insistir— no se'l podria pressionar d'alguna manera?

Ell va callar i va fer com si pensés, encara que el que duia de cap per explicar a la Vanessa era una altra cosa. A més, havien anat al *meublé* a relaxar-se i cardar una estona. En català, si us plau, és clar que sí.

—Saps quin és el millor consell que et puc donar com a advocat i com a amic?

—No, però me l'imagino —va respondre, coneixent com coneixia el seu amant.

—Que no t'hi fiquis, de debò, que no t'hi fiquis.

—Sí, ja m'ho pensava, però no és just. L'Elisenda és la meva amiga.

—Que te la fas, Vane? —va saltar, sense poder contenir el tafaner que duia a dins.

—I a tu què cony t'importa amb qui em fico al llit i amb qui no? Que t'ho pregunto, jo?

—No, tens raó, perdona. M'ha pogut la curiositat morbosa...

Amb carícies, que primer ella va fer com si les rebutgés, i

paciència, i la veu llunyana de la Marina Rossell, l'Arnau va fer tornar la Vanessa al joc de l'amor. Hàbilment.

—Ja has vist el cartell que t'ha fet tanta gràcia —va dir-li ell a cau d'orella—. És que a casa nostra la llengua és important. Si dominem la llengua en tots els àmbits, tenim mig país guanyat...

—Arnau, que et veig venir...

—Fa una classe de llengua, carinyo? —va dir, mentre li llepava dolçament l'orella.

I sí, van fer pràctiques de llengua una bona estona, que es veu que la lingüística era la gran especialitat de les seves cites. I després va venir el premi. L'Arnau va treure de la bitlletera que havia deixat al costat del llit una Visa Or i una paperina, la Vanessa va aportar un petit mirall i, asseguts al llit, l'home es va posar a organitzar aquella pols blanca que tant els agradava amb la targeta. Va estructurar quatre ratlles com les quatre barres de la senyera, que pel que feia als símbols era molt curós.

—I l'altre cap de setmana, pugem a esquiar —va dir-li mentre manipulava la pols sobre el mirall.

—A Andorra, és clar —va endevinar ella, de seguida.

—On, si no? —li va aclarir—. I hem de preparar molt bé l'equipatge, que aquesta vegada anirem ben carregats.

—Algun dia ens enxamparan a la frontera i tindrem un disgust que ni t'explico.

—Què dius! La pràctica que tenim tu i jo...

—I això del tres per cent que va dir el Maragall, no et fa una mica de cangueli?

—El tres per cent? No em facis riure, que jo amb almoines no hi treballo, tu ja m'entens. A més, el Maragall va haver de fer-se enrere, que no tenia cap prova, ho havia llegit al diari aquell matí. Són una colla de babaus aquests sociates...

I l'Arnau, fent servir una palleta curta de plata, va inaugurar la sessió amb una esnifada potent que es va endur, nas endins, la ratlla sencera.

—No, no, jo no —va dir tímida però rotunda la Selene, quan l'Arnau li va passar el petit canut de plata perquè ensumés la farina.

—N'estàs segura? És qualitat garantida, pols d'estels! —va sospirar.

—No, si m'ho crec, però és que no prenc drogues, jo, no n'he pres mai.

—Mai...? Esta bé, d'acord, que jo ho respecto, eh? Cadascú és cadascú... Però no t'importa, suposo... Selene?

—Sí, Selene, Selene, veig que te'n recordes.

—És que, dona, porto un dia... —es va excusar—. A més, Selene és un nom preciós i molt original.

—Sí? —va dir, acostumada al seu nom des de sempre—. Va ser una tossudesa del meu pare, que era seguidor d'un grup, es veu que de vida efímera, que es deia Música Dispersa... Encara que la meva mare el que explica és que el meu pare estava enamorat de la cantant del grup. I d'aquí el meu nom, saps?

L'Arnau es mostrava poc interessat, la veritat, en aquesta història onomàstica, estava més atent a treure la pols. La pols blanca farinera.

—Ah, i pel que fa a la coca...

—No, no, com tu dius: cadascú és cadascú. Tu fes, fes.

I l'Arnau, que portava una pujada d'eufòria impossible de dissimular, es va empassar una altra ratlleta, va deixar els estris de col·locar-se a la tauleta del costat del llit i es va dedicar amb cos i ànima a complaure la dama blanca que havia conegut poques hores abans al Luz de Gas. Tal com ho dic.

La Selene Nadal, de trenta-dos anys, s'acabava de divorciar, després de set anys de matrimoni, del David Sarró, un bon nano, auditor en una multinacional del sector, lliurat a la feina nit i dia i, quan no, avorrit com un ramat d'ovelles. Del naufragi matrimonial els quedava un fill de quatre anys, el Nil, i gens de rancúnia ni, a penes, dolor. L'amor es va anar avorrint, com les vetllades que li procurava l'auditor a la seva dona, i un bon dia se'n va anar a estirar les cames tot badallant. Aleshores la Selene i el David es van mirar als ulls i no els van caldre gaires paraules ni cap crit. Això s'ha acabat, van entendre. Van pactar un acord senzill i just i cadascú va marxar en direcció contrària. Ai, el Nil! Doncs van acordar tenir-lo una setmana cadascun. No li van demanar opinió. Li van explicar que el papa i la mama ara viurien en dues cases diferents i així ell també tindria dues cases i que uns dies s'estaria en una i uns altres dies en una altra. I que molts diumenges anirien els tres junts a dinar i, potser, al cinema o al Cirque du Soleil, si s'esqueia. Com que la criatura no entenia gaire res li van comprar un gelat de pal i el van fer posar content. Aquesta era la primera setmana que la Selene no li tocava tenir cura del seu fill, i les companyes, també ensenyants del Col·legi Frederic Mistral on ella treballava fent classes de llengua i literatura, obsessionades en què s'havia d'animar, de sortir, de viure, la van arrossegar a la disbauxa d'una nit esbojarrada que van culminar al Luz de Gas, que era el local de més ambient de la ciutat. Va ser cap al tard, quan ja duia empassats dos gintònics, que va conèixer l'Arnau, i el va trobar molt atractiu, a més a més de simpàtic i mesuradament descarat. Realment l'Arnau se la va endur al llit a pols, amb molt de mèrit seductor, perquè la recent divorciada no el coneixia de res ni la seva cara li sonava de la política o dels telenotícies, que ella i el seu marit sempre votaven socialista i tenien bastant travessat en Jordi Pujol i la galàxia convergent. Dins el guirigall penombrós de divendres a la nit en el bar de moda, l'Arnau va caure rendit als ulls clars, els rínxols daurats i aquella pell extremosament blanca, com de porcellana, que ni el sol ni les impureses no havien mai profanat. En la vulgaritat multitudinària de la pell bronzejada, la Selene destacava com una deessa de marbre. Però un dia era un dia, va pensar la dona quan l'Arnau li va proposar una aventura. Tenia poca experiència amb homes: set anys de casada, dos xicots a la universitat i un primer amor d'estiu que li va obrir els ulls. Així que l'Arnau, després del tercer gintònic seria el seu cinquè mascle.

—«Posem-nos / dempeus altra vegada i que se senti / la veu de tots, solemnement i clara. / Cridem qui som i que tothom ho escolti. / I en acabat, que cadascú es vesteixi / com bonament li plagui, i via fora!, / que tot està per fer i tot és possible» —li va recitar l'Arnau després del coit.

—Martí i Pol —va dir la mestra—. «Ara mateix». Te'l saps sencer, de dalt a baix?

—Doncs... no. Em sé només aquest tros, de memòria, però és molt estimulant, no?

—Home...

Era evident que el paio que havia acabat de conèixer aquella nit anava molt col·locat, però col·locat i tot, feia molt de temps que ningú no l'havia fet estremir d'aquella manera tan intensa, que ningú l'havia fet sentir aquelles enyorades sensacions, aquell tremolor plaent.

—Oh, Arnau, Arnau —només va saber dir com un gemec dolç.

Aleshores ell la va fer fixar en el cartell que hi havia darrere la porta, que mira que era gran, i la Selene, embolcallada de noves sensacions i d'aquella barreja de temença i pujada d'adrenalina que li donava l'aventura, no hi havia parat esment. Es va sorprendre d'allò de «Cardeu en català, si us plau», però no va riure, va deixar que l'Arnau, abraçant-la, acariciant-la, s'esplaiés en el seu discurs nacionalista, gairebé una arenga per sortir al carrer, si no fos que a la suite número 11 s'hi estava tan a gust. Li parlà de la tasca immersora que feien els Puigneró, els amos de l'Hostal, amb subtileses com aquelles, que el país s'havia de reconstruir des de la quotidianitat, a partir dels petits detalls que omplen el dia a dia. Que sí, que la immersió lingüística a les escoles ha estat fonamental i és el pal de paller del retorn a la normalitat, que TV3 fa un tasca encomiable i insubstituïble, però que també els amants han de jugar el seu paper. Saps?, he tingut la sort de viatjar per tot el món i t'ho diré amb tota la sinceritat de què soc capaç: fer l'amor en català és el millor que hi ha, Selene. Com estima la dona catalana, com panteixa sota o damunt teu, com s'esborrona entre els teus braços, com et diu a cau d'orella paraules d'amor mentre tu accedeixes al seu sagrari, com et fa embogir de plaer, això no ho he trobat en les dones d'altres contrades, d'altres colors de pell, d'altres llengües... M'entens, Selene? Això és un bé de Déu i tu n'ets un exemple. És que tu... tu.... folles com els àngels que voletegen entorn de la Moreneta... Ja saps allò del Virolai... Amb serra d'or els angelets serraren... Saps què vull dir, Selene? Selene, oi? Que Catalunya serà folladora o no serà.

Una part del cervell de la Selene al·lucinava amb les explicacions del seu amant recent i molt passat de voltes, però el seu cos s'estremia i s'excitava amb el to que feia servir i amb les carícies, llepades i petons amb què sàviament acompanyava les seves paraules murmurades, el seu discurs potser esperpèntic, però tant se li en donava, era una nit boja i aquell home era d'un sol ús. Per tant, va tancar els ulls abans de tornar-se a veure reflectida en el mirall del sostre i es deixà portar, amb dolces batzegades, fins a la glòria terrenal.

Passada una bona estona, a poc a poc, l'Arnau es va anar alçant del llit i es va començar a vestir. Endormiscada, i sense haver tornat del tot, encara, del viatge cap a la dolça agonia, la Selene se n'adonà.

—On vas, Arnau?

—Tu descansa i somia amb els angelets, queda't al llit totes les hores que vulguis i jo deixaré avisat i pagat un taxi per quan desitgis marxar, però és que haig de passar per la clínica, saps?, aquesta tarda la meva dona ha tingut una nena, li posarem Ona.

—Doncs... enhorabona —només va saber dir, endormiscada, la Selene.

—Gràcies, ha estat, de veritat, un plaer —i l'Arnau li va fer un petó als llavis i va sortir sense fer soroll per la porta on hi havia penjat el cartell que deia «Cardeu en català, si us plau».

La Selene donà mitja volta i agafada al coixí, dolçament, s'adormí.

Per un amor tan tendre
què donaria jo,
què em deixaria prendre
per un tros del teu cos.
Com el pagès que es lleva
per a fer el seu camp d'or,
jo et faria meva,
et llauraria el cos...

La despertà, tendrament, la vella cançó de Lluís Llach que sonava pels altaveus ocults de l'habitació, i la sensació que sí, que l'Oliver li estava llaurant el cos, abraçada com la tenia.

—Bon dia, amor meu —li va dir, tombant-se cap a ell.

—Bon dia, senyora Gironès —li respongué ell—. Com estàs?

—Que com estic? En un núvol encara, encantada de la vida —i es besaren intensament.

—T'estimo. Selene, t'estimo —va dir ell.

—I jo, amor meu... T'estimo molt, Oliver —va dir ella—. I, encara que al principi no ho sabia, no ho veia clar, crec que has tingut una gran idea.

—De casar-nos?

—No, bé, això també, però vull dir de passar la nostra nit de noces aquí.

—Al principi no et feia cap gràcia —li va recordar.

—És que no ho acabava d'entendre... Però ha estat meravellós, una nit inoblidable.

—Havia de foragitar un quants fantasmes, ja ho saps...

—Sí, ja ho sé, m'ho vas explicar i ho vaig comprendre... La teva ex.

Agafats l'un a l'altre, nus i de cara enlaire, es creuaven les mirades a través del mirall del sostre. Feia poc més d'un any que l'Oliver va anar a l'escola on treballava la Selene a fer una xerrada sobre literatura juvenil catalana. També es van creuar les mirades en aquella primera ocasió i van creure en l'amor a primera vista. Des que es divorcià de la Frida, s'havia dedicat fonamentalment a millorar el seu negoci, a apuntalar L'Estaca i convertir-la en un referent del món editorial, si és que encara no ho era. Molts dinars de negocis i sopars de premis literaris, però molt poca dedicació personal. Un *rendez-vous*, repetit un parell de vegades, amb una editora del seu cercle, tres nits més aviat avorrides, i res més.

La Selene Nadal, després d'aquella primera, inesperada i única cita enfollida amb l'Arnau, que, cardant amb ella, va celebrar que acabava de ser pare aquella mateixa tarda, que encara se'n fa creus, d'aquella nit que mai més oblidarà, va encadenar amants ocasionals, res seriós, la setmana que no li tocava estar amb el seu fill. Però quan va conèixer l'editor tot va canviar. Gairebé un any més tard es casaven i passaven la nit de noces a l'Hostal del Fanalet Vermell abans de partir de lluna de mel a Islàndia, només una setmana, que a la següent viatjarien, plegats, a la Fira del Llibre de Frankfurt, on l'Oliver acudia cada any per promocionar les seves publicacions i fer-se veure en el sector. Era prop del migdia i s'havien d'afanyar.

—Una mica més d'amor, Oliver —li va demanar la seva dona amb ulls de desig.

I en un moment donat, que ni ell mateix podria raonar per què ho va fer, l'hi va preguntar:

—Coneixies aquest Hostal, Selene?

—No —va mentir per estalviar-se una llarga i més aviat absurda explicació, sobretot en una nit de noces—. Però la veritat és que té molta gràcia... i molt de morbo. Saps què? Un cop l'any, per celebrar el nostre aniversari, ho hem de repetir.

L'Oliver Gironès tenia quaranta-dos anys. Ni molt alt ni molt prim, el seu aspecte d'intel·lectual, amb ulleres de pasta i el cabell llarg, lleugerament rossejat i deixat anar amb un acurat desordre, li conferia un notable atractiu. Des que va enllestir, ben jove, la llicenciatura de filologia catalana, es va posar a treballar en el món de l'edició i dotze anys enrere va fundar la seva pròpia editorial: L'Estaca.

PERSONATGES PRINCIPALS

Oliver Gironès: Editor
Frida Pujolà: Llibretera
Rubèn Maristany: Advocat matrimonialista
Elisenda Jordana de la Riva: Aristòcrata
Vanessa Oliveras: Dona de negocis
Arnau Munné: Advocat i polític
Selene Nadal: Mestra
Jeroni Vilavella: Marit de l'Elisenda Jordana
Hervé Borowski: Novel·lista hiperrealista
Basile Mathieu: Poeta
I la col·laboració especial del cantautor Lluís Llach i del poeta Miquel Martí i Pol